누구나 필연적이고 보편적인  고백으로 시작하는 이 책은 그 자체 바라보는 죽음에 관한 의미를 알기 의미를 놓치며 고령사회를 살아내 는, 그야말로 '삶동무'와 같은 책이

_ 이정훈 서울시감정노동종사자권리보호센터 소장

사람들은 죽지 않을 것처럼 살아가지만, 죽음은 누구도 피할 수 없다. 이 책은 갑작스레 죽음을 겪은 사람들, 죽을 만큼 아프거나 괴로운 사람들을 만나 그들의 이야기를 듣고 애도를 인도하는 사람들의 이야기다. 그래서인지 회피하기만 하는 죽음, 막연할 것 같은 죽음이 아니라 우리가 죽음 맞을 준비를 해야 하는 이유, 죽음을 대하는 태도 등에 대해서 조곤조곤 자신들의 경험을 들어서 이야기를 풀어놓는다.

_ 박래군 인권재단 사람 소장, 4.16연대 공동대표

오늘 아침 또 눈을 떴다. 맑은 가을 하늘과 한껏 물든 단풍을 바라보면서 또 하루를 선물로 받았다는 생각에 절로 감사의 기도가 나오고 기쁨이 솟아난다. 죽음 앞에 서 있고 죽음 앞으로 다가가고 있다는 것에서 누구도 예외일 수 없지만 어떻게 죽음을 맞이할 것인가는 각자의 몫이다. 죽음을 성찰하고 준비하는 사람들이 엮어낸 이 책에 그 답이 담겨 있다.

_ 손영순 수녀, 모현호스피스

이 책은 다양한 유형의 죽음과 이별을 경험한 사람들, 그리고 그들을 돕는 전문가들의 이야기가 담긴 귀한 책이다. 긴 세월이 흐른 뒤에도 사별과 상실이 그들의 삶에 얼마나 큰 영향을 주는지, 그리고 우리가 사별을 경험하는 사람들의 상실을 이해하고 돕는 데 얼마나 미숙한지도 다시 한 번 깨닫게 해준다.

_ 허남순 한림대학교 명예교수, 한국이야기치료학회 초대회장

우리는 살아가는 동안 죽음을 뇌리에서 지워버리고 싶어 한다. 삶이 빛이라면 죽음은 그늘이겠지만, 죽음은 단순히 그늘이 아니라 '없음'으로 인해 '있음'을 더욱 빛내는 '하얀 그늘'이다. 죽음과 더불어 살아가면 성스럽고 영적인 삶이 된다. 힘든 시대를 살아가는 우리에게 삶과 죽음을 같이 생각하면서 인생을 더 의미 있게 꾸려가자는 이 책이 좋은 안내판이 되리라 믿는다.

_ 이기상 한국외국어대학교 명예교수, 「콘텐츠와 문화철학」 저자

한 생명으로 태어나면서부터 시작되는 인간의 삶은 죽음이라는 현상으로 마무리된다. 이 책은 우리가 일생 동안 어떻게 의미 있는 삶을 영위해 갈지, 또한 어떻게 생을 마감해야 할지 일깨워주고 있다. 100세 시대를 바라보고 있는 지금, 꼭 읽어야 할 필독서로 추천하고 싶다.

_ 김윤희 경희대학교 명예교수, 안산시자살예방센터장

태어난 모든 존재는 죽는다. 죽음을 삶의 영역으로 끌어들이는 경험을 통해 우리는 죽음을 어떻게 맞이할 것인가를 생각하게 된다. 죽음을 생각한다는 것은 결국 삶을 어떻게 살아야 하는가에 대한 성찰이다. 이 책은 삶의 다양한 영역과 관점에서 이러한 점을 잘 표현해 준다.

_ 양정연 한림대학교 생사학연구소 교수

삶과 죽음의 과정에서 겪는 상실과 사별의 경험을 각자의 자리에서 진솔한 자기고백으로 풀어내는 이 책은 상실의 슬픔에 빠진 많은 이들을 위로하고 고무시킨다. 혼족의 시대와 고령사회를 경험하는 우리들에게 연민과 공감의 언어로 풀어내는 글들이 귀하게 다가오는 이유는 인생에 대한 중요한 의미를 전달하고 있기 때문이다.

_ 유지영 한림대학교 고령사회연구소 교수

인간의 삶은 10%의 기쁨과 90%의 고독으로 이루어져 있다. 나 혼자만 힘들게 사는 게 아닌가 싶은 사람은 이 책을 읽어보시라. 남들에게는 몰래 숨기고 싶었을지도 모를 삶의 속살들을 이토록 사랑스럽고 뻔뻔하게 내놓을 수가 있는가? 이 책을 읽고 있으면 10%의 기쁨을 위해 90%의 고독이 존재하는 이유를 알게 될 것이다.

_ 심혁주 한림대학교 한림과학원 교수, 「티베트의 죽음 이해」 저자

떨어지는 꽃이 아리도록 아름답고 서산을 넘어 지는 해가 사무치게 가슴을 저리게 함은 반생을 넘어야 절로 스며드는 지경인 것 같다. 마흔 넘어 반생으로 달려가는 눈 밝은 이들이 모여 저 너머로 보이는 황혼을 거울삼아 화장을 시작했다. 누구를 만나려 그토록 꽃단장으로 바쁘신가. 참 아름다운 이들의 숨소리가 이 귀한 모음을 만들었네. 열어볼수록 마음이 시리다.

_ 이범수 동국대학교 교수, 한국상장례학회 회장

우리 사회에서 행복하게 살다가 존엄하게 죽는 일이 가능할까? 이 책은 그 질문에 대한 대답을 다양한 목소리로 들려주고 있다. '어떻게 살 것인가' 하는 문제는 '어떻게 죽을 것인가' 하는 문제와 이어진다는 것을. 죽음에 대해 다양한 시각을 배울수록 삶을 통찰하는 웅숭깊은 시선과 긴밀하게 닿게 된다는 것을.

_ 김원호 씨알재단 이사장

글을 읽는 동안 '엄마'가 생각났다. 그녀는 내게 엄마이지만, 또한 여성이었다는 것을 뒤늦게야 알았다. 죽음은 멀리 있는 것처럼 보이지만 실제로는 아주 가까이에 있다. 아직도 매일매일 여성이라는 이유로 겪어야 하는 심리적 죽음에서 자유롭지 못하기 때문이다. 어쩌다 페미니스트가 된 '나', 심리적으로 매일 죽는 '나'를 훌쩍 뛰어넘어, 성숙한 인간으로 죽음을 바라보게 하는 힘을 주는 책이다.

_ 정선영 수원여성의전화 대표

준비 없이 떠난 남편의 죽음을 겪어내면서 상실감으로 오랫동안 전쟁 같은 삶을 살았다. 죽음에 대해 담담한 줄 알았는데 여전히 낯설다. 이 책을 읽는 동안 많은 위안을 받았다. 홀로 천천히 숲을 거닐 때처럼 편안한 마음으로 내 생의 마지막 날을 준비하고 받아들일 수 있다면 좋겠다.

_ 이은자 부부가족상담 전문가, 햇살한스푼가족상담센터 소장

죽음은 항상 인간의 뒤편에 있다. 그것은 인간의 숙명이기에 피할 수 없다. 그렇다면 차라리 옆에 두고 함께 가는 것이 지혜로울 것이되, 그 방법은 각자의 종교적, 사회적, 교육적 배경에 따라 다를 것이다. 이 책에 담긴 글들이 소중한 이유는 다른 배경을 가진 사람들의 경험이 오롯이 녹아 있기 때문이다.

_ 최대헌 심리극장 청자다방 대표, 한국드라마심리상담협회 회장

아홉 명의 저자들이 각자의 경험에서 우러나온 죽음과 삶에 대한 성찰을 담담하게 풀어내고 있다. 돌봄 노동자들을 만나 이야기를 들어보면 사랑하는 사람, 마음을 나눈 사람과 사별한 경험이 우리에게 크고 깊은 상실감과 상처를 주지만 동시에 살아가는 동안 누구나 겪을 수밖에 없는 일이라는 것 또한 깨닫게 된다. 삶과 죽음 사이의 상실, 애도, 그리고 돌봄의 연대를 돌아볼 수 있는 감사한 글들이다.

_ 최경숙 서울시 어르신돌봄종사자종합지원센터장

우리는 각자 추구하는 삶의 가치와 의미 체계 안에서 자신의 행동을 결정하고, 그것은 이야기의 형태로 다른 이들에게 전해진다. 아홉 명의 저자들이 엮은 다양한 이야기는 삶과 죽음, 상실과 애도에 관한 깊은 성찰을 담고 있다. 조화로운 저자들의 경험과 식견은 마치 여럿이 부르는 합창처럼 아름다운 화음이 되어 듣는 이의 마음을 따뜻하게 감싸준다.

_ 윤득형 박사, 각당복지재단 삶과죽음을생각하는회 회장

이 책은 누구나 겪어야 하는 주변의 죽음을 목도하면서 어떻게 살아야 하는지, 주변과의 관계 맺기는 어떠해야 하는지, 다양한 관점에서 생각들을 풀어내 성찰의 기회를 제공한다. 지금, 여기에서 무엇이 가장 중요하고 소중한가를, 삶과 죽음에 대한 질문을 통해 사랑하는 사람들의 소중함을 다시 한 번 일깨워준다. 죽음에 대한 통찰은 두려움의 대상이 아니라 오히려 내가 원하는 삶을 살도록 해주는 지혜일 터이다.

_ 김진돈 한의학 박사, 운제당한의원 원장

이 책은 인간의 삶과 죽음 그리고 '나는 누구인가?'라는 가장 근원적인 물음을 진지하게 던질 수 있는 내용으로 구성되어 있다. 동시에 모든 생명체가 얼마나 소중한 존재인지 일깨워주는, 눈시울이 뜨거워질 만큼 감동적인 내용이 곳곳에 담겨 있다. 죽음도 새로운 차원의 삶의 단계로 옮겨가는 삶의 연속성으로 생각할 수 있다는 것을 깨닫게 한다.

_ 윤금자 강원대 평생교육원 인문학 강사

죽음이 무엇인지 궁금해서 답을 찾아다니던 때가 있었다. 그리고 마주한 죽음에게 물었더니 죽음은 삶이라고 답했다. 이 책에서 함께 이야기를 나눠주는 저자들 또한 자신의 마음 한편에 담겨 있던 아픈 죽음의 기억들을 꺼내 담담히 우리에게 삶을 이야기한다. 그래서 우리로 하여금 스스로 질문케 한다. 어떻게 살아가야 할지에 대해.

_ 강원남 행복한죽음웰다잉연구소 소장, 『누구나 죽음은 처음입니다』 저자

아픈 걸 아프다고 얘기할 수 있어야 아픔이 곪지 않는다. 이 책은 가만가만 서로 고백하며 위로하게 만든다. 오랜 시간을 거쳐도 낫지 않았던 상처에 비로소 좋은 약을 바른 느낌이다. 삶은 조금씩 다 아프다. 책을 통해 독자들도 고백하고 치유받고 다시 힘을 내서 건강하게 살아갈 수 있는 방법을 찾을 수 있을 것이다. 다양한 형태의 삶과 죽음을 생사학 관점에서 심리상담을 접목해 조명한 결 고운 귀한 책이다.

_ 오영진 부산웰다잉문화연구소장

모든 것이 차고 넘치는 풍요의 시대다. 그리하여 우리는 늘 '죽음'이 내 곁에 있다는 사실을 생각조차 하지 않는다. 어디로 가는지도 모르면서 눈앞의 욕망이 요구하는 대로 삶의 시간을 탕진하고 있다. 그렇기에 더욱 '웰다잉'이 강조되는 시절이다. 죽음만큼 평등한 것은 세상 어디에도 없는 까닭이다. 잘 죽기 위해서는 지금의 내 삶을 깊이 성찰해야 하지 않겠는가?

_ 김윤수 대청고등학교 교사

모두가 언젠가는 겪게 되지만 피하고만 싶은 상실의 아픔. 어쩌면 우리 모두는 떠난 사람들을 생각하며 그들의 빈자리를 채우며 살아가고 있는지도 모른다. 자신이 겪은 상실의 아픔을 담담히 마주하며 지금 여기에서 살아가는 의미를 성찰한 사람들의 이야기가 잔잔한 울림을 전해준다.

_ 이상희 법무법인 지향 변호사

소크라테스는 철학을 죽음의 연습으로 규정하며 죽음을 기꺼이 맞아들일 용기를 가지라고 외쳤다. 하지만 육체와의 이별을 즐거운 마음으로 받아들이기 위해서는 여러 가지 준비가 필요하다. 이 책은 생사학이라는 미지의 영역을 우리에게 소개함으로써 삶 속에서 죽음을 대비할 마음을 다지게 해준다.

_ 조현진 철학 박사, 우리신학연구소 연구위원

누군가를 갑작스럽게 떠나보낸 경험은 쉽게 언어화하기 힘들다. 다시 일상을 살아가면서도 문득 확인되는 빈자리에 대한 상실감은 일상에 균열을 내기도 한다. 이를 어떻게 마주해야 할지 모르던 내게 이 책이 나누어준 경험과 사유는 그 빈자리에서 다시 삶을 이어갈 힘을 전해줬다.

_ 민선 인권운동사랑방 활동가

사람은
살던대로
죽는다

죽음의 품격과 삶의 품격을 사유하는 생사학 에세이

사람은 살던대로 죽는다

"마흔에서 아흔까지, 어떻게 살 것인가!"

마음애터 지음

양준석 이지원 김영란
인현진 김경희 최은아
이나영 김재경 김아리

솔트앤씨드

죽음을 공부하며 삶을 배우다

"내 인생 이대로 괜찮을까?"

스물이나 서른 즈음에도 어떻게 살아야 할까, 고민을 했지만 인생의 하프타임 같은 마흔을 넘기면서 삶의 무게감이 예전과 다르게 다가왔습니다. 어떻게 나이 들어가고, 어떤 죽음을 준비할 것인가 하는 고민도 덧붙여졌기에 고민의 깊이가 다를 수밖에 없었나 봅니다.

우선 몸이 예전 같지가 않습니다. 피부는 물론 뼈부터 근육에 이르기까지 나이 들어간다는 것이 무엇인지 온몸으로 실감합니다. 마음은 또 어떤가요. 사춘기 청소년도 아닌데 감정 기복이 부쩍 심해집니다. 의학적으로는 호르몬 변화에 따른 필연적 결과라고 하지만, 그렇다고 정신적인 부분을 완전히 배제한 채 '육체의 문제'로만 볼 수도 없습니다. 오히려 지금까지 어떻게 살아왔고, 앞으로 어떻게 살아갈 것인지에 대한 '인식의 문제'일지도 모른다는 생각이 들었습니다. 마흔 이후에 겪는 다양한 변화는 지금까지 살아왔던 방식을 잠시 멈춰보라는 신호인지도 모릅니다.

익숙하던 삶의 방식에서 눈을 돌리니 비로소 삶 저편에 있는 죽음이 시야에 들어왔습니다. 부쩍 늘어난 부고 소식도 죽음에 관심을 갖게 된 계기가 되었습니다. 삶에 대한 고민이 자연스럽게 죽음에 대한 사유로 이어진 셈입니다.

사람들에게 "죽음에 대해 어떤 생각을 갖고 있느냐?"고 물으면 흔히 무섭다, 두렵다, 생각해 본 적 없다는 대답을 합니다. 반면, 의미 있는 죽음에 대해 생각하거나 호스피스 운동을 진지하게 말하는 이들도 간혹 있습니다. 그렇다면 우리는 왜 죽음에 대해 생각해 봐야 할까요? 죽음은 우리에게 무엇을 가르쳐줄까요? 아니, 우리는 죽음을 통해 무엇을 배울 수 있을까요?

로마의 철학자 세네카(Lucius Annaeus Seneca)는 일생을 통해 살아가는 법을 배워야 하듯, 계속해서 죽는 법도 배워야 한다고 말했습니다. 동양의 현자들 또한 삶과 죽음이 하나이며 동전의 양면과 같다고 했습니다. 삶과 죽음은 전혀 다른 모습을 하고 있지만 그 뿌리는 하나일지도 모릅니다.

삶과 죽음은 단절되지 않고 이어져 있지만 분명 같은 영역이 아니라 다른 영역에 속합니다. 삶은 삶대로 죽음은 죽음대로 존중받을 가치가 있습니다. 삶에 대한 다양한 관점이 존재하듯, 죽음에 대한 관점도 하나로 통일되기보다 훨씬 더 풍요로워져야 합니다.

열린 시각으로 폭넓게 죽음을 바라보면 결국 그 시선의 끝은 삶으로 향합니다. 인생의 가장 중요한 질문 중 하나는 '어떻게 살 것인가?'일 것입니다. 거기에 하나 더 덧붙이면 '어떻게 죽을 것인가?'가 있습니다. 개인의 개성에 따라 삶의 모습이 달라지듯, 어떤 삶을 살았는가에 따라 죽음의 의미도 달라집니다.

그런데 우리는 삶을 직접적으로 경험하지만 죽음은 타인을 통해 간접적으로 경험할 수밖에 없습니다. 타인의 죽음, 특히 친밀한 대상의 죽음은 때론 삶을 송두리째 뒤흔드는 '사건'으로 다가옵니다. 또 때로는 커다란 트라우마로 남기도 합니다. 과연 삶에 불현듯 찾아온 죽음은 두려움의 대상일 뿐일까요? 죽음에 대한 공포는 오히려 삶의 가능성을 축소시키고 있는 건 아닐까요?

죽음은 삶이 한정된 시간이라는 것을 깨닫게 합니다. 우리 모두는 언젠가 죽는다는 명확한 사실은 삶을 더욱 가치 있고 의미 있는 것으로 만들어줍니다. 사실 죽음이 두려운 이유는, 죽음 그 자체보다 죽음 후에 펼쳐질지도 모르는 고립, 이별, 질식, 소멸, 부패와 같은 현상 때문일 겁니다. 죽음은 무섭고 두려운 것이라는 생각도 어찌 보면 우리를 단단히 얽어매고 있는 고정관념에 불과한 것이 아닐까요? 내 인생의 마지막 순간을 어떻게 맞는 게 좋을지 고민해 볼 수 있다면 삶을 더욱 적극적으로 살게 되지 않을까요? 죽음에 대해 이야기할 수 있을 때 비로소 우리는 온전한 삶을 살아가게 되지 않을까요?

이런 질문들은 죽음을 공부하며 삶을 배워가던 우리들로 하여금 이 글을 쓰게 했습니다. 마음애터는 상담 전문가, 생사학 전공자, 교육 전문가, 의료 종사자, 치료사, 작가, 인권활동가 등 다양한 분야에서 일하는 이들이 모여 만든 협동조합입니다. 강의와 워크숍 등을 통해 애도 상담과 죽음 교육을 사회에 알리는 일을 하고 있습니다. 오직 삶에 대해서만 이야기하는 것은 인생의 반쪽만 보고 있는 것과 비슷합니다. 우리에게는 삶에 대한 이야기뿐만 아니라 죽음에 대한 이야기도 필요합니다.

또 한 가지 우리가 죽음에 대해 다각도로 생각해 봐야 하는 이유가 있습니다. 죽음은 개인적인 사건인 동시에 사회적인 것이기도 합니다. 어떤 때는 불행한 죽음이 나를 비껴가서 다행이라고 생각하고 등을 돌리는 순간 그 일이 내 일이 되는 경우도 있습니다.

자신의 죽음에 대한 관심은 타인의 죽음에로 확장되어야 합니다. 죽음에 대해 경직된 모습을 보이는 사회는 삶에 대해서도 획일화된 규범을 강요하는 건 아닐까요? 죽음에 대해 자유롭게 말할 수 있다면 우리 사회는 지금보다 더 유연해지리라 믿습니다. 죽음에 대해 자유롭게 상상하고, 진정한 애도의 의미를 되살리며, 삶과 죽음 사이에 다리를 놓는 이유는 그 어떤 죽음도 삶에서 소외되지 않기를 바라기 때문입니다. 또한 그 어떤 삶도 죽음 앞에서 두려움과 공포가 되지 않길 바라기 때문입니다.

죽음에 대한 성찰은 삶의 태도에 영향을 미칩니다. 그렇기에 삶과 죽음은 동시에 사유되어야 합니다. 이런 시각에서 죽음을 바라보고 그에 대한 생각을 담으려 했습니다.

이 책은 크게 네 부분으로 이뤄져 있습니다. 1장은 저자들이 개인의 삶에서 겪었던 죽음이나 상실의 경험을 담았습니다. 2장은 죽음을 바라보는 다양한 시각을 담았습니다. 3장은 생의 마지막 순간을 위해 현실에서 준비해 봄직한 제언들입니다. 4장은 나이 듦을 수용하면서 현재의 삶을 어떻게 살아가면 좋을지에 대한 이야기입니다.

이 책은 저자들이 죽음을 공부하며 어떻게 살고 어떻게 나이 들고 어떻게 죽을 것인지에 대해 질문을 던지고, 나름대로 답을 찾아본 과정에 대한 결과물입니다. 죽음을 바라보는 시간은 삶을 배우는 시간이기도 했습니다. 아울러 기획부터 집필까지 3년이라는 시간을 보낸 저자들을 기다려주신 솔트앤씨드 최소영 대표님의 인내와 노고에 감사의 마음을 느끼는 시간이기도 했습니다.

이 글에 담은 저희의 생각이 정답은 아니라고 생각합니다. 앞으로 죽음에 대한 논의가 활발하게 일어나 더 좋은 글들이 나올 것이라고 믿습니다. 가치 있는 인생을 살기 바라는 분들께, 이 책이 작은 도움이 되기를 바랍니다.

2018년 장충동 마음애터에서

저자 일동

차
례

나에게 남은 생이 1년밖에 없다면?

어린 시절, 해가 뜨는 풍경을 본 적이 있습니다. 어둡던 동쪽 하늘이 푸르스름해지더니 파란 물감이 번지듯 시시각각 오묘한 빛깔로 변하기 시작했습니다. 밤도 아침도 아닌, 빛과 어둠이 공존한 하늘에 붉은빛을 드리우며 서서히 해가 뜨더군요. 사위가 순식간에 환해지는 장면은 정말로 경이로운 풍경이었습니다.

살면서 종종 이때를 기억하곤 합니다. 마치 이제 막 태어난 아기가 어떤 삶을 살아갈지 기대하듯 설렘과 두근거림이 느껴집니다. 그런데 조금 더 나이를 먹으니 해 뜨는 모습과 더불어 해 지는 모습 또한 아름답다는 걸 알게 되었습니다. 해가 떠서 날이 밝고 해가 져서 어둠이 오는 시간이 반복되면서 세월이 지난다는 것도요. 인생의 오전을 지나 오후에 들어서야 비로소 알게 된 아름다움입니다. 그러고 보면, 하루는 일생과 같고 일생은 하루를 닮은 듯합니다.

아침에 눈을 떠서 활기찬 오전을 보내고 조금은 지친 오후를 맞을 때마다 잠시 멈춰 생각해 봅니다. 해가 지기 전까지 시간이 얼마 남지 않았으니 남은 시간을 가치 있게 보내고 하루를 마감하고 싶다고 말입니다. 그리고 내 인생의 마지막 시간을 떠올려 봅니다. 잠들기 전 오늘 하루를 돌아보듯, 삶이 끝나갈 때 우리는 과연 자신의 삶을 어떻게 생각할까요?

티베트에서는 삶을 여행에 비유합니다. 티베트 말로 몸을 '뤼'라고 하는데, 이것은 수화물처럼 '당신이 두고 떠난 어떤 것'을 의미합니다. 우리는 여기 잠시 머물다 가는 여행자일 뿐이라는 사실을 기억하면 최소한의 조건으로도 충분히 행복할 수 있습니다.

우리 삶이 여행이라면, 여행지에서 머무는 시간은 영원하지 않습니다. 한정된 시간을 보내며 쓸데없는 일에 시간을 낭비하고 싶지 않을 겁니다. 하고 싶은 일을 하고, 보고 싶은 곳에 가고, 마음에 드는 장소에서 충분히 시간을 보내고, 우연히 만난 사람들에게도 친절을 베풀며 우정을 나눌 겁니다. 소중한 순간을 기억하며 하루하루 소중한 추억을 쌓아가겠지요. 언젠가 여행이 끝나고 돌아가야 하는 순간이 올 테니까요.

삶이라는 여행에서 남은 시간이 1년이라면 어떻게 살고 싶으신가요? 1년의 시간이 지나고 오늘이 마지막 남은 하루라면 무엇을 하고 싶으신가요? 누구를 만나고 싶으신가요? 어디를 가고 싶으신가요? 오늘이 지나면 모든 것을 이곳에 남겨두고 혼자 떠나야 합니다. 잠들기 전 당신은 어떤 것을 떠올리겠습니까?

잠시, 그것들에 대해 진중히 생각해 보는 시간을 먼저 가지려고 합니다. 본격적으로 책을 읽기 전에, 꼭 이 시간을 거쳐 가십시오.

조용한 공간으로 가서 의자에 앉아 봅니다. 또는 바닥에 방석을 깔고 앉아도 좋습니다. 편안한 마음으로 눈을 감고 호흡에 집중합니다. 숨을 깊게 쉬면서 내 몸을 느껴봅니다. 눈, 코, 입, 팔, 다리에 차례로 주의를 기울여 보세요. 심장이 뛰는 소리에 집중해 보세요. 다시 호흡으로 돌아와 코끝에 집중해 봅니다. '신체' 중에서 가장 소중하다고 여겨지는 곳은 어디인가요? 천천히 눈을 뜨고 다섯 군데를 써봅니다.

1.

2.

3.

4.

5.

좋습니다. 잘 하셨어요. 다시 한 번 천천히 숨을 깊게 들이마시고 내쉽니다. 이번에는 '내 삶에서 중요한 것'을 생각해 봅시다. 누군가에겐 '일'이겠지요. 또는 '건강'을 손꼽는 분도 있을 겁니다. 평생 일군 '재산'을 떠올릴 수도 있겠지요. 아니면 '반려동물'일지도 모르겠군요. 일, 건강, 재산, 반려동물, 그 외에도 자신이 소중하게 여기는 것은 무엇이든 좋습니다. 5가지를 써봅니다.

1.

2.

3.

4.

5

마지막으로 내 주변의 사람들을 떠올려봅니다. 한두 사람 떠오를 수도 있고 열 명 이상 생각날 수도 있습니다. 숫자는 중요하지 않습니다. 내게 영향을 미쳤던 사람들, 나와 친밀한 관계를 맺었던 사람들, 도움을 주고받았던 사람들, 나를 사랑하고 내가 사랑하는 사람들의 얼굴을 차례로 떠올려 봅니다. 다정한 눈빛, 온정이 담뿍 담긴 목소리, 나를 바라볼 때 어떤 표정을 짓곤 했는지 생생하게 그려봅니다. 생각하면 저절로 미소가 지어지는 사람이 있으신가요? 걱정과 염려로 한숨이 나오는 사람도 있을지 모르겠군요. 당신 주변의 가까운 사람들 중에서 죽기 전 5명만 만날 수 있다면 누구를 만나겠습니까?

1.

2.

3.

4.

5.

위에서 3가지 주제를 놓고 고른 15가지를 다시 떠올려보십시오. 그것이 무엇이든 그것은 당신이 신중하게 선택한 목록입니다. 다른 것을 선택할 수도 있었지만 최종적으로 가장 귀하다고 생각하는 것을 고르셨겠지요. 당신이 생각하는 삶의 가치, 희망, 의미가 여기에 담겨 있습니다. 어떤 선택을 했든 그 선택을 지지하고 존중합니다.

이제 다시 여정을 시작하겠습니다. 15개 목록 중에서 5개를 지웁니다. 순서는 중요하지 않습니다. 항목마다 똑같은 개수를 지우지 않아도 됩니다. 그저 목록에서 5개를 지우고 더 중요한 것 10개를 남깁니다. 중요한 15개 중에서 더 중요한 것 10개가 남았습니다. 쉽지 않은 선택을 하셨겠지요. 그러나 우리는 더 나아갈 겁니다. 남은 목록에서 5개를 더 지워봅니다. 시간을 충분히 가지세요. 썼다 지워도 괜찮습니다. 자신에게 최대한 부드럽고 친절한 태도를 가지세요.
그리고 최후로 남은 5개를 적어봅니다.

    1.

    2.

    3.

    4.

    5.

눈을 감고 하나씩 떠올려봅니다. 충분히 시간을 들여 그것들이 내
게 어떤 의미인지 가만히 말해 봅니다. 이 중에서 3개를 지웁니다. 2
개가 남았나요? 둘 중 하나를 더 지웁니다. 마지막에 남은 한 가지는
무엇인가요? 당신의 인생에서 가장 소중한 것은 무엇입니까?

    1.

여행자들은 목적지를 향해 가방을 싸고 짐을 푸는 것이 일입니다.
삶의 출발이 여행의 시작이라면 죽음은 여행의 종착지입니다. 삶의
여정 속에서 각자가 싸는 짐과 목록들은 다를 것입니다. 목적지가
변한다면 거기에 맞는 짐을 꾸리는 것이 현명한 일입니다. 목록들을
하나씩 써가면서 차근차근 정리하다 보면 자신에게 그것이 왜 중요

하고 왜 필요한지 좀 더 선명하게 알게 될 것입니다. 지금까지 살아왔던 방식으로 인해 여러 가지 삶의 문제들에 부딪치고 있다면, 내가 지금 어디에 있는지, 꼭 필요한 짐은 챙겼는지, 버려야 할 것은 무엇인지 자신의 위치와 짐의 목록을 재정리해 보면 어떨까요.

여행의 즐거움이 목적지에 도착하는 것에만 있는 것은 아닙니다. 여행은 과정이고, 그 과정이 풍요로울 때 행복한 시간이 주어지지요. 우리는 모두 언젠가는 죽을 수밖에 없는 존재지만, 죽음이 인생의 목표가 될 수는 없겠지요. 탄생과 죽음 사이에 놓인 삶이라는 과정을 어떻게 보내느냐에 따라 삶의 품격은 물론 죽음을 맞이하는 태도도 달라질 겁니다. 이 책이 삶과 죽음을 생각해 보는 의미 있는 과정이 되기를 바랍니다.

1장

누구나
살면서
상실을
경험한다

"서른아홉이 지났으니 괜찮을 거야"

: 이지원 :

흑백 사진 속의 아이는 고개를 왼쪽으로 떨구고 있다. 축 처진 어깨, 슬픔 가득한 얼굴. 누가 살짝 건드리기만 해도 금방 울음이 터질 것 같다. 간혹 오래된 가족 사진첩을 열어볼 때마다 울컥, 목울대가 뜨거워지곤 한다. 커다란 바위에 가슴이 짓눌리는 듯 답답한 마음도 든다.

아버지가 재혼하던 날 큰언니는 어린 동생들의 모습을 사진기에 담았다. 엄마의 죽음과 아버지의 재혼이라는 사건을 겪으며 나는 점점 말수가 줄어들고 애어른이 되었던 것 같다.

엄마가 돌아가신 건 초등학교 2학년 때였다. 담임선생님이 나를 부르시더니, 어서 집으로 돌아가라고 했다. 그 후에 내가 어떻게 했는지, 엄마의 장례식은 어땠는지, 이상하게도 그 이후의 기억은 전혀 남아 있지 않다.

나는 어린 시절을 외가에서 보냈다. 위로 두 언니가 있었던 데다 두 살 터울의 동생이 태어나자 몸이 약한 엄마 혼자 아이들을 키우기 힘들어졌고 나만 외가로 보내졌다. 엄마는 외가로 나를 보러 올 때마다 보약을 해서 먹이고 예쁜 옷을 입혔다. 서울 집에 다니러 온 날이면 큰언니의 인솔 아래 여기저기 구경을 시켜주고 사진을 찍게 했다. 언젠가 당신이 떠날 날을 염두에 둔 것이 아니었을까. 엄마가 이 세상에 없어도 서로 한 핏줄임을 잊지 않도록 마음을 쓴 것 같다.

그러던 어느 날 외할머니가 서울에 가자고 하셨다. 아무 생각 없이 따라나섰는데 엄마의 임종이 가까워질 무렵이었던 것 같다. 기차 안에서 외할머니는 혼잣말로 조용히 중얼거리며 수시로 눈물을 훔쳤다.

"아휴, 불쌍한 내 새끼. 고생만 하다 간다."

집에 도착하니 두터운 요에 누워 있는 엄마는 뼈만 남아 앙상했는데 복수로 가득 찬 배가 눈에 띄게 볼록했다. 가쁜 숨을 몰아쉬면서도 내게 당부했다.

"내 딸, 예쁘게, 건강하게 잘 크고, 공부 잘하고, 할머니 속 썩이지 말고."

"엄마, 내가 크면 돈 많이 벌어서 금반지 사 줄게. 그러니까 오래 오래 살아."

"그래…… 고맙다."

엄마는 두 눈 가득 눈물을 담은 채 미소를 지으며 내 손을 꼭 잡았다. 그것이 엄마와의 마지막 대화였다. 그때는 몰랐지만 엄마가 내게 남긴 유언이었던 것이다.

서울로 돌아와 집에서 지내게 되자 엄마의 빈자리는 더욱 크게 다가왔다. 동생들은 나보고 외가에서 어리광 부리며 사랑만 받고 커서 새침데기에 얼음공주라고 놀려대곤 했지만, 갑작스러운 환경 변화를 맞았던 나는 말이 줄어들면서 혼자 보내는 시간이 점차 늘어났다. 겉으로 내색은 하지 못했지만 가슴에 있던 바위 덩어리가 뱃속 깊은 곳까지 내려가 몸 안에 자리를 잡은 듯했다. 나도 모르게 우울해지고 염세적인 생각을 많이 했다.

엄마의 부재는 대학 진학에도 영향을 미쳤다. 답답한 한국 생활이 싫어서 파독 간호사가 되어 이 땅을 떠나고자 했던 나는 간호대학으로 진학했다. 그런데 졸업할 무렵 파독 간호사의 길이 막혀버렸다. 오직 그것 하나를 목표로 보고 살아오다가 갑자기 목표를 잃어버리자 또 다른 방황이 시작되었다. 동생들이 다 결혼하고 나면, 나는 혼자 독립해서 살고 싶다고 생각했다. 결혼은커녕 아이를 낳는 일은 더욱 하지 않으리라 결심했다.

이런 나의 마음을 알지 못하는 아버지는 내가 학교 다닐 때에는 "쓸데없이 연애질하지 말고 공부나 잘해서 취업이나 해라. 요즘은 여자들도 직장을 다녀야 한다"고 하시더니 막상 당신 딸이 결혼 적령기가 지나 나이가 들어가자 "남의 집 딸들은 연애결혼도 잘들 하는데, 너는 뭐가 부족해서 남들 다 하는 연애도 못 하냐?"고 걱정이었다.

학창 시절에는 미팅과 소개팅도 했으나 연애에는 크게 관심이 없었다. 간혹 소개팅에 나가지 않거나 약속 장소까지 갔다가 그냥 돌아오기도 했다. 선을 본 당사자에게 결혼 의사가 없다고 말하거나 친구를 대신 소개하는 일까지 벌이자 아버지는 시건방지다고 호되게 야단을 쳤다. 당시 아버지는 당뇨로 인한 합병증이 심화된 상태라 병원에 입원하는 횟수가 늘고 있었다. 투병 중이던 어느 날, 나를 부르시더니 바람을 쐬고 싶다며 밖으로 나가자고 하셨다. 아버지는 평소와 다른 목소리로 간곡하게 말씀하셨다.

"셋째야, 손가락 길이가 제각각 달라도 깨물면 똑같이 아프단다. 내가 죽으면 너는 어미, 애비도 없는 사람이 되어 지금보다 더 혼인이 힘들게 된다. 동생들 돌보는 일도 더 벅찰 거다. 수많은 무덤에 가서 물어봐라. 누구나 사연과 핑계는 다 있단다. 오늘 내가 한 말을 잘 생각해 보거라."

나는 묵묵히 듣기만 했다. 그러나 직감적으로 이것이 아버지의 유언이라는 것을 알 수 있었다. 혼자 자유롭게 살고 싶은 마음과 아버지 말을 듣지 않았다가 평생 한을 안고 살게 되면 어쩌나 하는 마음 사이에서 갈등하는 날들이 이어졌다.

지금도 지지고 볶으면서 살고 있는 남편을 소개받은 것도 이 무렵이었다. 아버지는 여자 나이가 스물여덟이 되면 안 된다면서 따뜻한 내년 봄에 결혼식을 올리자는 남자 쪽 부모님을 설득해 "우리 딸은 다 있으니, 그냥 증표로 금반지 하나만 주면 된다"고 그 추운 연말에 결혼을 강행하셨다. 아마 내 마음이 변해 도망가거나 당신이 해를 못 넘기고 돌아가실까 봐 걱정이 되셨을 것이다.

결혼을 하고 임신 5개월 때 갑작스러운 통증이 왔다. 동네 산부인과에 찾아갔더니 더 큰 병원으로 가라고 했다. 밤새 통증과 악몽에 시달리며 '내가 죽을 수도 있겠구나!' 하는 두려움을 느꼈다. 옆에서 자고 있던 남편을 깨워 유언과 협박을 번갈아가며 했다.

"아내가 죽으면 남편은 앞에서는 울고 화장실 가서 웃는다며? 나 죽으면 당신은 아직 젊으니까 재혼해. 우리 살림살이는 아직 깨끗하니 버리지 말고 사용해도 좋아. 아냐, 그러면 새 부인이 기분 나쁘겠지? 버리는 게 낫겠다. 그냥 다 버려. 나 자궁 절제하게 되면 앞으로 아이를 못 낳을 수도 있어. 차라리 지금 이혼하자."

밤새 남편을 들볶다가 아침이 되어서야 겨우 병원에 가서 진료와 동시에 입원 수속을 받았다. 한걸음에 달려온 큰언니가 의사에게 물었다.

"태아는 괜찮은가요?"

"태아보다 산모가 더 위험합니다."

큰언니는 내 앞에서는 차마 울지 못하고 화장실로 가서 대성통곡을 했다고 한다. 당일 오후에 응급수술을 했다. 비몽사몽간에 누군가 나를 데리러 왔다는 말을 들었다. 나는 엉엉 울면서 그에게 아이와 함께 살게 해달라고 빌고 또 빌었다. 다행히 수술은 성공적이었다. 태아보다 무거운 종양을 제거했는데 조직 검사에서 양성 판정이 나왔다. 잃어버릴 줄로만 알았던 아이도 무사했다. 회진 시 수술을 집도한 의사도 기적 같은 일이라며 축하해 주었다.

이후에도 임신과 출산으로 세 번의 대수술을 했다. 수술을 반복할 때마다 매번 울면서 내 아이들이 건강하게 자라기를, 엄마 없는 아이로 크지 않기를, 적어도 제 앞가림을 할 때까지만이라도 살게 해달라고 빌었다. 죽음에 대한 두려움은 내 존재를 압도할 만큼 크고 무서운 것이었다. 크고 작은 수술을 받으며 서른아홉 살이 되었다. 서른아홉 생일이 지난 날, 둘째 언니가 전화를 했다.

"서른아홉 살 생일이 지났으니 괜찮을 거야, 이젠 오래 살 거야. 걱정하지 마."

이 말을 듣는 순간 가슴이 먹먹해지면서 나도 모르게 눈물이 쏟아졌다. 죽음에 대한 불안을 나 혼자 떠안고 있었던 게 아니었던 것이다. 어린 나이에 엄마를 잃은 우리는 서로 말은 안 했지만 서른아홉이라는 숫자가 생사의 갈림길이 될까 봐 왠지 겁이 나기도 하고 불안했던 것이다. 여섯 아이를 낳은 엄마는 서른아홉 살의 젊은 나이에, 막내가 갓 세 살이 되던 해에 돌아가셨다. 당신이 마지막으로 낳은 자식의 생일날이 엄마의 제삿날이었다.

죽을 고비를 넘기고 어렵게 낳은 두 딸들이 자라 대학생이 되고 둘째 딸의 졸업이 얼마 남지 않았던 가을 어느 날, 거울을 보는데 낯선 여인네가 서 있었다. 한참을 가만히 쳐다보니 불쑥 '죽음'이라는 말이 떠올랐다. 가슴 아래에서 이런 말이 들렸다.

'이젠 됐다. 내가 죽더라도, 내 딸들은 슬기롭게 인생을 잘 살아갈 것이다. 부족한 부분은 남편이 보듬어줄 것이다.'

이렇게 생각하자 안심이 되면서 평온해졌다. 죽으면 그만이라고 누가 말했는가? 살아 있는 사람들은 고인을 꿈에서라도 만나고 싶어 한다. 삶에서 항상 그들을 생각하고, 추억을 끄집어내고, 보고 싶어 울기도 한다. 또 고마워하며 남들에게 자랑하기도 한다.

나만 그럴까? 아닐 것이다. 우리 딸들이 내게 화내고 투정을 부릴 때마다 딸들과 싸우다가도 나는 정작 엄마한테 마음껏 응석부려 본 적이 없다는 부러움에 몰래 눈물을 흘리곤 했다. 게다가 지인들의 부모님 환갑연, 고희연, 회혼식에 초대를 받아서 갈 때마다 일찍 돌아가신 부모님 생각에 코끝이 시큰해졌다. 내가 이 세상을 떠날 때까지 부모님에 대한 애도는 계속 되지 않을까 싶다.

어릴 때는 내 삶은 나의 것이라고 주장했지만 좀 더 살아보니 삶은 온전히 내 힘으로만 일굴 수 있는 것은 아닌 것 같다. 어떤 식으로든 우리는 누군가의 영향을 받으며 살아간다. 내 삶은 세상에 하나뿐인 나의 개성대로 만들어가는 찬란한 역사이기도 하지만, 엄마의 죽음은 내게 순간순간 삶의 방향을 생각하고 선택하는 데 영향을 미쳤고, 성취나 성공보다 사랑과 행복이 더 중요하다는 깨우침을 주었다.

엄마가 내게 남긴 유산은 나의 아이들에게로 이어질 것이다. 죽음을 통해 엄마가 내게 가르쳐주었듯이, 엄마인 나 또한 내 딸들에게 어떻게 살아야 할지 지속적으로 영향을 줄 테니 말이다.

"왜 살아야 하지?"

: 김경희 :

몇 달 전 병원에서 몇 가지 검사를 받았다. 검사실에 혼자 남겨지고
불이 꺼진 순간, 마이크를 통해 의사의 지시를 듣는데 차츰 가슴이
오그라들었다. 오차 없이 돌아가는 기계에 몸을 맡기고 있다는 사실
에 움찔 놀랐다. 차가운 기계에 누워 간절해지는 마음이 무서웠다.
그리고 슬펐다. 추락하는 육체를 확인하는 것 그리고 그것에 매달리
는 나 자신이 하찮게 느껴졌다. 기계 위에서 이리저리 굴려야 하는
몸뚱이가 무력하고 혐오스러웠다. 당신은 그런 존재가 아니라고, 누
군가 말해줬으면 좋겠는데 어떤 목소리도 듣지 못한 채 누추해지는
자신을 만나고 있었다. 문득 아버지의 눈빛이 떠올랐다.

아버지는 암 4기 진단을 받고 수술을 받았다. 항암 치료와 방사선 치료가 이어졌다. 어머니는 어떻게든 아버지를 살리고 싶다며, 아니 살려야 한다며 여기저기를 기웃거렸다. 더 이상 치료는 부질없다고 애써 담담하게 말하는 아버지의 눈동자는 서서히 빛을 잃어가고 있었다. 어딘지 모르게 깊은 두려움과 불안으로 떨리는 아버지를 마주하는 건 곤혹스러웠다. 언제든 의지처가 되어 주리라고 믿었던 아버지의 전락에 나는 당황하고 있었다. 아직 아버지의 그늘이 필요한데, 생각지도 않았던 때에 떠나려는 아버지가 원망스러웠다. 복잡하고 미묘한 감정들이 들락거렸지만 우습게도 그것은 나에게 닥칠 무언가에 대한 염려였다.

방사선 치료를 받던 어느 날, 아버지는 흔들리고 있었다. 나는 간절해지는 아버지를 외면한 채 치료를 피할 수 없다고 말씀드렸다. 아버지의 표정은 일그러지고 눈빛은 차가워졌다. 병원 치료를 당연하게 생각했던 나는 그것을 해야 하는 이유를 설명하는 게 번거로운 일쯤으로 여겼다. 암 진단과 치료로 무너지는 아버지는 외면한 채 아버지의 병에만 집중하고 있었다. 아버지는 그냥 아버지로 있으면 좋은데 자꾸만 약해지고 있었다. 집으로 오는 차 안에서 아버지가 말했다.

"왜 살아야 하지? 그 이유가 뭐냐?"

"……."

"돈 잃고, 사람 잃는다."

"……."

"네 엄마가 나 때문에 종일 애쓰는 게 괴롭다. 어차피 난……."

차가운 기운이 등을 타고 흐르며 나를 긴장시켰다. 무언가를 잘못하고 있는 것 같은데 체념하는 아버지 앞에서 말이 입 밖으로 나오지 않았다.

'아버지가 있으면 좋겠어요. 가족에게 힘이 돼요. 제겐 아직 아버지가, 아이들에게는 할아버지가 필요해요…….'

이런 말조차 건네지 못하고 바보처럼 멍하게 있었다. 무서운 병 앞에서 아버지는 자신보다 남겨질 가족을 걱정하고 있었다. 아버지라는 자리에서 끝까지 가족을 지키려고 했다. 한 평생 가족을 위해 헌신하셨던 아버지는 큰 병 앞에서조차 가족들에게 짐이 될까 봐 근심하셨다. 집안의 든든한 울타리였던 아버지는 어머니의 돌봄과 보살핌을 받는 것조차 서툴고 어색해하셨다. 가장이라는 자리가 무너지는 걸 누구보다 용납하기 어려웠으리라.

다른 모습의 삶을 살아도 괜찮다는 걸, 절망적인 순간에도 무언가 작은 희망을 찾을 수 있다는 걸 알기도 전에 아버지는 떠났다. 아픈 아버지와 음식을 나누고, 노래를 듣거나 나들이를 하고 곁에서 마음을 털어놓는 소소한 시간을 가지지 못했다. 아버지의 마지막 삶을 떠올리는 건, 적어도 내게는 아쉬움이며 부끄러움이다.

암 선고를 받은 날 이미 생명의 반이 꺼져버린 아버지의 고통을 나는 알아차리지 못했다. 치료 과정에서 급속하게 쪼그라들던 아버지의 영혼을 이해하려고 하지 않았다. 각종 수치나 사진으로 드러나는 병의 실체를 줄이는 일에 집중하느라 정작 병과 맞서고 있는 아버지를 살펴볼 여유가 없었다. 그럴 만한 마음의 깊이도 없었다.

30대 중반, 물질적인 기반을 닦는 데 온 정신을 쏟아 붓던 시기였던 나는 보이는 세계에 대한 갈망으로 꽉 차 있었다. 외부의 접촉을 두려워하며 차츰 안으로 숨어들던 아버지의 마음을 알아차리기는 터무니없이 부족했다. 무엇이든 확실한 것을 붙잡고 싶은 마음으로 질병 앞에서 삶의 의미를 되새기던 아버지의 간절함을 이해하기에 나는 어리고 우악스러웠다.

아버지는 암 선고를 받은 지 몇 개월 만에 고통스럽게 세상을 떠났다. 죽음 뒤에 아버지 얼굴은 발간 분홍빛이었다. 고통으로 일그러졌던 주름이 펴지고 살며시 입술 꼬리가 올라갔다. 정말로 고통에서 벗어난 듯했다. 서러우면서도 조금 안심이 되었다. 일생 동안 아버지는 어떤 세상을 살았을까? 암 선고 후 아버지는 무엇을 느끼며 살고 계셨을까?

아버지가 세상을 떠난 이후, 수차례 아버지의 투병 과정을 복기해 보았다. 아버지가 원하던 마지막 삶의 모습과, 어머니와 자식들이 원했던 아버지의 삶이 어떠했는지 생각해 보았다. 아버지는 젊었고 갑작스러운 진단에 놀랐지만, 그 와중에도 어머니에 대한 염려가 많았다. 어머니는 어떻게든 아버지를 살리고 싶었고 마음은 조급했다. 아버지는 어쩌면 마지막이 될지도 모르는 치료와 수술을 부담스러워했다. 경제적인 부담과 함께 남은 가족들에게 폐를 끼치고 싶지 않다고 했다.

어쩌면 "왜 살아야 하지?" 하는 아버지의 물음은 '남은 시간을 어떻게 살아야 하는지'에 대한 고민이었을지도 모른다. 여명을 통보받은 후에, 아버지의 목소리에 귀를 기울였으면 어땠을까. 좀 더 편안하게 아버지가 속내를 털어놓을 수 있게 여유를 가졌으면 어땠을까. 진정 아버지가 원하는 것이 무엇인지 차분하게 들을 수 없었던 점이 죄송스럽다. 아버지는 결국 삶을 잘 마무리하지 못했고 가족들은 작별 인사를 제대로 나누지 못했다.

만약 아버지와 남은 삶에 대해 진지하게 이야기할 수 있었다면, 아버지의 마지막 모습은 달랐을지도 모른다. 하지만 우리 가족은 눈앞에 닥친 죽음을 어떻게 해야 할지 아무도 모르고 있었다. 죽음에 짓눌려 삶을 보지 못했고, 암이란 질병에 가려진 채 고통받는 아버지를 돌보지 못했다. 그래서 실패하지 않으려고 치료에 매달렸고, 아버지의 삶은 그렇게 막을 내렸다.

아버지는 할아버지가 물려주신 과수원 한쪽에 묻혔다. 봄이면 탐스러운 귤꽃이 만발하여 귤 향기가 온몸을 적시는 곳이었다. 아버지는 해마다 새봄이면 귤꽃과 함께 돌아온다. 아버지 묘소를 찾을 때면 어머니는 주변의 잡초를 뽑으며 아버지께 말을 건넨다.

"땅 속에 누워 있으니 편안해요? 나 혼자 어떻게 살아가라고, 먼저 갔어요?"

어머니는 그동안 얼마나 많은 말과 감정을 이곳에 쏟아냈을까? 위태로웠던 시간을 거치면서 나는 좀 더 어머니의 삶을 받아들이고 연대하며 지지할 수 있게 되었다. 아버지의 죽음으로 인해 어머니에 대해 더 깊이 이해하고 알게 되었다. 누군가를 알아간다는 것은 사랑하게 되는 과정이며, 나를 넓히고 낮추는 과정일 터이다. 깊은 공감은 서로에게 평화를 주고 생명을 준다. 아버지는 당신의 죽음으로 나에게 이런 세상을 열어주었으니, 그 위에서 나는 새로운 삶을 꾸리고 있는 셈이다.

아버지가 떠난 이후 고향에 가면 아버지가 자주 찾았던 바다에 가곤 한다. 갯바위 낚시를 즐기던 아버지는 농사일 틈틈이 바다에 나가셨다. 파도치는 바위에서 낚싯줄을 던지고 기다리곤 하셨다. 아버지가 세상을 뜨자 주인을 잃은 낚시도구는 하나씩 불태워졌고 창고는 텅 비었다.

이제는 어머니와 함께 그 바다에 간다. 바다는 푸르고 바람은 여전히 거세며 들꽃은 찬란히 춤을 춘다. 어린 시절 여름 한철을 보냈던 바다는 이제 관광지로 변하여 유람선이 다니고 카페가 들어서고 주차장이 생겼다. 톳을 뜯고 소라를 잡던 어머니는 허리가 굽었고, 튜브를 끼고 파도를 타던 나는 중년이 되었다. 그 바다를 보며 나는 여전히 아버지를 생각하고, 아버지를 그리워하고, 아버지를 애도한다.

아버지를 애도하는 시간은 곧 나를 돌아보는 시간이 되었다. 나를 알아갈수록 삶의 다양한 층위들이 드러나면서 나를 좀 더 넓고 고요한 길로 이끌었다. 더 넓어진 길 위에서 다채로운 삶의 색채를 만날 수 있었고, 타인을 가슴으로 받아들이며 관계의 행복을 어렴풋이 배우게 되었다. 관계 안에 놓인 나를 발견하는 것은 삶의 이정표를 세우는 길이며, 삶의 핵심을 깨닫는 길이었다. 명징하게 펼쳐진 죽음은 삶 전체를 뒤흔드는 위력을 갖는 법인지, 죽음은 삶을 돌아보게 했다.

어느 날, 동생이 자신보다 더 젊은 아버지를 핸드폰 첫 화면에 띄워놓은 것을 보았다. 아버지의 꽃 같던 시절을 기억하고 싶어서냐고 물어보자, "아버지의 꾸짖음이 더 필요해서"라는 대답이 돌아왔다. 나쁜 생각이 떠오를 때 아버지 사진을 보면 그만둘 것 같다며 자신만의 위안이라고 했다. 동생은 20대에 아버지를 잃었으니 나와는 다른 아버지를 기억하고 있을 것이다. 자신의 방식대로 아버지를 애도하는 방법이었으리라.

아버지의 몸은 지상에 없지만 아버지의 정신은 동생과 함께 일상에 있었다. 죽음이 일상으로 내려올 때 그것은 삶과 가까운 것이 된다. 죽음을 감추려고 하면 두려움이 커져서 삶을 망가뜨린다. 죽음에 대해 이야기하며 두려움을 해체할수록, 죽음을 삶 가까이 가져올수록 평화가 찾아온다. 죽음을 의식할수록 유한한 삶이 소중해지기 때문이다.

일일일생(一日一生), 아침에 눈을 뜨면 또 한 번의 인생이 시작된다. 아버지를 생각하면 여전히 눈물이 나지만 그것은 고인에 대한 그리움일 뿐, 보고 싶다고 말할수록 상실의 아픔은 아물어간다. 그리고 상처가 아물어갈수록 삶에 대한 사랑이 샘솟는다. 삶에 대한 사랑, 절망 앞에서도 희망을 찾아야 하는 것, 그리고 어떻게 살아야 하는지 되새겨보는 것, 이것이 아버지가 남긴 선물이다.

슬픔에게 주는 위로

: 양준석 :

나는 애도 상담을 하는 심리상담가다. 나를 방문하는 사람들은 주변
인의 죽음을 둘러싼 여러 가지 문제들을 풀고 싶은데 어찌 하지 못
하고 가슴속에 담고 있는 사람들이다. 보통은 사별 경험 이후 1~2
년이 지나면 그 사실을 받아들이는데, 어떤 사람들은 상실감을 오랫
동안 놓지 못하는 경우도 있다. 복합적(complicated) 비탄을 겪는 경
우다.

특히 갑작스레 겪은 사별은 다른 어떤 경우보다 위협적이며, 대인
관계나 세상과 미래에 대한 신념을 근본부터 흔들기도 한다. 예측되
지 않은 사별 경험은 자신의 지지 체계가 무너지는 것과 같은 경험

일 수 있다. 그것은 죽음의 유형(자살, 갑작스러운 죽음, 사고 등)에 따라, 고인이 담당했던 사회경제적 문제가 클수록, 고인에 대한 의존도가 높을수록, 애착관계가 깊을수록 삶의 통제력을 상실하는 원인이 되기도 한다.

어떤 연유에서든 이별의 고통을 사회문화적 방식으로 표현하는 것을 '애도(Mourning)'라 한다. 애도 상담은 고인에 대한 기억을 재구성하는 과정을 거치는데, 만약 나빴던 기억만 갖고 있다면 좋았던 기억도 한쪽에 있었음을 발견해 내고 균형 있게 바라볼 수 있게 돕는 것이다.

2017년 가을, 애도 상담을 위해 상담실을 찾아온 여성이 있었다. 40대에 남편의 죽음을 겪었던 그분은 50대가 되도록 감정을 정리하지 못하고 힘들어하고 있었다. 우울 증세는 끝날 줄 모르고 계속되고 있었고 자주 몸이 아팠다. 남편은 외도 중에 갑작스러운 심장 쇼크로 죽었는데, 아이들에게는 아빠로서 잘했던 사람이었기 때문에 아빠의 외도와 사인에 대해서는 숨겨왔다고 한다. 남편이 죽은 후 10여 년의 세월 동안 누군가가 남편의 죽음에 대해서 질문을 던질 때마다 과로로 죽었다는 거짓말을 반복했고, 그로 인해 죄책감까지 안고 살았다. 표현하지 못하고 말하지 못하는 상황을 만성적으로 겪으면서 신체적인 질병으로까지 나타난 것이다. 이 여성은 말하기 어려웠던 사정을 상담자에게 털어놓는 것만으로도 억압된 감정에서 벗어나 자유로워질 수 있었다.

겉으로 보기에는 담담해 보이는 '위장된(Masked) 비탄'도 신체적 증상이나 부적응적 행동으로 나타나는 경우도 있다. 실제로 애도 과정이 충분하지 못하고 결여되었을 경우 신체적, 심리적, 사회적 측면에서 부정적인 영향이 있으며, 이는 일상생활의 적응을 어렵게 만든다. 또한 애도 과정의 결여는 향후 상실을 다시 경험할 경우 이전에 다루지 못했던 감정이 되살아나 더 격렬하게 반응하는 위험 요소가 된다.

사랑하는 사람을 잃은 후 남겨진 가족들이 겪게 되는 비탄의 경험은 3단계로 설명할 수 있다. 단계는 반드시 순서에 따라 연속적으로 일어나는 것은 아니며, 서로 겹치거나 개인별로 차이가 있어서 사별한 모든 사람이 똑같이 경험하는 것은 아니다.

1단계는 쇼크, 무감각, 불신 등의 반응을 나타내는 단계로 이런 감정은 상실 후 며칠 또는 몇 주 동안 지속된다. 대부분 이 상태에서는 죽음이 주는 엄청난 고통을 느끼지 못하고 얼어 있는 듯한 상태가 된다. 갑작스럽게 사별하면 처음에는 모든 감정을 억누르거나 현실을 부정하는 감정적 정지 상태가 된다. 그로 인해 극도로 냉정해지는데, 이 상태는 사별을 당한 사람이 다소나마 감정을 표현할 수 있을 정도의 안정 상태에 놓일 때까지 유지된다. 이럴 땐 주변에서 감정을 자극하기보다 장례 절차에 도움을 준다든가 하는 식으로 도우면 된다.

2단계는 그리움, 분노 등 혼란을 경험하는 단계다. 사별 경험자는 고인이 다시 나타날지도 모른다는 희망을 품고 구석구석 살펴보고 둘러보고, 이 방 저 방을 돌아다닌다. 사별 경험자는 일종의 강박적 '반복 행동'을 하는데, 고인을 떠올리게 하는 사건들을 세세한 부분까지 마음속으로 되뇌인다. 과거의 일들이 다른 형태로 펼쳐질 수도 있으리라는 희망을 품기 때문인데, 이러한 정신적 추구는 '잃어버린 대상을 다시 찾아 재결합하려는 시도'다. 사별한 자에게는 고인의 시각적 이미지가 자주 떠오르기도 하고 분노나 슬픔이 터져나오기도 한다. 이때는 "잊어버려", "산 사람은 살아야지" 같은 말은 삼가야 한다.

마지막 3단계는 신체적 · 정신적 균형의 회복이나 재건, 재통합이 이뤄지는 단계다. 보통의 사람들은 상실의 고통이 바닥을 치고 나면 밥을 먹고 일상으로 돌아간다. 상실한 것에 대한 애착관계를 재정립하며, 새로운 사람과의 관계를 다시 시작하기도 하고 자신이 극단적인 정신적 외상으로부터 헤어난 것을 자랑스러워하고, 긍정적인 사고방식을 회복하기 시작한다. 또한 사랑하는 사람이 죽은 현실과 그것이 의미하는 모든 것을 수용하기도 한다.

사실 애도 상담을 하면서 나 스스로도 제대로 애도를 했는지에 대해 의문이 들 때가 있었다. 주체할 수 없는 슬픈 감정의 폭류(暴流)가 밀려오면 그것을 정면으로 바라보거나 깊이 있게 이해하려는 마음보다 그저 빨리 지나가길 바라는 마음이 먼저였던 것 같다. 그만큼 어려운 주제이고 쉽지 않은 주제다. 회피한다고 해서 해결되는 것이 아니기 때문에 슬픔과 상실을 대하는 이정표와 지도는 꼭 필요한 것이다.

2014년, 세월호 사건이 터진 후 한 달 뒤인 5월. 비가 주룩주룩 내리는 날이었다. 착잡한 기분으로 집단상담 프로그램을 하고 있었는데, 참가자 중 한 분이 '죽음'이란 말을 듣자마자 갑자기 하염없이 울기 시작했다. 알고 보니 그분은 세월호 사건에 아들을 잃은 유가족이었다. 그분은 아들에게 "엄마는 꼭 상담사가 될 거야"라는 약속을 하고 3월에 상담사 자격시험에 합격한 상태였다. 아들의 죽음을 경험한 지 한 달밖에 안 됐지만, 그날은 아들과의 약속을 지키기 위해서 상담사 면접에 꼭 필요한 자리라서 참석한 것이었다. 아들 이름을 부르면서 그저 눈물만 흘릴 뿐인 그 어머니에게 무슨 말이 위로가 될까. 그저 곁에서 그와 함께하는 것만이 최선의 위로인 것 같았다.

사랑하는 사람과의 사별 뒤에 남겨진 이들은 지난 삶을 잃어버린 상실감으로 시간과 공간, 사람에 대해 멈춤 현상에 직면한다고 한다. 바삐 움직이는 일상 속에서 무엇을 해야 할지 모르고 그저 관성대로 움직이거나 지난 시간을 반추하면서 살아가기도 한다. 함께 했던 시간들을 그리워하면서 슬픔에 잠기고 언제 끝날지도 모르는 지금의 상태를 원망하면서 그저 하루하루를 버겁게 살아가는 것이다. 그래서 인간을 '호모 파티엔스(Homo patience, 고통을 아는 인간, 고민하는 인간)'라 하는가 보다.

어떤 이들은 사랑하는 사람의 사별로 인한 슬픔을 '내밀한 고독감'에 비유하기도 한다. 하지만 아무리 삶이 고(苦)라고 해도 자신에게 닥친 상실과 사별에 따른 슬픔은 개개인마다 다른 무게와 압박으로 다가와, 자신의 삶을 송두리째 바꿔놓을 수 있다. 시간이 흐른다고 상실과 슬픔은 해결되지 않는다. 그 슬픔은 다양한 감정의 복합체이며, 그 감정 속에 또 다른 감정이 연이어 올라온다. 그러므로 지난 삶을 통해 자신 안에 내재된 슬픔을 애도하고 풀어내야 한다.

우리는 사랑하는 사람을 잃었을 때 슬픔이 오는 것을 당연하다고 생각한다. 그런데 왜 다양한 감정 중에 슬픔이 올라오는 것일까? 슬픔은 애도 과정에서 어떤 역할을 하는가? 감정을 연구하는 학자들은 감정마다 각각의 의미와 가치가 있다고 한다. 미국심리학회가 선정한 '20세기 가장 영향력 있는 심리학자'이자 감정연구의 선구자인 폴 에크만(Paul Ekman)은 다양하게 나타나는 감정은 인간 행동에 핵심적 역할을 한다고 말한다.

슬픔은 중요한 사람이나 대상을 상실했을 때, 자신이 그러한 상황에서 아무것도 할 수 없을 때 표현되는 감정이다. 동양의학에서 슬픔은 '비즉기소(悲即氣消)'라 해서 슬퍼하면 기(氣)의 순행이 소모되기에 우울해지고 의기소침해진다 했다. 그래서 슬픔은 분노와 달리 체념에 가까운 감정이며 시선을 내면으로 돌려 스스로 상황을 파악하고 현재에 적응할 수 있도록 돕는다. 실제로 슬픔과 다른 감정의 비교연구에서 슬픔은 자신에게, 또는 일을 할 때 정확성을 수반하며 좀 더 숙고하기 때문에 타인에 대해서도 편견을 덜 가지고 바라본다는 연구가 있다.

사별 경험 후 애도 과정에서 주요하게 표출되는 슬픔은 이미 상실했음을 수용하고 좀 더 자신과 상황을 깊고 효과적으로 성찰하게 하는 기능으로 작용한다. 그런 면에서 분노는 누군가와 대항할 태세를 만드는 반면, 슬픔은 생리적인 체계를 둔화시켜 슬로 모션으로 사는 것 같은 효과를 준다. 세상의 속도에 반응하며 살아왔던 지난 방식을 잠시 잊고 자신의 내면으로 집중하게 하는 힘이 있는 것이다.

프로이드의 표현대로 '애도 작업'은 기나긴 여정이며, 상실과 사별 경험 후에 오는 감정은 복잡한 경험이다. 심리학자 카스텐바움(Robert Kastenbaum)은 감정의 복잡성을 감정의 다양성으로 설명했으며 '밀려오는 파도'라고 했다. 상실과 사별 후에 한동안 충격에 빠져 무감각 상태가 올 수도 있고 슬픔에 빠지기도 한다. 분노, 혼란, 상실감, 피로감, 우유부단, 끔찍함, 혐오감, 시기·질투, 싫증, 행복감, 다행감 등 다양한 감정들이 파도처럼 몰려온다.

이에 한 걸음 더 나아가 최근 연구에서는 이중 과정으로 설명되고 있다. 이는 진동, 파동으로 설명되는데, 비탄 과정은 고정된 것이 아니라 변한다. 고인과의 상실 경험에 집중되는 '상실 지향적 과정'과 고인이 없는 삶에서 해야 할 일들과 난관을 처리해 나가는 '회복 지향적 과정'을 왔다 갔다 한다. 상실과 사별은 그것으로 끝이 아니라 삶으로 계속 이어지는 것이다. 모든 것이 끝날 것 같은 상황에서도 이따금씩 삶의 즐거움과 행복감을 발견하고 살아가는 것이 삶의 신비다.『슬픔이 내게 말을 거네』의 저자 존 제임스(John W. James)와 러셀 프리드만(Russell Friedman)은 "상실감에 빠진 사람 스스로가 사소하지만 올바른 결정을 하게 될 때 그 상실감에서 벗어날 수 있다"고 했다.

어느 철학자는 생명(生命)이란 살라는 명령이라고 설명했다. 아무리 극심한 고통을 경험한다 해도 인간은 존재하며 버텨내고 감내한다. 인간은 생명이 시작되면 삶을 살다가 죽음을 통해 마무리한다. 그래서 생명, 삶, 죽음은 단절된 것이 아니라 한 순간을 넘어서면 또 다른 장으로 넘어가는 법이다. 상실과 사별 때문에 슬픔을 경험하는 사람에게 우리 인생의 요소에서는 다양한 사건과 상실, 죽음이 있음을 이해시킨다면 조그마한 위로가 될 수 있지 않을까.

"죽으면 편안해질까요?"

: 김아리 :

특수교육지원센터의 치료사로 일하는 동안, 나는 유치원생부터 고등학생까지 신체적 문제부터 감정조절 문제, 소통 문제 등 다양한 도움이 필요한 아이들을 만났다.

처음 심리치료에 관심을 갖게 된 계기는 '나'를 들여다보고 싶어서였다. 결혼 후 아이들을 키우며 과도하게 화를 내는 자신을 보면서 이런 모습이 아이들에게 좋지 않은 영향을 미치거나 상처를 줄지도 모른다는 생각에 불안해지곤 했다. 아이들 마음을 잘 알아주는 좋은 엄마가 되고 싶었고, 한편으론 일상의 스트레스를 속 시원하게 풀어내고 마음을 다스리는 법을 알고 싶었다.

현장에서 일하는 동안 더 전문적인 자격을 갖춰야겠다는 고민이 생겼다. 아이들의 변화를 직접 보면서 보람을 느끼기도 했지만, 변화가 더딘 아이들을 보면 성급한 마음에 자괴감에 빠지기도 했기 때문이다. 이때 내게 큰 영향을 미친 것이 '생사학' 공부였다. 생사학은 '생(生)과 사(死)를 토대로 자살과 종교, 철학을 아우르는 깊이 있는 학문'이다. 자살 충동으로 힘들어 하는 아이들을 만날 때면 생사학에 더욱 관심이 깊어졌다. 인간의 심리는 물론 사회와 문화, 철학과 종교까지 통섭하는 융합 학문이었기에 나의 답답한 시야를 확 뚫어줄 것만 같은 기대감도 생겼다. 그렇게 나는 우리나라 최초로 생사학 연구소가 생긴 대학원에 진학했다.

생사학을 통해 죽음에 대한 다양한 관점을 배우면서, 우리 세대에는 '죽음'을 언급하는 것을 금기시하는 분위기가 있었다는 점을 깨달았다. 어린 시절, 병원에 문병을 가지 못하게 하거나 장례식장에 못 가게 하는 등 죽음과 관련된 경험에서 제외되었던 기억도 떠올랐다. 심지어 내가 성인이 된 후 치렀던 외할머니 장례식 때도 엄마는 우리 아이들이 너무 어리다며 오지 말라고 했다. 마치 아이들은 죽음으로부터 보호받아야 하는 존재로 생각하거나, 죽음이란 굳이 가르칠 필요가 없는 것이라고 생각하는 듯한 분위기가 있었던 듯싶다.

생사학을 공부하기 전까지는 그런 생각이 일상에 어떤 영향을 미치는지 깊이 생각해 보지 않았다. 자살에 대한 것도 마찬가지였다. 예전엔 우리나라의 청소년 자살률이 높다는 사실만 걱정스러울 뿐이었는데, 지금은 그 이면의 문제에 대해서도 생각이 미친다. 아이들을 죽음의 경험에서 제외시킴으로써 죽음이 어떤 것인지, 남아 있는 자에게 어떤 영향을 미치는지, 죽음이 무엇을 남기는지 알 수 있는 기회를 상실한 것이 더욱 자살을 쉽게 만드는 것이 아닌가 하는 생각도 든다.

물론 자살은 하나의 원인만으로 이야기할 수 없는 복잡한 양상을 띠고 있다. 죽고 싶다는 말을 할 만큼 극단적인 상황에 처한 아이들도 있지만, 심리적으로 불안한 상태에서 자살에 대한 생각을 떠올리는 아이도 있다. 그러나 아이들의 민감성을 탓하기 전에 우리 어른들이 먼저 생각해 봐야 할 것들이 있다. 과연 우리는 어른으로서, 아이들의 내면을 섬세하게 돌보고 있는 것일까? 아이들의 말을 쓸데없는 소리로 치부하고 있는 것은 아닐까? 아이들의 마음을 들어주기에 어른들은 너무 바쁘고 지쳐 있다.

이른 아침부터 등교해 공부에 시달리고 밤늦게까지 학원을 돌다가 집에 와도 편하게 마음 둘 곳이 없는 아이들은 스마트폰으로 시간을 보내다가 게임이나 동영상에 빠진다. 가상 속의 세계가 현실보다 리얼한 세계가 된다. 언제든 원하는 것을 볼 수 있고, 얼굴을 몰라도 친구가 되고, 실명을 몰라도 고민을 나눌 수 있다. 실명이나 실재가 없어도 되는 세상에서 진심이 오고갈 수 있다는 것은 참으로 아이러니하다. 이 세계 속에서 아이들은 "죽고 싶다", "자살하고 싶다"는 이야기를 쉽게 한다. 죽음의 의미에 대해 깊이 생각해서가 아니라 그만큼 힘들다는 뜻일 게다.

급식실에서 같이 밥을 먹고 체육 시간에 운동장에 같이 가고 하교를 같이 하던 친구와 다툰 후에, 혼자서 급식실에 가야 하거나 체육 시간에 혼자 짝이 없는 순간을 맞는다면 누구라도 학교 가기가 싫어질 것이다. 등교를 거부하거나 심하면 삶에 대한 의욕을 잃어버리기도 한다. 풀기 어려운 수학 문제를 나가서 풀어야 할 때나 노래를 불러야 하는 음악 시간도 음치라는 걸 드러낼 수밖에 없는 공포의 시간이 될 수 있다. 집에 돌아온들 마음이 편한 것은 아니다. 수행평가 과제들로 걱정이 앞설 때 속도 모르고 억지로 외식하러 나가자는 아빠가 세상에서 가장 미운 사람으로 보이기도 한다. 거센 파도가 연달아 몰려오는 듯한 이 모든 순간을 겪으며 아이들은 "죽으면 편할 것 같다"고 말하기도 한다.

상담 현장에서 만난 수진(가명)이는 정서행동검사 결과 자살 고위험군으로 나온 아이였다. 학년이 올라갈수록 현실에서 또래 관계가 어려워지고 은따와 왕따를 당하는 일이 반복되자 스마트폰에서 접한 가상의 모임에서 재미를 느꼈다. 댓글도 바로바로 달아주고 반응해 주는 친구들이 좋았다. 얼굴에 나타나는 짜증이나 불편함이 보이지 않으니까 하고 싶은 말을 맘대로 할 수 있었다. 신기하게도 같은 생각을 하고 있는 친구들이 많았다. 자신에게 관심을 갖는 친구들이 있다는 사실이 큰 위로가 되었다.

"이제야 그토록 바라던, 나와 같은 편이 생긴 것 같았어요."

수진이는 자신도 열심히 다른 친구들에게 반응을 해주었다고 했다. 유독 자신과 잘 통하는 친구가 글을 올리면 설레기도 했고 기다려지기도 했다. 하루 종일 핸드폰으로 연락하며 이야기하고 싶었다. 진짜 이름이나 얼굴을 모른다는 것은 아무 문제도 되지 않았다. 그런데 어느 날부터, 그 친구가 예전처럼 이야기를 들어주지 않았다. 마음에 상처가 되는 말을 하기도 했다. 다른 친구들이 달래는 글을 올렸지만 배신감이 사라지지 않았다. 눈물을 흘리며 혼자서 마음을 달랬다. 세상에 유일한 내 편이라고 생각했던 사람에게 버림받았다고 느꼈다. 힘든 학교생활을 버티게 했던 잠깐의 행복이 무너지자 하루하루 무기력해졌다. 잠도 오지 않았다. 해가 뜨고 하루가 다시 시작되는 것 자체가 고통이었다. 얼굴도 본 적이 없는 온라인 세상에서 만난 친구였지만, '자살'을 생각할 만큼 큰 충격을 받았다. 수진이는 멍한 얼굴로 이렇게 물었다.

"사는 게 힘들어요. 죽으면 편안해질까요?"

이후에도 수진이는 힘든 시간을 보냈다. 현장체험학습을 갔다가 죽고 싶다며 강으로 들어가는 것을 주변 친구와 선생님이 말린 일도 있었다. 상담을 받으며 차차 안정을 찾기 시작했지만 수진이가 여전히 현실에서 경험해야 하는 관계는 아직 어렵기만 하다.

청소년들에게 왕따 경험은 가혹한 기억으로 남는다. 옷이 지저분하다고, 예쁜 척한다고, 엄마가 없다고, 말을 안 듣는다고 편을 가르고 따돌린다. 특별한 이유가 없는 경우도 많다. 또래 관계에 집중하는 청소년에게 친구의 배신이나 왕따 경험은 '자살'을 떠올릴 만큼 심각하고 중요한 일이다. 주변을 두루 살펴볼 여유나 경험이 없기 때문에 더욱 극단적인 생각에 빠지기도 한다.

청소년기에 나타나는 특성 중에 '동굴 시야'라는 것이 있다. 다양한 주변 환경을 고려하여 체계적으로 사고하지 못하고 한 사건과 상황에만 집중하는 것이다. 또한 청소년 특유의 충동성은 갑작스러운 자살 시도로 이어지기 쉽다. 또래 안에서의 군중심리 또한 위험할 수 있다. 요즘 유행처럼 돌고 있는 '자해 인증샷'은 청소년의 그러한 특성을 잘 보여준다. 잘못된 것인 줄 알면서도 멈추지 못하는 것은 절실하고 중요한 또래 관계를 포기하지 못하기 때문일 것이다.

부모들은 흔히 '내 자식은 내가 제일 잘 안다'고 생각한다. 착각도 그런 착각이 없다. 나도 그런 착각 속에서 오래 살았다. 그러나 아이들이 느끼는 공포나 힘겨움은 부모가 이해하기 힘든 수준일 수도 있다. 아이들은 관계에서 도태되지 않기 위해, 적응하기 위해 그야말로 살기 위해, 제각각 처한 상황 속에서 필사적인 것이다.

관계를 맺기 위한 눈물겨운 노력이 비단 아이들만의 것일까? 관계는 더불어 사는 안정을 주기도 하지만, 아픔을 주기도 한다. 그것은 아이나 어른이나 마찬가지일 것이다.

치료사로 일하기 시작하고 얼마 되지 않았을 때, 한 동료로 인해 어려움을 겪은 일이 있었다. 그가 한 말 때문에 오해가 생겨 여러 사람이 불편해졌는데 나 또한 그 속에 포함되었다. 그로 인한 문제들을 수습하느라 한동안 애를 먹었다. 사건 이후 당사자는 일을 그만 두었지만 남은 동료들은 서먹한 관계를 이어갈 수밖에 없었다. 지금도 그 사람을 떠올리면 종종 화가 난다. 수십 년을 같이 사는 부부도 서로의 속을 모르는데 하물며 남과 함께하는 사회생활이 쉬울 리 없다. 때로 우리는 관계 속에서 성장하지만 또한 관계 속에서 상처도 받는다.

관계의 어려움으로 마음이 어지럽거나 또래 관계에서 갈등을 겪는 아이들을 만날 때면 수진이의 말이 생각나곤 한다.

"사는 게 힘들어요. 죽으면 편안해질까요?"

죽음을 관계의 끝이라고 생각할 수도 있겠지만 사실 '죽음'은 또 다른 관계를 만들어내기도 한다. 남겨진 이들과의 관계다. 자연적인 죽음으로 생겨난 기억의 관계는 슬프지만 덜 고통스럽다. 그러나 만약 '자살'로 누군가를 잃게 된다면, 남겨진 사람들에게 기억은 잊을 수 없는 고통이 될 것이다.

죽음 교육에서 소외된 아이들은 그것을 알 수 없고 보지 못하니까 '죽음은 끝'이라고 생각하기도 한다. 그러나 남겨진 사람들의 고통은 참담하기 그지없다. 자살은 드러내기 어려운 사건이기에 남겨진 이는 더욱 아픈 시간을 보내기 때문이다.

오늘도 힘겨운 하루를 맞고 있는 아이들이 내일은 오늘과 다를 수 있다는 것을, 나를 진정으로 알아주는 친구를 만나게 될 것이라는 것을, 살면서 기쁨을 느끼는 아침을 더 많이 맞을 것이라는 것을, 조

금씩 알아갔으면 좋겠다. 관계가 힘겨움만 주는 것이 아니라 따뜻함
도 주고, 든든함도 주고, 행복도 준다는 것을 살면서 알아갔으면 좋
겠다.

#여자라서_죽었다

: 김영란 :

30대 후반에 하던 일을 그만두고 진로를 바꾸었다. 직업의 노하우나 전문성이 커질 시기에 전혀 다른 새로운 일을 하게 된 것이다. 청소년 성교육, 성상담 그리고 성폭력 피해자에 대한 지원활동을 하는 일이었다. 가족들과 주변 지인들은 나이 들어서 진로를 바꾸는 것도 그렇지만 NGO 단체에서 일한다는 것에 대해 더 큰 우려를 보냈다. 그래도 오래 고민하지 않고 결정을 내릴 수 있었던 것은 당시 삶의 가치가 와르르 무너질 만큼 큰 위기를 겪은 직후여서 사회적 지위나 명예보다는 헌신하는 삶에서 의미를 찾고 있었기 때문이다.

물론 사람이 모이는 곳이라면 어디나 갈등이 있고 반목하는 일이 있는 법이라서 단체활동가로서 어려운 일이 없었던 것은 아니다. 하지만 뒤돌아보면 이 일을 하게 된 것이 얼마나 다행인가, 내 인생의 가장 중요한 결정을 내릴 수 있어서 얼마나 다행인가, 하는 생각이 들곤 한다.

그 후 수많은 폭력 피해 청소년과 여성들을 만났다. 희망이라곤 없을 것 같은 상황, 죽는 것이 더 쉬울 것 같은 암담한 상황 속에서 끝없이 자신을 학대하며 고통스럽게 지내던 아이들, 가출했지만 다시 돌아가기엔 더 위험한 가정의 아이들, 삶의 밑바닥까지 내려간 자신을 일으켜 세우고 살아내는 여성들을 지켜보았다. 고통이 얼마나 크고 깊은지, 고통이 어떻게 사람을 잡아먹는지, 죽음과도 같은 고통을 지켜보았다.

누군가 고통스러운 사연을 이야기하면 어떤 사람은 "그 고통이 어떤 건지 알 것 같다"고 말한다. 나 역시도 그랬다. 나 또한 고통스러웠던 경험이 많았기에 알 수 있을 거라고 생각했다. 그러나 고통이나 두려움, 불안과 같은 감정들은 각자 자신이 경험한 만큼, 상상하는 만큼만 알 수 있을 뿐이다. 우리가 할 수 있는 것은 그 사람의 고통을 알려고 하는 것이 아니라 공감하는 것이다. 아니, 공감하려고 노력할 뿐이다.

최근 전 세계적으로 일고 있는 미투 운동(Me Too movement)의 창시자라고 할 수 있는 사회운동가 타라나 버크(Tarana Burke)는 어린 흑인 여자아이가 와서 성폭력 피해를 입었다고 했을 때 해줄 수 있는 게 없어서 "나도 그랬어(Me too)"라고 말했다고 한다. 그녀는 "성 폭력 피해자들은 수치심 때문에 이를 제대로 말하지 못한다. 그러나 '사실은 나도 그랬어'라는 말 한마디, 그 공감의 힘은 수치심을 털어 버릴 수 있게 한다"라고 했다.

미투 운동을 통해 알게 된 것은 너무나 많은 여성들이 오랫동안 자신만의 비밀로 폭력 피해 경험을 숨기고 있었다는 것이다. 왜 그 토록 많은 여성들이 폭력 피해를 입고 있을까? 그런 경험 이후에도 왜 그렇게 오래도록 고통 받으며 지냈을까? 폭력 피해의 고통은 왜 죽음과 같은 극단적인 선택을 하게 할까? 여성들의 인권은 보장되 었고 오히려 남성에 대한 역차별과 인권침해를 일으키고 있다며 반 박하는 사람도 있는 시대에 왜 여성들은 여전히 폭력이 일어날지 모 른다는 두려움에 힘겨워하고 분노할까? 그것은 아무리 부정해도 여 성에 대한 폭력이 지금도 실제로 일어나고 있기 때문이다. 무엇보다 드러낼 수 없는 폭력이 더 많다는 것이 원인이다.

힘 있는 자가 만든 집단의 질서 안에서 입 다물고 사는 것은 죽음 과도 같은 일이다. 살면서 겪는 신체적·정신적 폭력, 인간에 대한 믿음이 사라지는 배신감, 예측하지 못했던 상상 이상의 고통 등을 경험하게 되면 사람들이 보통 죽음을 떠올릴 때의 이미지와 같은 어 려움, 공포, 두려움을 갖게 된다. 인간이 겪는 아픔이나 고통이라는 면에서는 죽음과 폭력의 아픔은 유사하다. 그리고 그것을 겪어가는 과정도 유사하다. 실제로 폭력 피해 여성들은 '이건 내 삶에 일어나서는 안 돼'라고 부정을 했다가, 사회와 자신에 대해 분노했다가, 결국은 그런 일이 일어났다는 것을 인정하고, '그럼 이제 어떻게 살아갈 것인가'라는 식으로 또다시 자신의 삶을 전개해 간다. 그것은 죽음을 맞이할 때의 과정과 비슷하다.

2016년 5월, 강남역 인근 화장실에서 20대의 한 여성이 살해되었다. 여성에 대한 피해의식을 가진 한 남성이 대도시 건물의 어느 화장실에서 여성을 살해했다는 기사가 보도되자 살해된 20대 여성이 내가 될 수도 있다는 공감이 커지면서 젊은 여성들의 애도가 이어졌다. SNS에서는 '#여자라서_죽었다', '#살아남았다' 등 해시태그로 추모운동이 일어났고, 강남역에 남겨진 추모쪽지들은 3만 5천여 장이나 되었다. 메모에는 '살아남은 나는 한국 여자다', '새벽 1시에 화장실 가는 게 죄인가요?', '밤늦게 돌아다니지 말라는 말 그만하세요', '너의 죽음은 곧 나의 죽음이다', '여자라 살해당했다' 등 일상의 삶 속에서 여성들이 얼마나 폭력에 대한 공포를 느끼며 살아가는지 적나라하게 표현되었다.

애도하는 여성들에게서 볼 수 있는 공통점은 여성이기에 죽임을 당할 수밖에 없었던 추모의 마음과 자신도 여성으로서 살아가야 할 두려움의 공감이었다. 우리는 죽음을 보통 생로병사, 즉 나이가 들면 맞이하는 과정이라고 생각하지만, 여성들은 일상에서도 죽음을 느낀다. 일상의 다양한 폭력 앞에서 '죽음'을 떠올릴 만한 공포와 두려움을 느낀다.

2018년, 수만여 명의 여성들이 혜화역에서 집회를 열었다. 홍대 누드모델 몰카 유출범이 사건 발생 12일 만에 붙잡혀 구속 기소된 것을 두고, 피해자가 여성이 아닌 남성이었기 때문에 신속한 수사가 이뤄진 것이라며 분노를 표출하는 여성들이 자발적으로 모인 것이 었다. 몰카나 SNS 등에서의 음란대화, 디지털 성범죄라고 부르는 사적인 성적 영상물이 유포되어 피해를 입고 있었던 여성들의 누적된 분노가 터진 것이다.

인터넷에 올려진 영상물 때문에 고통스러워하는 여성의 이야기를 들어보면 그 고통이 얼마나 무지막지한지 상상조차 하기 힘들다. 불특정 다수가 자신을 알아볼 수 있다는 두려움, 틈만 나면 인터넷에 올려진 자신의 영상물을 찾아내야 하는 수고스러움, 일일이 삭제 요청을 해야 하는 피로감 등은 겪어보지 않은 사람은 알 수 없는 것이다. 게다가 영상이 퍼지는 속도가 상상할 수 없을 정도로 순식간이라 결국 지쳐 포기하고 만다. 피해 여성은 스스로를 가두고 자신을 학대하다가 대인관계도 어려워지고, 외상 후 스트레스 장애가 생기거나 심각하면 자살에 이르기도 한다.

혜화역 집회는 비슷한 두려움과 경험을 가진 수만 명의 여성들이 자발적으로 모였다는 점에서 여성들의 분노와 두려움을 깊이 확인할 수 있는 집회였다. 마치 먼지처럼 일상에 드리워져 있지만 잘 모르고 지내다 어떤 여성의 죽음을 통해 잠재되어 있던 두려움과 분노가 터져버린 것이다.

한 여성단체에서 발표한 통계에 따르면 2017년에 약 85명의 여성이 남편에 의해 또는 애인과의 데이트 과정에서 살해당했다고 한다. 최소 103명의 여성들이 살인미수 피해를 입었다고 밝혔다. 지난 9년간 이런 이유로 사망한 여성은 최소 824명으로 추정하고 있는데, 이 통계는 언론에 보도된 사건만으로 조사한 것이라 실제 피해는 훨씬 더 많을 것이다.

가정 내 폭력이 진행되는 과정을 보면 처음부터 강도가 높은 것은 아니다. 그저 "밖에 나갈 때 짧은 옷 입고 가지 마", "집에 일찍 들어와", "집안 좀 깨끗이 해놔" 정도로 약간의 행동 통제에서 시작됐을지 모른다. 사람들은 그 정도의 참견과 간섭을 '관심'이나 '사랑'이라고 받아들인다.

그러나 간섭은 언어폭력으로 나타나고 무시하고 깔보고 협박하는 정서적 폭력으로 이어지며, 점점 물리적 폭력으로 수위가 높아진다. 피해여성은 이러다 죽임을 당하지 않을까 두려워지는 지경에 이른다. 언제 또 폭력을 당하게 될까, 두려움에 떠는 시간은 마치 죽음을 목전에 두고 기다리고 있는 것과 같은 두려움과 유사하다.

죽음과도 같은 폭력을 겪는 여성들 옆에는 그것을 목격하는 아이들이 있다. 파괴적인 폭력을 경험하는 것도 고통이지만 저항하지 못하는 무기력도 고통이다. 폭력을 목격한 아이들이 불행한 것은 과거의 기억이 현재와 미래의 삶에까지 연결되기 때문이다. 부모의 폭력을 모르는 척하고 싶은 마음은 죄책감으로 작용하기도 한다.

　나의 어린 시절에도, 폭력에 눌린 비명소리가 자주 귓가에 들려왔다. 행복한 순간도 많았지만 그 비명소리가 너무 강하다 보니 나의 유년 시절은 너무 끔찍했고 이 저주받은 집안에서 태어난 나는 죽어 마땅하다는 생각을 어른이 되어서까지도 했다. 엄마가 제발 좀 도망이라도 갔으면 좋겠다는 생각을 했지만 엄마는 도망가지 않았다. 가끔 먼 친척집에 어린 내 손을 붙잡고 며칠씩 간 적도 있었지만 다시 집으로 돌아가곤 하셨다. 도망가지 않는 엄마 대신 나라도 도망치고 싶었다.

　폭력 피해자들을 도우면서 엄마의 고통을 다시 돌아보게 되었다. 도망가지 않고 저항하지 못하고 복종하며 패배적인 일로 보이기만 했던 일들을 견뎌내고 살아낸 것만으로도 엄청난 용기와 노력이 필요한 일이 아니었을까 하는 생각이 들었다. 그 상황에서 엄마는 무엇을 할 수 있었을까. 여덟 명의 아이들을 낳고 키워내기 위해 견뎌내는 것만이 엄마가 할 수 있는 가장 최선이었을 것이다. 그런데 말년에 엄마가 보여준 모습은 어쩔 수 없이 수동적으로 참아낸 사람의 모습이 아니었다. 자신의 삶을 당당하게 지켜낸 모습으로 우리들에게 삶의 용기를 주곤 하셨다.

　오랜 시간 내 삶의 동력은 폭력에 대한 분노였다고 생각했는데, 자식으로서 도움을 줄 수 없었던 나의 무기력함과 패배자가 된 것 같은 좌절감이었을지 모른다는 생각이 든다. 어쩌면 그것이 엄마에 대한 원망과 분노로 나타났을 것이다.

극악한 상황에서 살아남는 것, 두려움을 극복하고 끝내 자신의 삶을 살아냈던 엄마처럼 모든 폭력 피해 여성들이 폭력으로부터 치유되는 것은 아니다. 여성이라는 이유만으로 폭력을 당하는 일은 여전히 일어나고 있는 것이 현실이다. 단지 생물학적인 죽음만이 아니라 심리적 죽음, 여성이기에 겪는 존재의 죽음을 생각해 보게 된다.

충분히 애도하지 못하고

: 최은아 :

2014년 초겨울, 용문행 중앙선을 타고 있었다. 중앙선이 한강 상류를 지나고 있을 무렵, 눈물이 주르르 흘렀다. 당시 나는『또 하나의 냉전』이라는 책을 읽고 있었다. 단지 책을 읽고 있었을 뿐 울 만한 상황은 아니었다. 손으로 눈물을 훔쳐도 흐르는 눈물 때문에 당혹스러웠다. 도대체 내 가슴이 기억하는 슬픔은 무엇이었을까?

『또 하나의 냉전』의 저자 권헌익은 냉전이라는 세계 체제가 유럽에서는 미소 간 군사적인 긴장을 통해 '평화'를 만들어낸 반면, 동아시아에서는 '잔인한 내전과 정치 폭력'을 가져왔다고 밝히고 있었다. 특히 인도차이나 반도와 한반도가 전쟁으로 인한 상흔으로 어떤 상황 속에 놓이게 되었는지 인류학자답게 '국가폭력'이라는 역사의 수레바퀴 속에서 희생된 인간의 삶을 촘촘히 그려냈다. 더불어 상처와 원한이 어떻게 치유와 화해로 만나는지 베트남 전쟁의 사례를 통해 보여주었다.

베트남 전쟁에서 한 집안의 형은 군인으로 사망하여 북베트남 정부의 사망증서를 받았고, 동생은 학생 신분으로 역시 전쟁터에서 사망하여 남베트남 정부의 사망증서를 받았다. 1975년 베트남이 통일되어(북베트남의 승리) 형은 국가에 의해 공식적인 추모와 애도의 대상이 될 수 있었던 반면, 동생은 비공식적인 죽음으로 기억될 수밖에 없었다. 20여 년이 흐른 1996년 집안의 최고령 어르신은 이 두 전사자를 함께 제단에 모시기로 결정했다. 형제의 어머니는 침실 깊숙이 숨겨두었던 둘째 아들의 사진을 제단으로 옮기면서 친지들과 살아남은 자식들, 그들의 자녀들을 잔치에 초대했다. 이젠 할머니가 된 어머니는 간단한 의례를 마치고 손자 손녀에게 두 형제가 얼마나 훌륭한지 이야기해 준다.

내가 눈물을 흘린 건 이 장면에서였다. 국가라는 제도 속에서는 정치와 이념이 양극화되었지만 가족 안에서는 죽어간 사람들에 대해 차별 없이 함께 추모할 수 있다는 것 자체가 큰 울림으로 다가왔던 것이다.

우리 사회는 오랫동안 냉전이라는 강력한 군사적 긴장으로 인해 독재 정권이 자신들의 특권을 유지하는 구조로 작동해 왔다. 이 과정에서 독재 정권에 저항하던 많은 사람들이 목숨을 잃었다. 어떤 이들은 고문으로 죽었고 어떤 이들은 최루탄에 맞아 죽었다. 또 어떤 이들은 알 수 없는 의문의 사고로 죽었고, 어떤 이들은 대낮에 거리에서 경찰에게 맞아 죽기도 했다. 얼마나 많은 사람들이 국가폭력에 의해 희생되었던가. 사건도, 이름도 나열할 수 없을 정도로 많은 이들이 '이름도 명예도 없이' 죽어갔다. 유족들은 시신조차 수습할 수 없었고 제사조차 숨어서 지내야 했다. 애도는 사치로 여겨지던 시절, 애도조차 죄가 되는 시간이었다.

나에겐 의문의 사고로 죽은 한 친구가 있다. 1994년 5월 2일 K는 인적이 드문 서울 변두리 어느 공사장에서 숨진 채 발견되었다. 스물다섯 살이 되던 해, 늦은 봄이었다. 당시 트럭운전자가 K를 친 사실을 인정해 경찰은 사고사로 사건을 종결했다. 하지만 사고사인지를 의심하게 하는 정황이 여러 군데에서 발견되었다. K가 왜 이른 아침에 인적 드문 공사장에서 머리를 아래로 하고 모래더미에 누워 있었는지, 몸에 소지하고 있었던 기차표와 유인물은 어디로 사라졌는지, 차가 지나지 않은 부분의 옷은 왜 찢겨져 있었는지 알 수가 없었다.

죽기 바로 전날 K는 부산에 가서 메이데이집회에 참석해 "국가보안법을 폐지하라, 노동악법을 폐지하라"는 내용의 유인물을 배포하고 자정 넘어 서울로 가는 기차에 몸을 실은 참이었다.

5월 2일 아침 8시에 서울역에 도착했어야 할 친구는 서울역에서 한참이나 떨어진 곳에서 싸늘한 주검으로 발견되었다. 기차를 함께 타고 새벽 4시경까지 같이 있던 동료와 헤어진 후 숨진 채 발견되기 전까지 4~5시간 동안 어디에서 누구와 무엇을 했는지 행적을 밝히는 것이 죽음의 원인을 푸는 열쇠였다. 그러나 당시 K의 행적에 대해 말해 줄 수 있는 사람들이 모두 구속, 수배 상태였기에 이들이 경찰서로 자진출석해서 진술을 하는 것은 쉽지 않았다.

동료들을 보호하기 위해 가족들은 석연치 않은 마음이 있었지만 의문을 덮고 갈 수밖에 없었다. K를 알고 있던 친구들, 선후배들은 죄책감과 상실감, 억울함으로 가득했지만 의문의 죽음은 그렇게 묻혀갔다.

얼마나 기가 막혔는지 얼이 빠진 것인지, 장례식장에서도 눈물이 나오지 않았다. 화장터에서야 비로소 친구가 죽었다는 사실을 확인할 수 있었을 뿐이었다. 가족들 뜻에 따라 시신은 화장되었다. 소설『하얀 길』에 나오는 화장터를 연상하며 갔던 벽제화장터에서 K는 불과 두 시간이 안 돼서 하얀 가루로 나왔다. 인간의 육신을 태우면 하얀 가루가 되는 그 느낌을 뭐라고 표현해야 할지……. 건장한 청년의 몸이 갑자기 사라지는 현실적인 느낌을 달리 표현할 단어가 없었다.

K의 죽음은 일찍이 경험해 보지 못한 사건이었다. 사람이 그렇게 젊은 나이에 갑자기 죽을 수도 있다니! 더 이상 이야기를 할 수도

없고, 보고 싶어도 볼 수 없으며, 전화를 걸어도 받지 않는 상황이 받아들여지지 않았다. 죽음은 그저 비현실적인 경험으로 다가왔을 뿐이었다.

그때의 느낌을 지금 다시 떠올려도 사지가 결박당한 것처럼 다가온다. 알 수 없는 힘에 의해 내 몸이 꽁꽁 묶인 채 버둥거려도 움직여지지 않고 소리를 질러도 목소리가 나오지 않는 악몽 같은 느낌. 생생하게 나를 짓누르던 그 힘의 정체는 두려움이었을까. 공포였을까. 아마도 둘 다였을 것이다.

K가 죽기 전, 1980년대 후반과 1990년대 초반 당시를 돌이켜 생각해 보면, 이후 K가 당한 것과 같은 이상한 죽음이 도처에서 발생했다. 아침에 학교에 가면 의문사 당한 학생, 노동자 사건이 대자보로 붙여지곤 했다. 어떤 대자보는 의문사 당한 사진을 크게 포스터로 만들어서 붙여놓기도 했는데 너무 끔찍해서 볼 수가 없었다.

그런 사건이 있은 후엔 한동안 학생회관에 분향소가 만들어졌고 진상규명 투쟁을 위해 집회에 나가는 것이 일상이었다. 왜 죽었는지 밝히라고 국가에 요구해도 돌아오는 것은 경찰의 최루탄과 곤봉이었다. 함께 시위에 나섰던 이들이 경찰을 피하려다가 심장마비가 와서 죽거나 최루탄으로 질식해 죽는 사건도 경험해야 했다. 내가 바로 그 자리에 있었기에 나도 죽을 수 있다는 생각을 하며 학창 시절을 보낸 것 같다.

1987년 6월 항쟁을 통해 민주화운동이 펼쳐지고 아까운 목숨을 잃은 이들을 추모할 수 있는 공간이 열렸다. 그러나 안타깝게도 국가는 제도 안으로 들어올 수 있는 죽음과 그렇지 못한 죽음을 나누었다. 제도 안으로 들어올 수 있었던 죽음은 민주화운동이라는 명예를 얻었지만, 제도 안으로 수용되지 못한 죽음은 '사고나 자살'이 되었다. K의 죽음은 끝내 제도 안으로 수용되지 못했다.

K가 죽고 난 후부터 일을 마치고 집으로 향하는 저녁 무렵 무엇인가가 나를 자꾸 아래로 끌어당기는 힘 때문에 늘 처진 어깨와 숙인 고개로 땅만 보고 걸어다녔다. 밤잠을 깊게 이루지 못하고 수시로 눈물이 나왔다. 동아리 선후배 동료들이 해마다 5월이면 추모미사를 통해 애도했지만 그 자리가 편치 않았다. 스스로 슬픔을 유예한 채 애도를 사치스러운 감정으로 치부했다. 억울함, 상실감, 죄책감, 무력감 같은 감정에 휩싸여 있었던 까닭에 정작 슬픔을 느끼지도 못했던 것 같다. 스스로를 궁지로 몰아넣다시피 하던 때, 마음의 출구는 뜻밖에도 여행을 통해 열렸다.

사고로 친구를 잃은 한 선배가 인도 여행을 통해 평화를 얻었다는 말을 듣고 나에게도 평화가 찾아들기를 바라는 마음으로 여행을 떠났다. 인도 바라나시에 도착한 다음 날 새벽, 갠지스 강으로 갔다. 물살은 잔잔했다. 너무 잔잔해서 이것이 강인가 싶었다. 갠지스 강은 그저 모든 것을 고요하게 포용할 뿐이었다.

해가 뜰 무렵 쪽배를 타고 강 한가운데서 흙으로 만든 작은 꽃받침 모양의 촛대에 꼬마 초를 올려놓고 가만히 강물 위에 올려놓았다. 마치 멀리 간 친구에게 헌화를 하듯이. 아마도 나는 그 강가에서 촛불을 띄우며 비로소 친구를 멀리 보낼 수 있었는지도 모르겠다. 그제야 친구 K에 대한 슬픔을 표현할 수 있었던 것 같다. 인도 여행을 통해 나는 슬픔이 주는 위안을 '선물'처럼 받았다. 갠지스 강에서 친구를 보낸 나는 이후로 많이 밝아졌다. 더 이상 땅만 보고 걸어다니지 않았다.

이제 나는 애도를 배우고 슬픔을 느끼려 한다. 벨 훅스(Bell Hooks)는 『사랑의 모든 것』에서 "슬픔은 그것의 가장 깊은 의미에서 마음을 태우는 것, 우리에게 위안과 해방감을 주는 강렬한 열이다. 우리의 슬픔을 완전히 표현하지 못하게 하면, 그게 우리 마음에 무겁게 내려앉아 감정적인 고통과 신체적인 병을 낳는다"고 말했다. 애도하고 슬퍼하는 것이 용기가 필요한 일이라는 것을 이제 나는 알고 있다.

죽음은 평등해서 누구에게나 오지만, 죽음의 과정이나 죽음 이후 죽은 이를 '기억하는 행위'는 평등하지 않은 듯하다. 한국 현대사에서 사회적인 이념과 편견으로 인해 어떤 죽음은 감춰지기도 하고 죽은 이를 애도하는 것조차 금기시되니 말이다. 피해자와 그 가족은 물론이고 한국 사회 자체가 집단적인 트라우마를 경험했지만 제대로 된 애도와 치유, 회복이 이뤄지지 못했다는 점에서 아직 우리는 어쩌면 그 죽음에 붙들려 있는 게 아닐까. 그럼에도 불구하고 우리의 정치공동체를 보다 민주적인 구조로 바꾸는 과정에서 쓰러져간 사람들을 기억하고 추모하는 것은 살아남은 이들의 당연한 책무일 것이다.

2018년, K가 죽은 지 24년이 흘렀다. 스물다섯이던 나는 쉰을 바라보는 중년의 나이가 되었다. K가 살아 있었더라면 서로의 흰머리를 애석해하며 나이 듦에 대해 이야기를 나누었을 것 같다. 최근 지인들이 모여 그의 대학교 명예졸업장 추진을 준비하고 있다. 덕분에 그동안 관계가 소원했던 사람들도 함께 모였다. 산 자들을 이어준 것은 죽은 K였다. 그를 기억하고 작은 것이나마 할 수 있는 일이 있다는 것에 감사함을 느낀다.

하늘나라에서 K는 우리에게 자기를 즐겁게 기억해 달라며 웃을 것 같다. 유한한 존재인 인간은 죽음을 이길 수 없다. K 또한 그렇다. 그러나 우리는 K를 잊지 않을 것이다. 우리가 잊지 않는 한 그는 항상 우리 곁에 존재할 것이므로.

"곁을 지켜줘서 고마워"

: 김재경 :

어느 해 봄날, 지인 분에게 전화가 왔다.

"강아지 한 마리 키워볼래?"

"강아지요? 어디 있는데요?"

"지금 우리 공장에 있어. 와서 가져가라."

전화를 내려놓고 강아지를 가지러 공장으로 갔다. 마당에 들어서는데 자그마한 강아지가 직원들과 이리저리 뛰어놀고 있었다. 보는 것만으로 미소가 지어질 만큼 예쁘고 앙증맞았다.

"밖에서 뛰놀고 있는 놈이야. 봤지?"

"네, 너무 예뻐요. 그런데 제게 주셔도 돼요?"

"응, 우리 사위가 동물병원을 하는데 비싸고 혈통 있는 놈이라고 나보고 키워 보라고 가져다주었는데 영 자신이 없더라고. 누구에게 줄까 생각해 보니 자네 생각이 나서 연락한 거야. 나 대신 잘 키워주게."

"감사합니다. 건강하게 잘 키울게요."

인사를 하고는 마당에 나와 강아지를 불러 안아 보았다. 자기도 내가 주인이 될 줄 알았는지 앙탈도 안 부리고 품에 꼭 안겨 얼굴을 핥기 시작했다. 집에 들어와 내려놓으니 여기저기 냄새를 맡으며 돌아다니다가 나를 빤히 쳐다보았다.

"여기가 이제부터 네가 살 집이야."

내 말을 알아들었는지 무릎 위에 냉큼 올라와 앉았다. 태어난 지 90일 정도 지난 데다 마당에서 이리저리 뛰어놀던 녀석이라 배변 훈련이 힘들겠다고 생각했는데 기특하게도 어느 날부터인가 화장실 정해진 자리에서 배변을 했다. 이름을 지어주어야 하는데 뭐라고 하면 좋을까 고민하다가 물끄러미 바라보니 몸보다 얼굴이 더 커보였다. 바로 '얼큰이'라고 부르기로 했다.

"이제부터 너의 이름은 얼큰이야. 얼큰아! 얼큰아!"

자기 이름을 알아듣는 듯 꼬리를 흔들었다. 그때는 단순히 얼굴이 크다는 이유로 지은 이름이었는데 나중에 사람들이 이름을 듣고는 10명 중 7명은 박장대소를 하며 웃었다. 이름을 잘못 지은 건가 후회도 잠깐 했지만 부르기도 편하고, 얼큰이도 제 이름에 익숙해진 후였다.

매일 저녁 산책을 하고 주말에는 사람 없는 학교 운동장에서 목줄을 풀어주고 공놀이를 했다. 신나게 뛰어놀다가도 사람들이 많은 곳에서는 망부석처럼 앉아서 불쌍한 표정으로 나만 바라보는 일도 있었다. 그럴 때면 품안에 덥석 안고 오곤 했는데 가끔은 이놈이 꾀를 부리는 것인지 정말 무서워서 그러는 것인지 알 수 없는 경우도 종종 있었다.

얼큰이와 둘이서 살다가 아버지와 함께 살게 되었다. 아버지도 애교 많은 얼큰이를 좋아했다. 퇴근 후 집에 돌아오면 아버지는 얼큰이와 무엇을 먹었다는 이야기부터 하셨다.

"오늘 얼큰이하고 삼겹살 먹었는데 저놈이 나보다 더 많이 먹었다. 후식으로 먹은 아이스크림도 나보다 더 먹었어."

집에 얼큰이가 없었다면 혼자 챙겨 먹기 귀찮다는 이유로 아버지가 식사를 대충 때우는 일이 많았을지도 모를 일이었다. 얼큰이는 살가운 막내처럼 아버지 옆에서 귀요미 역할을 톡톡히 했다. 식사 때마다 옆에서 주면 안 된다고 아무리 말해도 아버지는 먹을 것을 얼큰이에게 나눠주었고, 가끔은 차에 태워서 둘이서 강가로 드라이브를 갔다. 낚시라도 할 때면 잡은 물고기를 구워 얼큰이를 먹이고 즐거운 시간을 보냈다며 기뻐하셨다.

이렇게 아버지가 물심양면으로 얼큰이를 챙겨주었지만 내심 서운한 기색을 비치기도 하셨다. 내가 들어오는 순간 내 옆에서 떨어지지 않고 잠도 내 옆에서만 자려고 한다는 것이었다.

"저놈 진짜 웃겨. 내가 아무리 잘해줘도 주인은 하나인가 봐. 너만 오면 나는 뒷전이다."

그래도 아버지는 얼큰이가 있어 외롭지 않다고 했다. 얼큰이도 혼자 있었다면 심심했을 것 같다. 아버지와 대화를 나누는 시간도 늘었다. 우리의 공통 화제는 당연히 얼큰이였는데 만약 얼큰이가 없었다면 말수 적은 아버지와 나는 각자의 방에서 다른 채널의 텔레비전을 보느라 집안은 훨씬 적막했을 것이다.

어느 해 여름밤이었다. 복숭아를 사서 집에 들어갔는데 집안이 컴컴했다.

"아버지, 저 왔어요. 좋아하시는 복숭아 사왔어요."

아버지가 대답이 없어 방문을 두드렸다. 방문을 열자마자 얼큰이가 뛰어나왔다. 아버지가 주무시는가 싶어 방 안에 들어가지 않은 채 거실의 불을 켜니 얼큰이가 다시 아버지 방으로 들어가서 나오질 않았다. 조심스레 아버지 방으로 들어갔다. 아버지는 침대에서 주무시는 듯한데 얼큰이가 그 옆에서 계속 낑낑거렸다.

"왜 그래? 아버지 깨시잖아."

이상한 기분이 들어 아버지 가까이 다가가니 이미 돌아가신 후였다. 얼큰이가 아버지 옆을 지키고 있었던 것이다. 아버지의 임종을 지킨 유일한 생명이었다. 아버지 장례를 치르는 동안 잠시 친구 집에 맡겨놓았던 얼큰이를 데리고 오니 집에 오자마자 아버지 방으로 들어갔다. 그리고는 침대에서 이리저리 냄새를 맡으며 일어날 생각을 하지 않고 엎드려 있었다. 나도 그 옆에 같이 앉아 얼큰이를 쓰다듬으며 말했다.

"고마워. 네가 있어서 아버지의 마지막 순간이 외롭지 않으셨을 거야. 정말 고마워."

그 후로도 얼큰이는 틈만 나면 아버지 방문 앞에 턱을 괴고 엎드려 침대를 바라보곤 했다. 딸인 나도 밥을 먹는데 얼큰이는 그 좋아하던 간식도 마다하고 물만 먹고 사료는 거의 입에 대지 않았다. 그냥 그러고 앉아만 있었다. 동물이 사람보다 낫다는 말이 그땐 정말로 실감이 났다.

시간이 지나자 우리의 생활도 차츰 일상으로 돌아왔다. 나는 아침에 출근해 저녁에 퇴근하는 생활을 반복했고 저녁을 먹고 나면 얼큰이와 함께 산책을 나갔다. 주말에는 산에 가거나 운동장에서 뛰어놀았다. 아버지가 돌아가신 후 혼자 집에 있을 얼큰이를 생각해서 되도록 외출도 줄였다. 부득이하게 늦게 들어오거나 주말에 어디를 가야 할 경우에는 조카들에게 부탁을 하고 펫시터 비용을 주며 가능한 한 얼큰이를 홀로 있게 하지 않았다.

그리고 그날이 왔다. 평소 주말엔 저녁 드라마를 보느라 산책은 미리 5시쯤 하고 텔레비전 앞을 떠나지 않는데 그날은 지인이 집에 왔다. 배웅을 나가려니 얼큰이도 데리고 나가자고 했다. 새벽 일찍 한 번 데리고 나갔다 와서 그런지 내키지가 않았다. 하지만 얼큰이는 내가 나갈 것을 알았는지 벌써부터 현관에서 나를 기다리고 있었다. 신이 잔뜩 난 표정이었다. 얼큰이의 목줄을 매고 큰길까지 나갔다. 평소엔 잘 가지 않던 길이었다. 왔던 길로 돌아오려고 보니 한 가족이 길을 막고 있었다. 기다릴까 하다가 조금 더 빠른 지름길을 택했다. 횡단보도 앞에서 자동차가 오가는 것을 잘 살펴본 후 건너는데 갑자기 어디에서 나타난 것인지 좌회전 차량이 확 들어왔다. 끼이익 하는 제동소리와 함께 나는 튕겨져 나가고 말았다.

바닥에 쓰러진 후 정신을 차리자마자 얼큰이를 찾았는데 차에서 내린 부인이 내 얼굴을 감싸며 보지 말라고 했다. 얼큰이는 차바퀴에 깔려 뭉개져 있었다. 시간이 어떻게 가는 줄도 모르고 길가에 앉아 대성통곡을 했다. 얼큰이를 이렇게 보내리라고는 꿈에도 생각해본 적이 없었다. 아니, 이런 일이 나에게 생길 것이라는 생각 자체를 하지 못했다.

옆에서 누가 말을 거는데 하나도 머리에 들어오지 않고 얼큰이만 바라보고 있었다. 겨우 정신을 차리자 옆에 있던 행인이 마트에 가서 박스와 신문지를 구해다 주었다. 박스 안에 얼큰이를 담아 집으로 왔다.

냉동실에 있던 모든 것을 꺼내고 얼큰이를 안에 넣었다. 여름이라 한 시간만 지나도 금방 부패할 것 같았다. 밤새 얼큰이가 있는 냉장고 앞에서 하염없이 울었다. 새벽에 언니와 형부가 와서 함께 산에 묻어주러 갔다. 형부는 나를 보더니 혼자 얼큰이를 묻고 오겠다고 했다. 얼큰이가 어디에 있는지 알면 내가 시도 때도 없이 올 것 같다는 것이었다. 언니가 나를 붙잡고 있고, 형부 혼자 얼큰이를 안고 산에 묻어주었다.

그리고 병원에 며칠 입원을 했다. 제법 큰 사고를 당할 수도 있었던 상황이었는데 나는 많이 다치진 않았다고 했다. 얼큰이가 나를 살려준 것만 같았다. 생각하면 또 눈물이 났다. 얼큰이는 내게 자식 같은 아이였다. 내가 힘들 때마다 곁을 지켜준 고마운 가족이었다.

얼큰이가 떠나고 난 후 유기견 보호소에서 동건이를 만나 입양을 했다. 한동안은 동건이와 산책을 나가면 예전 얼큰이와 다니던 길이라 그런지 얼큰이가 앞에서 뛰어가는 것 같은 환상을 보곤 했다. 그 생각이 나면 또 눈물이 쏟아졌는데 그때마다 동건이가 돌아와 나를 핥아주며 슬픈 표정을 지었다. 동건이가 얼큰이와 같은 행동을 하면 신기해서 우는 일도 있었다. 한번은 산책을 가는 길에 동건이가 어떤 집으로 들어갔다. 얼큰이가 산책을 가면 꼭 들르는 집이었다. 지금도 동건이는 꼭 그 집에 들렀다 간다. 우연이겠지만 가끔은 얼큰이가 다시 내게 온 것은 아닐까 착각을 하기도 했다.

동건이는 열흘 안에 주인을 만나지 못했다면 안락사를 당할 위기에 처했던 개였다. 얼큰이가 동건이도 살려주었다는 생각이 들었다. 얼큰이는 두 생명을 구했다. 사고로 죽을 뻔한 나를 구했고, 안락사로 죽을 뻔한 동건이를 구했다. 몇 년이 지난 지금도 나는 얼큰이가 사고를 당한 그 횡단보도는 지나기 싫어서 멀리 가게 되더라도 그곳을 피해 다니고 있다. 아직도 얼큰이에 대한 애도는 끝나지 않은 듯하다.

얼큰이는 내게 사랑을 알려준 존재였다. 또한 뜻하지 않게 찾아온 이별이 얼마나 큰 아픔을 주는지 알려준 존재이기도 했다. 조건 없는 사랑을 한없이 주던 얼큰이가 있어 내 인생은 행복하고 따뜻했다. 나도 얼큰이처럼 누군가에게 사랑을 전하는 사람이 되고 싶다.

"얼큰아, 고마워. 보고 싶어. 사랑해, 얼큰아."

전혀 알지 못했던 이별

: 이나영 :

1998년 8월 5일, 그날도 여느 때처럼 전쟁 같은 공항의 하루 일과가 끝났다. 며칠째 비가 쉼 없이 내리고 있었다. 세찬 바람까지 불어 우산이 있다 한들 소용이 없었다. 생쥐가 되어 퇴근한 나는 따뜻한 물로 샤워를 한 후 전화 코드도 뽑고 달고 깊은 잠에 빠질 준비를 마치고 일찍 잠자리에 들었다.

얼마나 잤을까? 어렴풋이 밖에서 누군가를 부르는 소리가 들려왔다. 꿈인가 싶다가 흠칫하여 깨어보니 현실의 소리였다. 문밖에서 누군가 나를 부르고 있었다. 오빠가 크게 다쳤다고 얼른 병원으로 오라는 전갈이었다. 가는 동안 '별일 없겠지, 별일 없을 거야'를 기도처럼 읊조렸다. 그럼에도 불안한 마음이 출렁거렸다.

응급실에 도착해 오빠를 찾는데 간호사가 "영안실로 가세요"라며 일러주었다. 순간 다리에 힘이 풀리며 주저앉았다. 시간과 공간이 정지된 듯, 모든 것이 일시 정지된 듯 느껴졌다. 왜, 무슨 일로, 내가 그곳으로 오빠를 보러 가야 한단 말인가? 발걸음이 떼어지지 않았다. 그렇게 한참 만에 응급실을 벗어나 장례식장으로 가보니, 가족들과 오빠의 직장 동료들이 먼저 와 있었다.

영정 사진도 준비하지 못했다. 첫 조카 태어나고 꽃놀이 갔던 오빠의 모습이 영정 사진을 대신하고 있었다. 맑은 하늘에 마른 체구의 오빠가 약간은 큰 베이지색 점퍼를 입고 환하고 해맑게 웃는 얼굴로 조문객을 맞이했다. 비현실적이고 아이러니한 느낌이 들었다. 오빠가 죽었다니, 갑자기 한 마디 말도 없이 죽다니, 이렇게도 죽을 수 있다니 도저히 믿어지지가 않았다.

불과 며칠 전만 해도 오빠가 좋아하는 새우버거를 같이 먹을 생각으로 전화했다. 오빠는 감기로 몸이 불편해 "다음에 먹자"라고 했다. 그것이 마지막 목소리, 마지막 통화가 될 줄은 그때는 알지 못했다. 얼굴을 보고 같이 새우버거를 먹을 걸, 억지로라도 얼굴을 보고 올 걸 하는 후회가 일었다. 차라리 '감기엔 소주에 고춧가루지' 하며 술잔이라도 기울였으면 이런 일을 피할 수 있지 않았을까 하는 자책이 생겼다. 그냥 순순히 다음에 보자고 한 것을 후회했고 시간을 되돌리고 싶었다.

더 나이 많은 사람도 많고, 아픈 사람도 많고, 나쁜 사람도 많은데 왜 젊디젊은 오빠가, 할 일도 많은 오빠가, 우리 오빠가 죽어야 하는가? 죽음을 맞이하기엔, 죽음을 가까이 하기엔 너무 젊은 나이였다. 오빠는 나에게 오빠이자, 아버지며 때로는 엄마이기도 했다. 가정에 소홀한 아버지 대신 가족이 흩어지지 않게 구심점이 되어준 오빠였다. 자식들 거둬먹이려고 밤낮으로 일하는 엄마 대신 동생들을 건사하며 생활했던 오빠였다. 풍족하게 삶을 누리는 일 한 번 없이, 즐거움이 무엇인지 모르는 가족을 위해 애쓰기만 했다. 고등학교 졸업 후 취직, 군대, 이후 공무원 시험에 합격한 후 결혼해서 낳은 큰 조카에 이어 둘째 조카가 뱃속에 있는데 어쩌라고 말 한마디 남기지 못하고 급하게 떠났는지 야속하기만 했다.

사람 먹을 것도 없던 집에 누렁이 한 마리를 들고 들어오던 오빠. 키는 멀대처럼 크고, 피부결은 여느 여자들보다 하얗고 두상이 작은 오빠. 전등도 못 갈고, 집안에 고칠 것이 있을 때 손대면 더 고장나게 하는 오빠. 쥐를 잡겠다고 다리를 쩍억 넓게 벌리고 서 있던 오빠. 경찰이 되었을 때, 도둑이 오빠를 잡지, 오빠가 어떻게 도둑을 잡느냐고 놀림받던 오빠였다. 공항에서 교대근무로 쉬는 날이면 잠을 자거나 비디오 아니면 책만 보고 있는 나를 불러내어 함께 맛집에 가거나 이런저런 소소한 이야기를 나누기도 하던 오빠였다. 오빠는 "너 같은 애는 사기꾼이 제일 좋아하는 타입이니 조심해라. 아무나 덥석 믿지 말고, 사람 너무 믿지 말고, 사람이 다 착하고 좋은 것은 아니다"라고 타이르곤 했다. 그러면 나는 "오빠가 경찰서에서 늘 죄 짓는 사람만 상대해서 그래. 보통 사람은 다 착해"라고 대답하곤 했다.

오빠와 함께 두 명의 목숨이 스러졌다. 더불어 동료 형사의 다리 하나도 잃었다. 경찰서 주도하에 장례가 이루어졌다. 가족, 친지, 친구, 동료들 모두 경황이 없기는 마찬가지였다. 누가 장례식에 참여를 했고, 무슨 말들이 오고 갔는지 기억나지 않았다. 오빠의 마지막 얼굴을 보지 말걸 그랬다. 냉동고에 있는 오빠의 얼굴은 두상이 깨져 있었다. 두개골 파열로 얼굴이 일그러진 모습이었다. 그렇게 차디찬 냉동고에 오빠는 얼굴이 깨진 채 누워 있었다.

오빠의 유골은 대전 현충원에 안치되었다. TV를 통해서만 보던 현충원에서 실제로 많은 비석들을 보니 나의 슬픔과 겹쳐 빗물을 타고 눈물이 흘렀다. 너무나도 많은 비석들, 오빠 죽음 이전에도 많은 이들이 죽음을 맞이했다. 우리 가족처럼 비석을 쓰다듬으며 울고 또 우는 아비가 어미가 그 안에 있었다. 추적추적 내리는 빗속에서 못 다 핀 각자의 사연을 갖고 있는 그들 곁에 오빠를 묻고 돌아섰다.

그리고 나는 다시 일상의 생활로 돌아왔다. 몸은 일상으로 돌아왔지만 정신은 복귀되지 못했다. 오빠의 깨진 얼굴이 자꾸 떠올랐다. 일상은 힘겨웠다. 공항에서 승객을 상대로 웃으며 일을 했지만 마음은 웃을 수 없었다. 마음속 깊은 곳에서 알 수 없는 분노와 슬픔, 절망과 억울함 등 여러 감정들이 섞여 소용돌이쳤다. 눈물과 함께 가슴을 쳐도 답답함이 응어리처럼 남았다. 곱씹고 또 곱씹어도 날벼락을 맞은 것 같았다.

내가 무슨 죄를 지었기에 이런 형벌을 받는지 알 수 없었다. 스물여덟 살이 될 때까지 가까운 이의 죽음을 보지 못했다. 사람은 늙어 명을 다한 후 죽는 것이라고 생각했지 이렇게 갑작스럽게 죽음이 찾아오는 것이라고는 생각지 못했다. 태어나는 것은 순서가 있어도 가는 것은 순서가 없다더니, 그런 일이 정말 현실에서 일어날지 몰랐다. 더욱이 나에게 일어날 수 있는 일이라고는 꿈에서조차 생각해 본 적이 없었다. 그런 슬픔을 안고서도 배가 고팠고 잠이 왔다. 그런 본능적 욕구를 느끼는 내가 짐승처럼 느껴져 스스로가 싫기만 했다.

죄스럽고 미안했다. 오빠의 일이 일어나기 바로 1년 전 대한항공 KAL801편이 김포공항에서 출발해 괌에서 추락되어 승객과 승무원 254명 중 228명이 사망하는 큰 사고가 있었다. 나는 사고 소식을 접하지 못한 채 출근했는데 평소와는 다른 어수선함이 느껴졌다. 1층 로비를 가득 메운 사람들은 경황이 없었다. 울고불고, 통곡을 하고, 소리를 지르는 모습에 직원들은 경직되고 조심에 또 조심했다. 한동안 지속되는 통곡의 소리, 다툼의 소리가 한 주, 두 주 지나며 일상처럼 되었다. 몹시 놀라고 슬펐지만 점점 눈물 없이 바라보는 타자의 죽음이 되었다. 아비규환 속에서 괴로운 일상이 빨리 정리되기를 바랐다. '그때 유가족들의 마음이 이랬겠구나' 싶은 생각이 드니 죄송한 마음이 들었다. 남의 일이라 쉽게 잊었구나 싶었다. 그 통곡의 소리가 귀로만 들렸지 마음으로 듣는 가슴이 없었구나 싶었다. 피상적으로 느꼈던 아픔이 얼마나 크고 깊은 슬픔인지 그때는 알지 못했다.

20대 끝자락에 불현듯 조우한 오빠의 일은 일상에 거리감을 갖게 했다. 30대를 삼키고 40대를 맞이하는 시점이 되어서야 정신을 차리게 되었다. 살다가 죽는 거지 죽기 위해 사는 것도 아닌데, 삶 끝에 있는 '죽음', 너의 모습이 무엇이고 어찌 생겼는지 알아보자는 마음으로 다소 생소한 학문인 '생사학'을 공부하러 대학원에 진학했다. 공부를 하면서 어쩌면 당연하면서도 망각했던 것들, 내 것으로 받아들이기 어려웠던 심리적 저항들을 탐색할 기회를 가졌다.

삶이라는 영역의 마지막 방점인 죽음, 그 죽음까지 포함한 것이 바로 삶이라는 것을 이전엔 미처 인지하지 못했다. 그저 살아 숨쉬고 활동하고 성취하는 것이 생이라고 생각했다. 마지막 방점을 잘 찍기 위해, 죽음까지도 삶에 포함시켜 잘 준비해야 한다는 것을 예전엔 미처 깨닫지 못해 그저 앞으로만 가려고 하는 삶이었다.

해마다 현충원에 한 번씩 간다. 수많은 비석이 새로 세워져 있다. 언제, 어디서, 어떤 사연으로 이리도 많은 이들이 죽음을 맞이하는가. 누군가의 아들이자 딸이며, 아버지 어머니이고, 형제인 이들이 거기에 있었다. 나 또한 다른 사람들처럼 슬픔에 겨워 비석을 쓰다듬고 닦으며 슬픔을 토해내듯 눈물을 흘렸다.

생명체는 탄생과 함께 소멸한다는 것, 그것은 정해진 진리다. 인간은 누구나 죽음을 맞이한다. 다만 언제 어디서 어떻게 죽는지는 정해진 것이 없다. 아무리 사랑해도 대신 해줄 수가 없는 것이 죽음이다. 누구나 한 번은 '죽음'의 순간을 맞이하는 것은 자명한 진실이다. 다만 우리는 타자의 죽음만 알 수 있을 뿐, 나의 죽음은 인지하지 못한다. 영원히 살 것처럼 살아가던 나는 오빠의 죽음을 통해 가슴 아프게도 죽음을 직시했다. 그제야 죽음을 나의 것으로 받아들이고 겸손해졌다.

착하다고 더 오래 사는 것이 아니며, 누구나 태어나면 죽는 것은 자연스러운 일이다. 죄의 값으로 죽게 되는 것이 아니며 그저 누구나 죽는다는 것이 정해져 있을 뿐이다(죽으면 죗값이 치러지는 것 또한 아니다). 그렇다면 우리는 삶에서 무엇을 우선순위로 두어야 할까? 무엇을 가장 소중히 여기고 무엇에 가치를 두어야 할까? 나의 삶은 진정 내가 주인공으로서 생활하는 주체적인 삶인가? 가고자 하는 방향성은 어디인지 알고 생활하는가? 이 세상에 어떤 미션을 안고 왔는지, 그 사명을 자각하고 있는가? 스스로에게 질문을 던지며 그 질문에 대한 답을 찾는 삶이 되도록 노력하려고 한다.

오늘도 뉴스에선 우리를 떠난 누군가의 사망 소식을 전하며 그 누군가의 죽음을 이야기한다. 갑작스러운 사고로 갑작스럽게 만나게 된 죽음은 더 이상 소소한 일상을 사랑하는 이들과 함께 할 수 없게 한다. 그것이 얼마나 아픈지 알기에 먹먹한 가슴으로 눈물을 지으며 애도한다. 더불어 나에게도 죽음이 찾아온다면 그것은 순식간에 벌어지는 일이 아니기를 소망해 본다. 죽어감을 인지하는 동안 약간의 시간이 주어지는 죽음이라면, 일상의 갈무리로 당황하지 않고 정리할 것과 남길 것을 구분하기를, 모든 것을 잘 떠나보내고 떠나갈 수 있기를 희망해 본다.

탄생과 죽음, 그 사이에 있는 것

: 인현진 :

작가로 상담가로 일하면서 평소에 많은 사람들의 이야기를 듣게 된다. 사람들의 이야기는 그들의 얼굴만큼 다양하고, 그들이 살아온 인생처럼 다채롭다. 작가와 상담가는 전혀 다른 직업인 듯하지만, '이야기를 듣는다'는 면에선 공통분모가 있다.

2017년 여름, 50대 디자이너를 만나 인터뷰를 한 적이 있었다. 그는 7년 전 암 선고를 받았고 남들은 은퇴를 고려하는 나이였지만, 어느 때보다 창조적인 작업을 하고 있었다. 워낙 말주변이 출중한 사람이라 인터뷰 내내 웃음이 끊이지 않았다. 그런데 "삶에서 가장 의미 있었던 일이 무엇이었나요?"라는 질문에 한동안 침묵을 지키더니 "부모님의 임종을 곁에서 지킨 일"이라고 대답했다.

"아버지는 내가 열일곱 살 때 집을 나가서 15년 가까이 행방을 모르고 살다가 늘그막에 병든 몸으로 집에 돌아오셨어요. 당시엔 정말 기가 막혔지요. 가족을 버린 아버지에 대한 분노와 원한이 뼈에 사무치도록 깊었거든요. 용서는커녕 이해조차 안 되었지요. 그런데 아버지보다 더 이해할 수 없는 사람은 어머니였어요. 아버지를 받아들인 것으로도 부족해 지극정성으로 병수발을 하셨거든요. 어머니가 그러셨으니 저도 어쩔 수 없었지요. 그래도 분노는 좀처럼 사라지지 않더군요. 아버지는 집으로 돌아온 지 반 년도 안 되어 돌아가셨어요. 그 반 년 동안 아버지와 어머니는 매일 대화를 나눴어요."

"주로 어떤 이야기를 하셨어요?"

"예전 이야기도 하고, 최근 이야기도 하고, 날씨 이야기도 하고, 병 이야기도 했지요. 그런데 참으로 희한합디다. 두 분이 도란도란 이야기하는 걸 듣는 동안 내 마음속의 분노가 조금씩, 많이는 아니고 아주 조금씩이었지만 녹아내리기 시작하는 거예요. 나중엔 나도 아버지와 이런저런 이야기를 나누곤 했어요. 주로 실없는 농담 같은 게 전부였지만. 아버지는 어머니와 내게 고맙다, 미안하다는 말을 수시로 하셨어요. 임종 땐 오른손으론 어머니 손을 잡고, 왼손으론 제 손을 잡은 채 눈을 감으셨지요. 5년 후쯤 어머니도 돌아가셨어요. 그게 벌써 20년 전이네요. 어머니가 유언처럼 남기신 말씀이 '내게 할 말이 있는 사람의 말은 들어줘라'였어요. 아버지처럼 제 손을 꼭 잡고 돌아가셨지요. 아버지라는 존재는 오랫동안 제 삶의 화두였어요. 그런데 나도 아버지 나이가 되어 보니 조금은 알겠더라고요. 늘그막에 병이 들어서라도 가족의 품을 찾았던 건 삶에 대한 끈질긴 욕망이 강해서라기보다 남은 생을 정리하고 누군가의 옆에서 죽음을 맞이하고 싶어서였던 것 같아요."

수구초심(首丘初心)이라고 했던가. 여우도 죽을 때가 되면 자기가 살던 굴을 향해 머리를 둔다는 말처럼 사람도 죽을 때가 되면 자연스레 몸을 누이고 싶은 곳을 찾기 마련일 것이다. 그의 눈가가 어느새 촉촉해졌다.

"지금은 두 분 다 좋은 인생을 살다 가셨다고 생각해요. 삶을 마무리할 수 있는 시간이 주어졌으니까요. 나 또한 살아가는 동안 사랑하는 사람들과 이야기를 많이 나누고 마지막 순간엔 그들 손을 꼭 잡은 채 눈을 감고 싶어요."

나도 그의 말에 동의했다. 사랑하는 사람들과 인생의 의미를 나눌 수 있다면 한 세상 잘 살았다고 말할 수 있지 않을까.

"부모님의 죽음은 내 삶에 많은 영향을 미쳤어요. 게다가 암 선고를 받고 나니 죽을 때 내 옆에 누가 있을까 생각하게 되더군요. 많은 돈, 좋은 집, 외제 차 같은 겉으로 보이는 것을 성공의 지표로 생각했는데 그게 다가 아니더라고요. 그런 건 죽을 때 가져갈 수 있는 것도 아니잖아요. 결국 사람에게 남는 게 뭐겠어요. 살아 있을 때 쌓은 좋은 추억이에요. 그때부터 일도 줄이고 친구들, 가족들과 보내는 시간을 더 가졌지요. 암 선고를 받았을 땐 나도 가족들도 힘들었지만, 지금은 괜찮아요. 내게 시간이 얼마나 남았는지 모르지만, 삶을 더 많이 사랑하다가 갈 거예요. 난데없이 죽음을 당하고 싶진 않아요. 마지막 순간을 잘 맞이하고 싶어요."

그는 가족의 죽음과 암 투병을 겪은 후 삶을 더 사랑하게 됐다고 했다. 삶을 사랑하게 되니 안 보이던 것들이 보이고 소소한 것들이 소중하게 느껴졌다고도 했다. 부조만 하고 오던 장례식장에서 상주와 고인에 대한 이야기를 나누고, 아픈 친구의 병문안을 가서 다정한 말을 건네며 추억을 나눴다. 손목이 좋지 않은 아내를 대신해 집안일을 맡고, 딸아이와 산책을 하며 밤하늘의 별을 바라보았다. 사람들과 더 자주 대화를 나누었고, 더 많이 웃었다.

인터뷰를 마치며 우리는 고개를 숙여 인사를 하는 대신 손을 꼭 잡은 채 눈을 맞추며 악수를 했다. 그는 헤어지는 순간까지 손을 흔들었다. 이렇듯 삶 속에서 죽음을 준비하게 되는 경우도 있지만 누구나 다 그렇게 할 수 있는 것은 아니다. '맞이하는 죽음'과는 달리 '당하는 죽음'이라고 말할 수 있는 경우도 있다. 인생의 마지막 순간이 어떤 형태로 올지 알 수 없기 때문에 대개는 갑작스러운 비보의 형태로 전해 듣기 마련이다.

2013년부터 마음애터 협동조합에서 진행하고 있는 웰바이 (Wellbye) 집단상담엔 다양한 상실을 경험한 사람들이 찾아온다. 웰바이 집단상담은 죽음 교육과 더불어 상실에 대한 애도와 치유 작업을 하는 프로그램이다. 자녀, 부모, 애인, 배우자, 친구, 선후배, 지인 등 가깝게 지내던 사람들과 사별했거나 이별한 사람, 신체 기능의 상실로 인해 어려움을 겪다가 심리치유가 필요하다고 느껴서 찾아온 사람, 반려동물을 잃고 상실감으로 인한 괴로움 때문에 찾아온 사람 등 다양한 분들이 있었다.

3년 전 웰바이 집단상담에 참가했던 청년이 있다. 갓 서른이 되던 해, 결혼을 약속한 여성이 영국 출장 중에 교통사고로 죽었다고 했다. 그녀의 장례를 치른 지 2년이 지났지만 여전히 가슴이 먹먹했단다. 사랑하는 사람을 잃은 마음을 추스르지 못해 방황하는 아들을 걱정한 어머니가 지푸라기라도 잡는 심정으로 집단상담에 보냈는데, 그는 시종일관 입을 다물고 세상을 다 산 듯한 표정으로 앉아 있기만 했다.

어렵게 입을 뗀 그는 예상치 못했던 애인의 죽음이 갑작스러운 사건으로 다가왔기에 더욱 받아들이기 어렵다고 했다. 그 충격으로 몇 달 동안은 어떻게 지냈는지 기억이 안 날 정도였다. 왜 자신이 이런 일을 당해야 하는지 이해할 수 없었다. 분노와 슬픔을 극단적으로 오가는 그를 보다 못한 한 사람이 '이젠 그만 잊으라'는 말을 했지만, 그는 오히려 참았던 감정이 폭발했다.

"어떻게 잊으라는 말을 할 수가 있어요? 아니, 알아요. 머리론 안다고요. 내가 아무리 슬퍼해도 죽은 그 애가 돌아오지 않는다는 걸요. 내가 엉망진창으로 살면 그 애가 죽어서도 슬퍼할 거란 걸요. 그래도 어떻게 잊어요. 그렇게 사랑했는데 어떻게 잊냐고요. 그런데 왜 다들 무조건 잊으라고만 하는지 모르겠어요. 잊으면 안 되는 거 잖아요……."

그때 또 다른 여러 명의 집단원들이 자기 일처럼 가슴 아파하면서 위로의 말을 해주었다. 집단상담이 끝난 후 소감을 말하는 자리에서 청년은 "잊지 않아도 된다, 기억하고 싶은 만큼 기억해도 된다"는 말이 큰 위로가 되었다고 전했다.

"결혼하기로 했을 때 제가 바랐던 건 한 가지였어요. 인생의 남은 시간을 함께 보내자는 것이었죠. 투닥투닥 싸우기도 하겠지만 나이 들면 서로 등도 긁어주고, 누군가 먼저 세상을 떠나야 할 순간이 와도 남은 생을 정리하는 걸 도와주자고 했어요."

그는 삶을 같이 살았던 것처럼 죽음도 같이 맞이하고 싶었노라 했다. 이렇게 갑작스러운 죽음이 두 사람을 덮칠 줄은 상상도 했던 적이 없다는 것이다. 사랑했던 사람이 죽기 전까지 그에게 죽음은 삶의 테두리 밖에 있는 것이었다. 언젠가 자신도 죽는다는 사실을 머리로는 알고 있었지만 '경험적'으로는 자신과 상관없는 일이었다. 심지어 자신과 자신이 사랑하는 사람은 죽지 않을 것처럼 생각하며 살아왔다고도 했다. 그러나 사랑하는 사람과의 갑작스러운 결별은 직면해야 하는 현실이었다. 고통스럽지만 '그녀의 죽음'을 수용할 수밖에 없다는 것을 인정하기까지 오랜 시간이 걸렸던 것이다.

"이제야 비로소 그 애를 잘 떠나보낼 수 있을 것 같아요. 지금부터 그리울 땐 그리워하고, 보고 싶을 땐 보고 싶다고 말하면서 천천히 애도하는 시간을 보내고 싶네요. 제가 제 삶을 잘 살아가는 것이 그 애를 위한 길이겠죠."

그는 고개를 숙이고 말없이 눈물을 흘렸다. 천천히 볼을 타고 흐르는 눈물이 백 마디 말보다 더 강하게 마음을 울렸다. 그 누구도 섣불리 말을 꺼내지 않았다. 침묵으로 전해지는 공감이 때론 말보다 더 따뜻한 위로가 된다는 것을 잘 알고 있기 때문이었다.

그는 몇 번 더 집단상담에 참가해서 애도의 시간을 보냈고, 이후에도 간간히 소식을 전해왔다. 최근 들었던 그의 목소리는 삶을 충실히 살고 있는 사람 특유의 온화한 기운으로 충만해 있었다. 죽음까지 생각했을 만큼 큰 고통을 겪었지만 다시 삶을 살아가고 있는 것이다. 사랑했던 사람의 죽음을 받아들이고 난 후에야 비로소 자신의 삶을 새롭게 볼 수 있었는지도 모른다.

웰바이 집단상담 중에 건강, 관계, 일 등 삶의 영역을 나눠 A부터 F까지 학점을 매겨보라고 하면 흔히 B와 D가 많이 나온다. 그럴 때 농담처럼 던지는 질문이 있다.

"B와 D 사이에 무엇이 있지요?"

어리둥절해하는 사람들 사이에서 나는 빙그레 웃곤 한다. B와 D 사이엔 무엇이 있는가? C가 있다. Birth(탄생)와 Death(죽음) 사이에 Choice(선택)가 있다는 뜻이다. 그렇다면 무엇에 대한 선택일까? 태어나서 죽기 전까지 우리에게 주어진 것, 즉 삶에 대한 선택이다. 앞에서 이야기한 두 사람은 준비된 죽음과 갑작스러운 죽음이라는 상이한 형태로 타인의 '죽음'을 경험했지만, 궁극적으로 그들이 되찾아 소중하게 품에 안은 것은 바로 자신의 '삶'이었다.

삶이 탄생과 죽음 사이에 존재한다는 사실은 삶에는 시작과 끝이라는 시간적 한계가 있다는 것을 우리에게 알려준다. 삶은 영원하지 않다. 프란츠 카프카(Franz Kafka)는 삶이 소중한 이유는 언젠가 끝나기 때문이라고 했다. 만나면 이별할 때가 오듯 삶은 죽음을 동반한다. 죽음은 우리에게 삶이 영원하지 않다는 것을, 그렇기에 바로 지금 여기에서 나와 관계를 맺고 있는 사람들이 소중하다는 것을 일깨워준다. 결국 죽음에 대한 이야기는 삶에 대한 이야기라는 것, 이 역설이야말로 죽음이 우리에게 가르쳐주는 삶의 위대한 지혜가 아닐까.

2장

죽음을
바라보는
다양한
시선들

죽음을 모르니 두려워할 이유도 없다

철학적 관점

: 양준석 :

우리는 죽음을 직접적으로 경험해 볼 수 없다. 경험해 볼 수 없기에 죽음에 대해 두려움을 느낀다. 하지만 죽음에 대해 부정하고 터부시하는 태도가 지나친 삶에 대한 집착과 자살 등 다양한 문제를 초래했던 것은 아닐까.

동서고금을 통해 많은 사람들이 죽음에 대한 사유를 해왔다. 우리는 죽음을 바라보는 다양한 시선을 짚어봄으로써 죽음을 두려운 대상이 아니라 삶에 대한 성찰의 기회로 삼아보려 한다.

죽음의 직면과 관련하여 내가 생각하는 가장 멋있는 철학자는 소크라테스(Socrates)다. 근대 회화의 아버지라 불리는 자크 루이 다비드(Jacques-Louis David)가 그린 '소크라테스의 죽음'에는 소크라테스가 독약을 마시고 죽기 전 그의 제자와 동료들에게 자신의 생각을 마지막으로 전하고 있는 장면이 표현되어 있다.

소크라테스에게 씌워진 죄명은 '신성모독'이었는데, 기원전 399년 아테네의 법정에서 '국가가 믿는 신을 믿지 않고 청년들을 타락시킨다'는 이유로 그는 70세의 나이로 피소되었다. 사실상 정치적 이유로 고발당했지만, 자신의 사상을 포기하고 사형 선고를 면하기보다 부당한 죽음을 피하지 않고 그는 기꺼이 독배를 마셨다.

소크라테스는 죽음이란 누구도 경험해 보지 못한 일이며 죽음이 어떤 것이라고 말할 수 없다고 했다. 죽음을 모른다는 것이 죽음을 두려워할 이유가 될 수는 없다는 것이다. 경험할 수 없는 사후세계를 무조건 믿으라는 종교의 영역과 확실히 대비되는 태도인데, 그것이야말로 철학자의 진정한 모습이 아닐까 생각한다.

일반적으로 죽음은 두려움과 공포의 대상이다. 무화(無化)되는 죽음에 대한 불안은 자신의 존재가 궤도에서 벗어날지도 모른다는 다급한 심정에서 유래한다. 그렇기에 죽음에 직면한다는 것은 의미심장하고 긴박한 문제일 수밖에 없다. 그러나 죽음에 대한 두려움은 여러 가지 방어기제가 작동되면서 외면당한다. 죽음이 자신과는 상관없고 다른 사람의 일일 뿐이라고 생각하는 피해 가기, 죽음을 받아들이면서도 아직은 아니라는 거리 두기, 종교에 귀의해 영생을 통해 넘어서려는 뛰어넘기 등과 같은 것이다.

그에 비해 소크라테스는 현세적인 삶만 절대시하거나 내세의 삶에 치우치지 않으면서 선입견 없이 초연하게 죽음을 마주했다. 철학을 죽음의 훈련 또는 죽음의 연습 과정으로 보았고 죽음을 정의, 선함, 아름다움, 경건함 등과 같이 알 수 없는 것이라고 생각했다. 죽음이 무엇인지 알 수 없기 때문에 미리 두려워하거나 피하고자 애쓸 필요가 없으며, 죽음을 인간이 겪는 최악의 사건으로 간주하고 피하려고 발버둥치는 것은 무지(無知)를 자각하지 못했기 때문이라고 했다. 죽음을 종말이나 허무로 이해하기보다 중립적인 무지라고 여기고, 죽음이라는 무지를 자각함으로써 죽음을 넘어설 수 있다고 생각한 것이다.

철학은 성찰하는 삶이라고 할 수 있다. 자신이 가진 지식이 얼마나 초라한지 깨닫고, 알고 있다는 착각에서 벗어나는 것이 철학인 것이다. 델포이 신전에 있는 유명한 구절 "너 자신을 알라(Know thyself)"도 죽는 날까지 자신이 무지하다는 것을 깨닫고 깨우치라는 뜻일 것이다. 삶에 대해 전부 알고 있다거나 죽음은 무조건 나쁘다 생각하는 것은 무지를 자각하지 못했기 때문이다. 무지를 자각한 사람들에게 죽음은 절대적으로 두려운 어떤 것이 아니라 하나의 사건일 뿐이다.

궁극적으로 삶의 종말로서의 죽음은 지식이 아닌 의미의 문제로 전환된다. 우리는 자신의 죽음을 알지 못한다. 다만 죽음을 선고받거나 타인의 죽음을 관찰하는 것을 통해 죽음이라는 운명과 무상성을 이해하고 구체화할 수 있을 뿐이다.

죽음은 생명을 삶으로 이해하게 하는 역동적인 사건이다. 인간은 죽음에 대한 의미를 규정함으로써 죽음에 대한 불안에서 벗어나며 생의 의지를 갖는다. 그리고 그때 비로소 '살아가는 존재'로서 인간을 인간답게 하는 가장 중요한 모멘텀(momentum)을 갖게 된다.

죽음의 철학적 논쟁 중에 하나가 '죽으면 끝인가 아닌가'이다. 이 질문을 초월적 관점에서 바라본 이가 있다. 중국 전국시대의 송나라 철학자 장자(莊子)이다.

혜시는 장자의 아내가 죽었다는 소식을 듣고 조문을 왔다가 아내의 관 옆에서 다리를 쩍 벌리고 땅에 주저앉은 채 대야를 두드리며 노래를 부르고 있는 장자의 모습을 보고 놀라서 따져 묻는다. 평생을 함께 살면서 자식을 낳아 기르고 늙어간 아내가 죽었는데 울어도 시원찮을 판에 이게 무슨 짓이냐는 것이다. 그러나 장자는 이렇게 대꾸한다(『장자』의 외편).

"그런 게 아니지. 내 아내가 죽었는데 나라고 어찌 가슴 아프지 않겠는가. 그러나 가만히 생각해 보면 그런 것만도 아니라네. 한 사람으로서 저 여자는 본래 생명도 형체도 심지어는 기조차 없었다네. 그 뒤 언제부터인가 무엇인지 알 수 없는 어떤 것이 점차 한데 섞여 기가 되고 형체가 되고 생명이 되어 생겨난 것이지. 지금 이 상황은 그저 생명이 죽음으로 변한 것뿐이라네. 마치 봄, 여름, 가을, 겨울의 순환과 같다고나 할까. 그녀는 마치 편히 쉬고 있는 것이나 마찬가지라네. 그런데 내가 그 옆에서 엉엉 운다는 것은 생명 변화의 이치를 몰라도 한참 모르는 짓이지. 그래서 울지 않는다네."

예로부터 많은 철학자들은 죽음에 대해 사유해 왔고 많은 말들을 남겼다. 그들은 각자의 생각에 따라 각기 다른 생사관을 설파했지만, 어쩌면 어느 누구도 죽음을 뛰어넘을 수 없기 때문에 그저 의미와 가치에 대한 사유만 가능했을 뿐 그 이상을 논할 수 없었을지도 모른다.

죽음과 관련해 가장 대비되는 시선은 현세 중심의 입장과 내세 중심의 입장이다. 그리스도교 문화에서는 천국, 부활, 하느님 나라를 믿으며 처음부터 죽음을 삶에서 분리시킨다. 내세를 믿기 때문에 자연스럽게 죽음에 대한 사유가 가능하다. 반면 죽음에 초연할 것 같은 동양에서는 오히려 삶에 집착하는 경향이 있다. 죽음에 관한 것들을 문화적으로 터부시하는 분위기가 있는데, 죽음학(사나톨로지)을 대하는 용어부터 다르다.

우리나라에서 죽음학은 '생사학(生死學)'이라고 쓰며, '죽음도 삶의 일부'라고 정의한다. 일부에선 '사생학'이라고도 하지만 중국에서는 아예 사(死)자를 버리고 '생학(生學)'이라고 부르고 있을 정도다. 그만큼 동양에서는 죽음에 대한 예찬이 없고, 현실적 삶에 집중한다.

서양에서는 사람이 죽으면 하늘로 간다고 생각하는 반면, 한국의 대표적 정서로는 옆방으로 가는 정도로 생각한다. 게다가 무교(巫敎)적 개념에서는 죽은 사람도 똑같이 욕구를 지니고 있다고 생각한다.

귀신도 사람처럼 명예 욕구, 애정 욕구 등을 다 지니고 있다고 생각하는 것이다. 처녀귀신은 결혼을 하고 싶어 하며, 총각귀신은 여자를 원한다는 식이다.

또한 죽음은 문화권마다 다른 형태로 드러난다. 임종에 가까워진 노인들이 가끔 "시커먼 사람이 등 뒤에 와 있다"든가 "누가 보인다"고 하는 경우가 있는데, 자신이 속한 문화에 따라 때로는 저승사자를 보기도 하고, 천사를 보기도 하고, 보살을 보기도 한다.

『티벳 사자의 서』는 8세기 티벳 불교의 대가 파드마삼바바가 산중에서 쓴 108개 경전 중 하나라고 알려져 있다. 이 경전은 사후세계를 경험하고 다시 환생한 티벳승들의 증언을 근거로 "죽음을 배우면 삶을 배울 수 있다"고 가르친다.

이 책에서 죽음의 단계를 바르도(Bardo)라고 부르는데 중음신(中陰身), 즉 사람이 죽은 뒤 다음 생을 받을 때까지의 상태를 가리킨다. '바로 지금의 삶이라는 일상적인 바르도(life)', '죽어가는 고통스러운 바르도(dying)', '다르마타라는 밝게 빛나는 바르도(death)', '카르마에 따라 다시 생성되는 바르도(rebirth)' 등이 그 단계다. 우리는 보통 삶과 죽음만 구분해서 바라보지만, 살아온 과정, 죽어가는 과정, 죽음 이후의 세계에서 영혼이 다시 환생하기까지의 과정을 설명하고 있는 것이다.

지금까지 여러 가지 관점에서 죽음을 바라보는 시선을 살펴보았다. 그러나 여전히 죽음이 무엇인지 명확한 대답을 내놓긴 어렵다. 과연 죽음이란 무엇인가? 죽으면 끝인가, 끝이 아닌가? 사후의 삶이 있는가, 없는가? 영혼은 존재하는가, 존재하지 않는가? 죽음 이후에 나는 영속하는가, 소멸하는가?

죽음이 무엇이냐는 질문에 한 마디로 대답하는 것은 불가능한 일이다. 삶의 형태가 사람마다 다르듯, 죽음의 의미 또한 사람마다 문화마다 다르기 때문이다. 그럼에도 불구하고 우리는 죽음이 무엇인지에 대한 질문을 던져봐야 한다. 우리가 죽음에 대한 질문을 던질 때 무의식 깊은 곳에 가라앉아 있는 죽음에 대한 두려움은 비로소 의식의 세계로 올라온다. 죽음을 생각하는 시간은 죽음을 어떻게 맞이해야 할지 생각하는 시간이며, 막연한 불안과 두려움을 구체화해 의미를 불어넣음으로써 삶에 활력을 넣고, 궁극적으로 삶과 죽음에 대한 통합적 사유를 할 수 있는 시간이기도 하다.

"메멘토 모리(Memento mori, 죽음을 기억하라)!"

이 말은 옛날 로마에서, 원정에서 승리를 거두고 개선하는 장군이 시가행진을 할 때 행렬 뒤에서 노예를 시켜 큰 소리로 외치게 했다는 말이다. 이 말 속엔 '전쟁에서 승리했다고 너무 우쭐대지 마라. 오늘은 개선장군이지만 너도 언젠가는 죽는다. 그러니 겸손하게 행동하라'는 의미가 들어 있다고 한다. 전쟁에서 승리하고 돌아온, 삶의 가장 화려하고 장엄한 순간에도 죽음을 생각했던 로마인들의 지혜는 현대를 살아가는 지금도 여전히 유효할 터이다. 죽음에 대한 고찰이 비단 철학자들만의 것은 아니기 때문이다.

나도 나이가 들기 시작하면서 가끔 혼자서 창밖을 바라보며 앉아 있을 때면 막연한 불안과 두려움이 밀려오는 느낌이 들 때가 있었다. 나중에 사람들과 대화하면서 알게 되었는데, 이런 느낌은 나에게만 있는 문제가 아니라 모두가 겪는 것이었다.

무의미한 삶, 외로움, 상실감, 방향성 혼란, 정체성 문제 등을 거쳐 죽음에 이르는 두려움은 죽음에 대한 사유로 이어질 수 있다. 삶의 본질은 죽음을 마주할 때 드러나고, 죽음의 의미를 사유할 때 삶은 더욱 풍요로워진다. 인생에 던져진 죽음이란 질문에 대해 치열하게 찾은 응답의 결과가 구체적이고 실천적인 삶의 지침이 되어 현실에서 다양하게 구현된다면 우리의 삶이 좀 더 의미 있어지지 않을까.

때가 되면 옷을 갈아입듯

불교적 관점

： 김영란 ：

다비식 같은 것을 하지 말라, 이 몸뚱아리 하나를 처리하기 위하여 소중한 나무들을 베지 말라, 강원도 오두막 앞에 내가 좌선하던 커다란 넙적바위가 있으니 남아 있는 땔감 가져다가 그 위에 얹어놓고 화장하라. 수의는 절대 만들지 말고 내가 입던 옷을 입혀서 태우라. 그리고 타다 남은 재는 봄마다 나에게 아름다운 꽃 공양을 바치던 오두막 뜰의 철쭉나무 아래 뿌려 달라. 그것이 내가 꽃에게 보답하는 길이다.

2010년에 입적한 법정스님이 남긴 말씀이다. 오래 전부터 무소유를 실천했던 법정스님이었기에 장례식도 검소하고 조촐하게 치러질 것이라고 예상은 했지만, 대부분의 사람들은 이렇게까지 구체적인 유언을 남길 것이라고는 생각하지 못했다. 그런데 더욱 놀라운 것은 거창한 장례의식을 치르지 말라는 것만이 아니라 당신의 이름으로 나온 모든 책을 더 이상 출간하지 말라고 한 것이다. 살아생전에도 그리고 삶을 떠나는 길에도 빈 몸으로 왔다가 빈 몸으로 가는 모습을 오롯이 보여주었다.

법정스님의 죽음을 대하는 태도는 불교에서 죽음에 임하는 자세, 죽음을 어떻게 인식하고 있는지를 보여준다. 사실 불자이거나 출가를 한 수행자라고 해도, 삶의 모든 궤적을 다 내려놓고 이렇게 담대하게 죽음을 맞이하기는 쉽지 않을 것이다.

불교의 중요한 수행 모티브 중 하나는 죽음이다. 붓다가 되기 전 젊은 싯다르타가 집을 떠나는 계기가 태어나면 누구나 병들고 늙고 죽는다는 것이었는데, 그 가운데에서도 가장 핵심적인 것은 바로 죽음이었다. 오랜 수행 끝에 깨달음을 얻은 붓다는 "나는 불사(不死)를 얻었다"라고 선언한다. 붓다가 말한 불사란 무엇일까? 그것은 죽지 않고 영원히 사는 영생을 성취했다는 의미가 아니라 죽음에 대한 어떤 개념이나 두려움도 없다는 의미다.

우리는 수많은 개념들을 갖고 살아간다. 흔히 하는 "저 사람 개념 있는 사람이야"라는 말은 예의가 있거나 적절하게 처신할 줄 아는 사람이라는 의미로 사용되기도 하지만, 여기서 개념이란 일종의 관넘, 고정관념을 의미한다. 예를 들면 '정직해야 돼, 성공해야 돼, 타인의 인정을 받아야 돼, 오래 살아야 돼'라는 개념을 확고하게 가지고 있는 사람일수록 정직하지 않은 사람을 보면 크게 비난하고, 타인으로부터 비난을 받거나 인정받지 못하면 괴로워한다.

'사랑한다면 영원히 사랑해야 해'라는 개념을 갖고 있다면 그 사랑이 변했을 때 배신감을 느끼고 좌절할 것이다. 사람과의 관계는 영원할 것 같지만 만남이 있으면 헤어짐의 때가 반드시 온다. 모든 것은 조금씩 변해간다. 그 변해가는 것에 맞춰가지 못하고 "우리 사랑은 변하지 않아. 날 영원히 사랑한다고 해놓고 왜 마음이 변했어?"라고 생각하면 화가 나고 원망스럽고 고통이 생긴다.

'죽으면 모든 것이 끝'이라는 개념을 가지고 있다면 괴로운 일이 생겨 해결할 길이 없다고 생각될 때 스스로 생명을 끊을 수도 있다. 세상이 고통스럽거나 삶이 괴로운 것이 아니라 그런 개념이나 망상 때문에 괴로운 것이다. 이와 같이 붓다는 모든 존재는 영원불변하지 않으며 그런 믿음이나 집착이 있을 때 그 개념으로 인해 '괴로움'에 빠진다고 가르쳤다.

개념 때문에 고통스럽다고 한다면 고통으로부터 자유로워지기 위해서는 개념을 내려놓으면 될 것이다. 폭력 피해를 겪은 여성들 중에는 피해자인데도 죄책감을 갖거나 스스로를 자책하는 이들이 있다. '내가 그런 옷을 입었기 때문에 그런 일이 일어난 것이다', '내가 강하게 저항하지 못했기 때문에 당한 것이다', '가족들에게 걱정을 끼쳐드렸기 때문에 나는 나쁘다'고 괴로워하는 것이다. 이것은 '여성은 조신해야 하고 허투루 보이지 않게 정숙한 태도를 가져야 한다'는 사회적 성 역할이라는 개념을 갖고 있기 때문이다. 그 개념을 강하게 믿고 있을수록 자책이나 죄책감이 크다. 그 개념을 내려놓을 때 부끄러움과 죄책감은 자신의 몫이 아니라 가해자의 몫이 되고, "그것은 내 잘못이 아니었다"라고 말할 수 있다.

붓다의 가르침의 핵심은 삶과 죽음은 연기(緣起)하는 현상에서 보이는 관계의 변화일 뿐이며, 어느 것도 고정불변하는 본질을 가지고 있지 않고 공(空)하다는 것이다. 이것은 모든 사물이나 현상은 절대적이고 독립적으로 존재하는 것이 아니라 원인과 조건이 있으면 일어났다 사라진다는 뜻이다. 눈앞에 아름다운 꽃이 있다고 해보자. 사람 눈에는 보이지 않지만 꽃은 순간순간 미세하게 변하고 있다. 그런데 '고정불변하지 않고 왜 변하는 거야'라며 실망하기도 한다. 그 '고정불변하다'는 것은 사실 실체가 없는 개념인 것이다.

우리는 늘 죽어가고 있다. 어제 나를 이루고 있었던 몸의 세포는 오늘이면 사라지고, 어제 내가 지녔던 생각 역시 오늘은 사라지고 없다. 고정된 본질이 없다. 조건이 만들어지면 생겨났다가 조건이 달라지면 모습이 바뀌거나 사라진다. 죽음 역시 어느 날 불청객처럼 찾아와 삶을 끝내는 것이 아니라 모든 자연현상과 마찬가지로 끊임없이 일어나는 변화 과정의 하나인 것이다. 즉, 죽음이란 인연이 모였다가 흩어지는 과정일 뿐, 있던 것이 없어지는 것도 아니며 부정적인 것이 새롭게 생겨나는 것도 아니다. 그저 변화 과정 속에서 어떤 현상은 '삶'이라고 하고 어떤 현상은 '죽음'이라 부르는 것이다. 삶 속에 죽음이 있고 죽음 속에 삶이 있다. 죽음은 연속되는 삶의 한 과정, 삶의 일부분일 뿐이다. 사람들은 언젠가 먼 미래에 죽음이 찾아올 것이라고 생각하지만 사실은 지금 바로 여기에 죽음은 늘 존재하고 있는 것이다.

미얀마의 존경받는 승려인 우 꼬살라 사야도는 '개념적인 생일'과 '실재적인 생일' 두 가지가 있다고 했다. 개념적인 생일은 자신이 태어난 날이고, 실재하는 생일은 매 순간마다 나고 죽는다는 것을 아는 날이라고 한다. 사실 우리는 매일 매 순간 죽음을 경험하고 매일 새로운 삶을 살아간다.

많은 사람들이 누구나 언제든 죽을 수 있다는 것을 알고 있지만 자신 역시 죽는다는 사실을 모른 척하고 산다. 사랑하는 사람도 나를 떠나 죽게 된다는 사실을 머리로만 이해할 뿐 진심으로 수용하지 않는다. 삶은 영원하며 변하지 않을 것이라는 오래된 믿음의 습관 때문이다. 그런 믿음은 무엇이든 일어날 수 있다는 가능성을 가로막는다.

뇌의 변화를 연구하는 학자들의 말에 따르면 피실험자에게 고통스러운 자극을 가할 것이라는 정보를 미리 알려주면 그 자극을 가하기도 전에 뇌의 특정 부분이 활성화되기 시작한다고 한다. 즉, 고통이 예상되면 고통을 실제로 느끼지 못해도 고통스럽다는 것이다. 늙거나 죽는 것은 누구에게나 일어나는 일이고 그것은 괴로운 일이라고 하지만, 사실은 늙고 죽는 것에 대한 두려움이 더 괴로운 것이다.

티베트의 큰 스승들은 죽음에 대해 '옷을 갈아입는 것'이라고 말한다. 현재의 삶과 죽음이 큰 차이가 없다는 것이다. 죽는다는 것을 알고 받아들이면 죽음의 공포나 갈등이 일어나지 않는다고 한다. 죽음에 따르는 일체의 고뇌에서 해방되는 것을 불교에서는 '해탈'이라고도 하고 '열반'이라고도 한다. 열반은 미래에 성취해야 할 머나먼 목표나 죽음 이후의 일이 아니라 바로 지금 이 자리에서 알고 깨어 있는 것이다. 그것이 바로 해탈이고 열반이며 삶의 목표이자 실재적 생일이다.

죽음을 어떻게 받아들이느냐에 따라 괴로울 수도 있고 괴롭지 않을 수도 있다. 내 삶을 책임지고 꾸려가는 주체는 자신이다. 누구도 대신 살아줄 수 없듯이 누구도 나의 죽음을 대신할 수 없다. 언제든 죽을 수 있다는 것을 알게 되면 오늘 하루가 소중하다는 것을 절실히 느끼게 된다. 누군가를 만나 화해를 청하고 사랑한다 말하고 싶었다면 지금 당장 실행할 수 있다. "이생과 내생의 차이는 한숨 안에 있다"는 이야기를 들으면, 오늘이 바로 그 일을 한숨에 해야 하는 날임을 절감하게 된다. 이렇게 죽음을 이해하고 받아들이면 '어떻게 잘 죽을 것인가'와 함께 삶에 대한 관심도 높아질 것이다.

죽음을 늠름하게 받아들일 수 있는 것은 평소의 삶과 깊은 연관이 있다. 죽음에 대한 통찰이 누구에게나 일어나는 것은 아니라는 것은 우리의 불행인지도 모르겠다. 가끔 평소 원만하지 못했던 사람이 너그럽고 선한 모습을 보이면 "사람이 죽을 때가 되었나"라는 농담을 하는데, 사실 죽을 때가 되었다고 달라지는 경우는 극히 드물다. 평소 재물에 대한 욕심이 많았던 이는 죽음을 앞두고도 재물에 대한 욕심을 내려놓지 못한다. 반면 늘 타인을 배려하고 너그럽게 지내던 이는 임종 준비를 차분히 하고 심지어 극악한 통증조차 덜 고통스러워했다는 사람도 있다. 임종을 많이 지켜본 이들은 한결같이 말하길, 사람은 "살던 대로 죽는다"고 한다.

결국 죽음에 대한 지혜를 깊이 받아들이는 것은 바로 삶에서 나타나는 것이다. 평소에 어떻게 살았는지, 평소에 얼마나 욕심을 내려놓고 살았는지, 자기 성질대로 살았는지, 다른 사람을 얼마나 배려하며 살았는지가 죽음 앞에서 오롯이 드러나는 것이다. 결국 삶의 습관대로 죽음을 맞이한다.

죽음이 누구에게나 언제든 찾아온다는 것을 우리는 이미 알고 있다. 이제 필요한 것은 알고 있다는 그것을 명료하게 '아는' 것이다. 알고 있음을 알지 못하기에 여전히 죽음을 거부하고 극복하려고 애쓴다. 죽음을 안다는 것은 현재의 삶을 인정하고 수용한다는 것과도 같다. 삶과 죽음이 둘이 아니듯, 죽음을 아는 것은 삶을 알게 하고 어떻게 살 것인가를 알게 하는 일이다.

그는 죽었으되 죽지 않았다

그리스도교적 관점

: 최은아 :

죽음은 인간만이 겪는 현상이 아니다. 지구상에 태어난 모든 유기체는 각자 고유한 리듬에 맞춰 성장하다가 때가 되면 소멸을 맞이한다. 지금으로부터 40억 년 전 인류가 지구상에 처음 나타났을 때 우리의 먼 조상들은 죽음을 어떻게 이해했을까. 인간의 발자취를 추적해 보면 동물과 구별되는 지점이 있다. 불과 도구의 사용, 언어와 추상적인 사고력이 손꼽히는데 그 외에 또 하나가 있다고 한다. 죽음에 대한 의례다. 대부분의 동물은 죽은 동료를 그대로 두고 떠나기 일쑤다. 간혹 곁을 지키기도 하지만, 죽은 동료를 땅에 매장하거나 무덤을 만드는 일은 오직 인간에게서만 관찰되는 행위라고 한다.

인간은 타인의 죽음을 경험하고 자연스럽게 죽음 너머의 세상이 어떤 곳인지 궁금해하며 저 세상을 염원하기도 했을 것이다. 자연재해, 질병, 사고 등 인간의 힘으로 어찌할 수 없는 두려움은 다른 세상에 대한 열망을 강화시켰을지도 모른다.

이렇게까지 한 존재의 삶과 죽음, 부활을 반복해서 기억하는 것이 주요 의례인 종교가 있을까? 그리스도교는 예수의 삶과 죽음, 부활에 대한 믿음이 신앙의 핵심을 이룬다.

지금으로부터 2천여 년 전 현재의 팔레스타인 지역에 한 남자아이가 태어났다. 아이는 자라 어른이 되었고, 나이 서른이 되던 해 병들고 가난하고 보잘것없는 사람들, 박해받는 사람들, 소외와 억압을 경험하고 있는 사람들에게 '하느님 나라'를 선포했다. 그가 한 일은 아픈 사람들을 감싸주고, 마음이 찢긴 이들을 보듬어주며, 가난한 이들이 충분히 먹고 마시도록 잔치를 베푼 것이었다.

그는 미래의 종말을 말하기보다 임박한 '하느님 나라' 앞에 회개하고 변화할 것을 강조했다. 당시 사람들은 질병, 장애, 가난이 '죄의 결과'로 생겨나며, 죄를 짓는 사람은 '죽음의 포로'라고 보았다. 예나 지금이나 죽음은 인간에게 큰 두려움과 공포, 고통의 대상이자 피하고 싶은 그 무엇이었다. 당시 사람들은 죽음을 죄의 결과이자, 하느님과의 관계가 사라지고 하느님의 기억에서 자기 존재가 사라지는 끔찍한 일로 이해했다. 이런 죄인들에게 그는 죄의 용서를 선포했고, 그들과 하느님 사이의 관계를 회복시키고 화해시킴으로써 죽음의 세력에서 해방시키려 한 것이다.

당시 그의 말과 행위는 병들고 가난한 이들에 대한 연민으로부터 비롯된 것이었다. 그를 만난 사람들(가난한 사람, 죄인, 세리, 거지, 장애인, 나병 환자, 여성, 어린이)은 그가 하는 말과 보여주는 행위에 큰 감화를 받았다. 스스로 또는 타인에 의해 인간임을 포기하며 살아왔던 지난 날을 회개하고 존재의 존엄함을 깨달으며 이전과는 다른 사람으로 살아갈 수 있는 힘을 얻었을 것이다.

그가 사람들의 손을 잡고 말을 건넨 행위 하나하나는 이들이 인간 다워질 수 있는 '마중물'이었다. 그가 선포한 하느님 나라는 당시 사람들을 죽음으로 내몰았던 조건들과의 이별이었으며 싸움이었고, 스스로 인간다움을 만들어 하느님과의 관계가 회복되는 과정이었다. 그가 선포한 복음은 당시 암울하고 절망이 가득한 현실에서 구원과도 같은 메시지였다. 우리는 그를 하느님의 아들, 구원자, 메시아, 예수라고 부른다.

예수의 말과 행위는 당시 지배 계급의 이해와 충돌할 수밖에 없었다. 율법만을 읊조리며 회당 안에서 꼼짝도 하지 않는 사제들에게 그는 눈엣가시였을 것이다. 예수를 중심으로 유다인들이 민족 해방을 도모할 수도 있다고 생각한 로마 식민지 총독에게도 그는 치우고 싶은 골칫덩어리였다. 결국 예수는 하느님과 율법을 모독하는 자로 민중을 선동하는 위험인물, 곧 '유대인의 왕'이라는 죄목으로 십자가형을 당한다. 당시 십자가형은 로마 제국에서 정치적이고 수치스러운 형벌이었다. 그러나 예수는 십자가에 매달려 죽은 지 사흘째 되는 날에 부활하여 제자들에게 나타났다.

그의 죽음으로 인해 예수 자신의 삶이 끝남과 동시에 예수가 선포한 하느님 나라도 끝난 것처럼 보였던 상황에서 그의 부활은 그를 알고 있는 사람들에게 체험과 신앙으로 증언되었고 '역사적 사실'로 받아들여졌다. 도망간 제자들은 예루살렘으로 돌아와서 십자가에 매달려 죽은 예수는 하느님이 죽은 자들 가운데서 일으키신 세상의 구원자이며 메시아라고 선포하기에 이른다. 사람의 아들 예수는 죽음과 부활을 통해 '그리스도'라는 새로운 의미를 얻게 된 것이다. 그로부터 예수는 2천 년이 넘도록 지구상의 많은 사람들에게 믿음의 존재로 각인되어 왔다. 예수의 죽음이 의미하는 것은 무엇일까? 예수는 왜 죽음에 이르는 삶을 선택했을까?

당시 팔레스타인 사람들에게 의인이나 예언자의 죽음은 죄(자기와 타인의 죄)에 대한 보속이 되는 것으로 널리 간주되었다. 보속하는 죽음으로서의 순교 관념은 구약 시대부터 유대인들에게 이어져왔다. 예수는 공공연히 "사람의 아들은 섬김을 받으러 온 것이 아니라 섬기러 왔고, 또 많은 이들의 몸값으로 자신의 목숨을 바치러 왔다(마르코 복음 10:45)"고 말했다.

『그리스도교 이전의 예수』의 저자 앨버트 놀런은 "자기 몸값을 몸값으로 치른다는 의미는 남을 살리기 위하여 자기는 죽을 각오임을 뜻한다"고 지적했다. 예수는 자기 죽음을 통해 인류의 죄와 죽음의 무게를 견디려 한 것이다.

그럼에도 제자들은 예수가 죽지 않기를 원했던 것 같다. 제자들은 예수가 은신처에서 나와 무력이나 그 밖의 방법으로 세력을 과시하면서 적대자들을 물리치기를 기대했을 것이다. 그러나 예수의 의도는 하느님과 인간의 관계를 회복시키고 사람들로 하여금 하느님 나라에 대한 믿음을 일깨우는 것이었다. 놀런은 예수가 메시아라는 호칭을 받아들여 폭력에 의존하는 타협을 원하지 않았을 뿐만 아니라 적당히 권력자들에게 비위를 맞추는 일은 더욱 원하지 않았을 것이라고 한다.

이런 그가 선택할 수 있던 길은 하나밖에 없지 않았을까. 죽음을 받아들이는 일. 그러나 인간 예수에게도 죽음이란 쉽게 받아들여지는 일은 아니었다. 복음서에서 증언하는, 죽음을 앞둔 예수의 모습은 근심과 번민에 갈등하는 인간이었다.

"아버지, 하실 수만 있으시면 이 잔이 저를 비켜가게 해주십시오. 그러나 제가 원하는 대로 하지 마시고 아버지께서 원하시는 대로 하시옵소서(마태오 복음 26:39)."

그럼에도 불구하고 예수는 하느님의 뜻을 받아들인다. 모든 복음서들은 예수가 의식적으로 죽음을 향해 나아갔다는 것을 보여준다. 당시 예수를 따르던 제자들에게 예수의 죽음은 예수가 선포한 복음과 해방운동의 전멸을 의미하는 것이었다. 예수가 죽은 후 무덤에서 그의 시신이 사라지고 부활한 모습으로 제자들에게 나타나자, 제자들은 드디어 예수의 뜻을 이해한다. 그리고 진정한 믿음을 지니고 변화하기 시작한다. 예수의 죽음이 자신의 죄 때문이 아니라 다른 이들의 죄를 용서하기 위한 대속 행위였으며, 하느님의 계획에 따라 구원과 해방을 가져오는 사건임을 깨닫게 된 것이다.

예수의 삶과 죽음, 부활은 그리스도교의 정체성 그 자체라고 할 수 있다. 그리스도교 관점에서 그의 죽음은 인류가 저지른 죄에 대한 보속이며, 부활의 전제인 것이다.

예수의 부활은 죽음 없이는 일어날 수 없는 역사적 사건이었다. 예수의 죽음은 그의 입장에서 보면 희생이기도 하겠지만, 하느님의 아들, 즉 '그리스도'라는 것을 스스로 증명한 사건이기도 하다. 예수의 죽음과 부활을 하나의 사건으로 바라볼 수밖에 없는 이유가 거기에 있다. 죽음과 삶이 따로 떨어져 있는 것이 아니라 부활 속에 존재하기 때문이다. 또한 예수는 죽음을 받아들이고 부활함으로써 죽음을 변화시켰다. 그리스도를 믿는 이들에게 죽음은 끝이 있는 벽이 아니라 새로운 삶으로 옮겨가는 문이 되었다.

"주님, 믿는 이들에게 죽음이 죽음이 아니요 새로운 삶으로 옮아감이오니 세상에서 깃들이던 이 집이 허물어지면 하늘에 영원한 거처가 마련되나이다(『로마 미사 전례서』, 위령감사송1)."

예수의 삶을 보건대 죽음을 받아들이는 것은 결국 삶을 받아들이는 것이다. 삶을 돌보는 것은 또한 죽음을 돌보는 것이다. 그레사케

(G. Greshake)는 삶 자체는 항상 한 조각의 죽음이라고 했다. 죽음은 삶의 종말이 아니라 인간의 영원성이 지금 여기에서 발현되고 있는 힘이다. 그리스도교는 2천 년 동안 미사와 예배를 통해 이것을 반복해서 기억해 왔다. 최후의 만찬에서 예수는 빵과 포도주를 제자들에게 나누어주며 '나를 기억하라'는 당부의 말을 남긴다. 미사와 예배는 단순히 예수 그리스도의 수난과 죽음을 기념하는 것이 아니라 부활한 예수 그리스도의 현존하는 삶에 대해서 기억하기 위한 장치이기도 하다.

"주 예수께서 잡히시던 날 밤에 빵을 손에 드시고 감사의 기도를 드리신 다음 빵을 떼어주시고 '이것은 너희를 위하여 내어주는 내 몸이니 나를 기억하여 이 예를 행하라', 또 만찬을 드신 뒤에 같은 모양으로 잔을 들어 말씀하였습니다. '이 잔은 내 피로 맺는 새 계약이다. 너희는 이 잔을 마실 때마다 나를 기억하여 이를 행하라.' 주님께서 오실 때까지 여러분은 이 빵을 먹고 이 잔을 마실 적마다 주님의 죽음을 전하는 것입니다(I 코린토 11:23~26)."

구약 시대에 죄의 결과였던 죽음이 예수 그리스도와 함께 신약 시대에는 새로운 삶으로 옮아가는 문으로 변화되었다. 이제 죽음은 어두운 저승이 아니라 생명의 빛으로 들어가는 문이다. 우리는 예수를 통해 죽음을 배우고 삶을 익힌다.

그러나 지금 우리는 예수의 죽음을 어떤 감수성으로 바라보고 있는가. 죽음에 대한 두려움을 부추기며 모든 인간을 죄인으로 만들고 있는 것은 아닌지, 죽음 없이 부활해 신성화된 예수만을 바라보고 있는 것은 아닌지, 가난하고 병들고 억울한 사람의 편에 섰던 예수 대신 박제된 신앙의 대상으로 예수를 믿고 있는 것은 아닌지, 현세의 기복을 바라며 예수의 복음을 이해하고 있는 것은 아닌지, 다시 되묻고 되물으며 그의 죽음을 묵상해 본다.

삶도 모르는데 어찌 죽음을 알겠는가

유교적 관점

: 이지원 :

우리는 언제 어디에서 어떻게 죽음을 맞이할지 모르고 살아간다. 아침에 집을 나서면서 '오늘 내가 죽겠구나'라고 생각하는 사람은 없을 것이다. 오늘 내가 죽을 것이라고 생각하지 않는 사람은 내일도 모레도 10년 후에도 죽을 것이라고 생각하지 않는다. 일상을 살아가는 동안 죽음은 관념으로만 존재할 뿐, 나의 현실과는 무관한 경우가 태반이다.

그러나 어느 순간, 무관하게 생각했던 죽음을 갑자기 맞닥뜨리기도 한다. 가족 또는 가까운 지인의 죽음은 멀리 있던 죽음을 불현듯 내 옆으로 불러낸다. 인간에게 당혹감, 충격, 공포를 느끼게 하는 것

중에 죽음만 한 것이 또 있을까. 부, 명예, 관계 등 자신에게 있는 모든 것을 한순간에 사라지게 만드는 죽음 앞에서 무력감과 허무감으로 휩싸일 수밖에 없을 것이다.

그렇기에 죽음은 오래 전부터 인간에게 의문의 대상이자 두려운 현상으로 다가왔을 것이다. 사람은 왜 죽는지, 죽으면 어디로 가는지, 죽음이 무엇인지 이해하는 문제는 삶의 가장 근원적인 문제와 닿아 있다. '개똥밭에 굴러도 이승이 좋다'는 속담이 있다. 이 말 속에는 아무리 삶이 힘들어도 죽는 것보다 살아 있는 것이 낫다는 생각이 반영되어 있다. 언젠가는 죽는다는 사실을 알면서도 죽음을 회피하고 부정함으로써 불안감을 없애고 영원한 삶을 살고 싶다는 마음의 표현일 것이다.

동양에서는 죽음보다 현존하는 삶에 더욱 관심을 두었다. 특히 유교는 죽음을 형이상학적인 문제로만 보지 않고 삶과 연관된 문제로 다루었다. 공자는 현재의 행복한 삶과 안정에 관심을 가졌기에 죽음과 죽음 이후, 영혼과 귀신의 존재 여부에는 그다지 관심을 두지 않았다고 한다.

죽음에 대해서 공자는 직접적으로 언급하지 않았고, 제자인 자로가 귀신의 섬김을 물었을 때에야 "사람을 섬기는 일도 모르는데, 어찌 귀신을 섬기는 일을 알겠는가?(未能事人, 焉能事鬼)"라고 대답했다. 자로가 다시 "그러면 죽음은 무엇입니까?"라고 묻자 "삶을 모르는데 어찌 죽음을 알겠는가?(未知生, 焉知死)"라고 답변했다.

사람은 개성과 가치관에 따라 각기 다른 삶을 산다. 죽음 역시 사람에 따라 의미도 형식도 다르다. 그렇기에 그 사람의 삶을 알면 죽음도 알 수 있다고 한다. 공자의 말은 아직 오지 않은 미래의 죽음보다 현재의 삶에 의미와 가치를 두고 최선을 다해 살라는 뜻이었을 것이다. "아는 것을 안다고 하고, 모르는 것을 모른다고 하는 것이 참된 앎"이라고 여겼던 공자의 답변답다고 하겠다.

　그러나 공자가 죽음에 대해 초연한 태도를 지녔던 것은 아닌 듯하다. 가장 아끼는 제자였던 안연(顔淵)이 젊은 나이로 죽자 "하늘이 나를 망치는구나!"라는 탄식을 하며 대성통곡을 했다고 한다. 부모의 죽음이 아니면 큰 소리로 울지 않았다고 하는 공자가 이토록 슬픔을 표현한 것을 보면, 안연의 죽음을 얼마나 안타까워했는지 알 수 있는 대목이다. 또한 "싹이 틀 때는 아름다우나 꽃 중에는 피지 못하는 꽃도 있고, 또 꽃은 피었으나 열매를 맺지 못하는 것도 있다"는 말로 안연의 죽음을 비유하기도 했다. 비통한 마음은 금할 길 없었으나 공자는 사랑하는 제자의 이른 죽음 또한 천명이라고 순순히 받아들였다. 삶과 죽음이 모두 하늘의 뜻(天命)에 따라 이루어지는 것이며 자연의 이치(天理)라고 생각했던 것이다.

　유교에서도 죽음 문제에 의문을 갖고 진지하게 사유했던 사상가들이 있었다. 하지만 그들 역시 인간의 죽음을 삶의 완성으로 보는 시각으로 죽음을 고찰했다. 대표적인 예로 중국의 근대 사상가 중 한 사람인 장태염(章太炎)이 죽음을 바라본 태도를 보면 공자와 크게 다르지 않다. 그는 유교의 기본적인 입장을 '앎은 살아 있는 동안에만 존재하는 것(知盡於有生)', '경험을 넘어서는 영역에서 말하지 않는 것(語絶於無驗)'이라고 했다. 사후세계에 대한 추구보다 주어진 삶의 한계(命)를 받아들이고 충실하게 살다가, 그 삶의 결과인 죽음을 겸허하게 받아들이는 것이 중요하다고 생각했던 것이다.

유교적 관점에서는 인간의 본원적 욕구인 내세관을 제시하지 않는다. 조상 숭배와 효 사상의 맥락에서 정해진 예법에 따라 장례의식을 치르고 이를 통해 좋은 죽음을 맞이하는 것이 중요했기 때문일 것이다. 아울러 혼백이 일정 기간 동안 세상에 존재한다고 믿었기 때문에, 예를 다하여 진정한 마음으로 제사 지내는 것을 의미 있게 보았다.

제사는 현실의 세계와 초월의 세계를 연결하는 가교와 같은 역할을 했다. 반복되는 제사를 통해 죽음을 간접적으로 경험하고, 또한 제사에 참여한 사람들은 동일한 소망을 공유했던 것이다. 사람이 죽으면 그것으로 끝나는 것이 아니라 살아 있는 가족과 후손에게 이어진다는, 생명의 연속성과 사회적 관계의 조화에 관한 믿음이었을 것이다. 그만큼 유교에서는 '예를 다하는 것'을 중요하게 여겼다.

유교는 사회적 가치와 질서를 수립하기 위한 제도적 장치로 예를 형성했는데, 이를 위한 세 가지 근본이 있다고 보았다. 첫째, 천지(天地)다. 천지는 이 세상에 존재하는 모든 생명의 근거이기에 인간에게 생명을 준 천지의 은혜에 감사의 제사를 바친다. 둘째, 조상(先祖)

이다. 예는 인간 종족의 근본인 조상에 대한 감사와 기억을 잊지 않기 위해 만들어졌다. 셋째, 군사(君師), 즉 임금과 스승이다. 정치적 지도자와 정신적 지도자가 군사다. 이렇듯 유교에서는 천지에 대한 경외심, 조상에 대한 효도와 제사, 군주와 스승에 대한 충성이라는 주제를 각각 독립적인 것으로 여기기보다 긴밀하게 연결된 것으로 보았다.

공자의 철학에 대해 탁월한 통찰을 보인 미국인 허버트 핑가레트(H. Fingrette)는 그의 저서 『공자의 철학: 서양에서 바라본 예에 대한 새로운 이해』에서 인간의 의례적 행위에서 인간성을 꽃 피우는 것이 유교의 주요 주제라고 했다.

그러나 예를 지키기 위한 의례적 행위, 특히 제사는 현대 사회로 오면서 치러야 하는 의무감 내지는 고부 갈등을 일으키는 원인이 되어버린 듯하다. 명절 스트레스 증후군과 그 후유증으로 이혼 발생 빈도가 높아진다는 기사도 이젠 더 이상 새로운 뉴스거리가 아니다. 제사의 형식에 너무 얽매여 본질을 일깨우는 의미는 사라지고 노동만 남은 것은 아닌지 안타까운 생각마저 든다.

예전보다 시집살이의 어려움이 많이 없어졌다고는 하지만 요즘에도 여성들의 경우 친정과 시댁의 차례나 제사를 모실 때 역할이 완전히 다르다. 자신의 조상님에 대한 예를 우선하기보다 남편의 조상님을 먼저 잘 모셔야 한다는 막중한 책임감을 여전히 강요받고 있다. 또한 제사상의 주인이 어머니 조상이 아닌 아버지 조상이 우선

시되는 가부장적 문화도 여전하다.

예를 들어 만약 맞벌이 부부를 대신해 할머니가 아닌 외할머니가 아이들을 돌봤고 아이들도 외할머니에 대한 애틋함이 있어서 애도가 필요한 상황이라 해도, 할머니 제사상만 열심히 차려야 한다면 아이들이 납득할 수 있을까 의문이다. 유교가 남긴 유산인 예(禮)를 존중하면서도 우리 생활 곳곳에 스며든 가부장 문화에 대해선 앞으로 더욱 활발한 논의가 있어야 하지 않을까 싶다.

또 알게 모르게 우리 삶에 스며 있는 차별적 시각 또한 한 번쯤 짚고 넘어가야 할 듯하다. 『경국대전』에 따르면 적첩(嫡妾)의 소생일 경우 장자, 중자, 딸의 구별 없이 모두에게 같은 양의 재산을 분배하고 그 가운데 승중자에 한해서 상속분의 5분의 1을 더해주었다고 한다. 여기서 '승중자'란 부모와 선대의 제사를 지낼 의무를 지닌 아들이라는 뜻으로 적장자를 의미한다.

우리 선조들은 17세기 중엽까지 균분(均分)상속을 고수했다. 부모가 남긴 재산을 장남이나 차남, 아들, 딸에 관계없이 자식들에게 골고루 나눠주었다는 것이다. 이때의 균분은 양적인 측면만이 아니라 질적인 측면까지도 포함한다. 부모의 재산을 차별 없이 똑같이 상속받았다면 장자 또는 남자들만 제사를 맡아 지낼 이유가 없다. 재산을 고르게 상속받은 자녀들은 제사의 의무 또한 동등하게 짊어져야 한다. 자식들이 순서대로 선조 제사 가운데 특정 제사를 맡아 제사의 준비와 의식을 책임져야 하는 것이다.

해남 윤씨 연동종택에는 윤선도의 며느리인 전주 유씨의 동복형제들이 돌림제사를 맡아서 지낸 기록들이 남아 있다. 기록을 보면 윤인미의 처인 전주 유씨는 총 16번의 친정 제사를 모셨다. 조선시대 중기까지 형제들은 똑같이 부모의 유산을 나누고 그 결과에 따라 조상에 대한 책임을 다하는 합리적인 상속 시스템이 이뤄졌던 것을 확인할 수 있다. 들리는 이야기로 요새는 종갓집들도 제사를 간단하게 지낸다고 한다. 퇴계 이황 선생의 종가에서는 부녀자들이 부담스러우니 '간소하게 차려라'는 것이 그 집안 어른들의 가르침이라고 한다.

나의 시댁에서도 몇 년 전부터 고조부, 증조부의 기제사는 '시제(時祭)'에서 모시고, 하루 차이가 나는 조부와 조모의 기제사는 합쳤으며, 부모님 제사는 기일에 지내고 있다. 제사 음식도 많이 간소화했으며, 남녀 차별 없이 참석자는 모두 제사의례에 참여한다. 한식(寒食)의 '시제'에는 시누이들이 먹을거리를 준비해서 참석하며, 즐거운 담화로 화기애애한 시간을 보낸다. 오촌당숙, 육촌, 사촌 형제로 구성된 '벌초 모임'은 추석 일주일 전 1박 2일로 친목도모를 겸한 벌초로 하고 있다.

나는 결혼 후에도 계속 직장을 다녔기 때문에 시어머니께서 아이들을 돌봐주셨다. 아이들은 지극정성으로 키워주신 할머니와 정이 깊었고, 일정에 맞춰 휴가를 함께 가기도 했다. 그런 할머니가 돌아가신 뒤 아이들은 성묘를 가면 할머니에 대한 추억을 나누기도 하면서 애도의 시간을 가진다. 특히 작은아이는 해외유학을 앞두고 성묘를 하면서 할머니가 좋아하시던 햄버거와 음료수를 다양하게 준비해 놓고, 무사히 잘 다녀오겠다고 출국인사를 드렸다. 지금도 할머니 기일이 되면 좋아하시던 피자와 음료수를 인터넷으로 주문해 제사상에 올려 달라고 한다. "할머니의 보살핌 덕분에 자신이 잘 지내고 있다"고 안부를 전해 달라는 말도 잊지 않는다.

나와 절친한 지인은 가족이 다 함께 해외여행에 가서 현지 음식으로 제사상을 차린다고 하니 사회의 모습이 변함에 따라 제례의 모습도 변하는 것은 자연스러운 일이라는 생각이 든다.

유교적 관점에서 죽음을 생각할 때 우리는 어떤 배움을 얻을 수 있을까? 제사를 어떻게 지내느냐는 아닐 것이다. 유교의 좋은 가르침, 타인의 삶을 배려하고 다음 세대를 생각하는 것. 이것을 잊지 않는다면 삶을 아름답게 마무리할 수 있지 않을까 생각한다.

삶과 죽음을 연결하는 다리

의례적 관점

: 김아리 :

내가 마흔이 되던 해, 할머니가 돌아가셨다. 할머니는 생의 마지막 날에 이르기 며칠 전부터 곡기를 끊고 있었다. 오랫동안 불교 신자였던 할머니가 어떤 마음의 변화가 있었는지 돌아가시기 얼마 전에 세례를 받겠다고 했다. 곧 신부님이 방문했고 당신 소원대로 천주교식으로 장례를 치렀다.

할머니의 모습을 마지막으로 본 것은 삼베로 만든 수의를 입힐 때였다. 할머니의 작은 몸을 보자 눈물이 쏟아졌다. 꽃으로 장식된 관에 누워 있는 모습이 생전처럼 고와 보였다. 친정 마당에 유골을 묻고 그 위에 대추나무를 심었다. 49재는 성당에서 추도 미사로 진행했다. 조용하고 정갈한 의례였다.

할머니께서 돌아가시기 전에 이미 건강 상태를 알고 있던 가족들은 마음의 준비를 하고 있었고 호상이라고 감사하게 여겼지만, 모든 게 너무 예정된 대로 진행되어서였는지 추모와 애도의 시간이 생략된 듯 내 마음 한편에는 아쉬움이 남았다. 이후 생사학을 공부하면서 죽음의 의미를 생각할 때마다 할머니 장례식이 종종 생각났다. 할머니는 내게 의례를 통해 죽음의 의미를 생각하게 한 최초의 사람이었던 셈이다.

한국종교학회의 『죽음이란 무엇인가』를 보면 죽음에 대한 이해는 몇 가지로 유형화된다. 첫째, 죽음은 신들이 결정한 인간의 운명이기 때문에 받아들일 수밖에 없다는 생각이다. 조로아스터교, 유대교, 그리스도교, 이슬람교 등이 여기에 속한다. 둘째, 인간 각자가 행하는 선악, 업보에 따라 죽은 후 결과가 따른다는 생각으로 불교, 이집트의 오시리스 신화 등이 여기에 속한다. 셋째, 의례나 수련을 통해 영생을 하거나 죽은 이후에 사자의 세계에서 영원한 생명을 누린다는 생각으로 도교, 유교 등 동양의 종교에서 나타난다. 그러나 이런 세 유형은 어디까지나 죽음의 이해에 대한 유형일 뿐 대부분 종교에서는 이들을 나름대로 조합해 각기 독특한 생사관을 가지고 있다.

『한국 전통 죽음의례의 변화』를 쓴 저자 이용범은 근대 이전의 한국 사회에서 개별 종교는 죽음의례의 내용과 형식을 제공했지만, 죽음의례의 주체는 아니라고 했다. 오히려 각 종교의 죽음의례는 죽음의 현장에서 종교 전통에 구애받지 않고 상황에 따라 적절하게 활용되었다는 것이다. 우리의 현실에서 실천된 죽음의례는 여러 종교의 죽음의례를 병행한 것으로, 복합적이고 다종교적이며 다문화적이다. 전통적인 우리나라의 상장례는 특히 민간신앙과 유교의 영향을 많이 받았다.

우리의 민간신앙에서는 세계를 이승과 저승의 이분법적 두 공간으로 설정하고, 저승을 이승의 연장으로 보아 죽음을 새로운 삶의 시작으로 보았다. 영혼과 몸의 결합을 삶으로 보고, 죽은 이후 몸은 소멸되고 영혼은 저승에서 영원히 안주하거나 이승으로 다시 소생하거나 새 생명으로 환생한다고 생각했다.

우리 선조들은 죽음의례를 통해 체계적으로 죽음을 인식하고 경험했다. 망자 또한 의례를 거침으로써 무사히 저승에 갈 수 있다고 믿었다. 의례를 치르지 않는다면 물리적으로 숨을 거두었더라도 사회적, 관념적으로는 제대로 죽지 못한 존재가 되어 혼란에 빠질 수 있다고 여긴 것이다.

죽음의례는 주검의 처리라는 물리적 처치와 함께 영혼을 제대로 떠나보내기 위한 과정까지 포함한 것이다. 이는 사회 문화와 밀접한 관련을 지니고 발전되어 왔으며 같은 시대에도 다양한 형태를 지니고 있다.

우리나라의 전통적인 죽음의례는 민간신앙과 유교의 영향을 받아 절차가 매우 복잡하다. 한 존재의 사망을 기점으로 전개되는 죽음의례는 상례(喪禮)의 테두리 속에서, 주검을 떠나보내는 장례(葬禮)와 영혼을 떠나보내는 탈상(脫喪)으로 죽음이라는 사건을 마무리했다. 또한 매장이나 화장으로 망자의 몸을 떠나보낸 뒤에 죽음을 애도하고 근신하는 거상(居喪)의 기간을 둠으로써 남은 자의 도리를 지켰다. 몸은 떠났지만 영혼은 이 기간 동안 남은 자들과 함께 머문다는 세계관으로 인해 망자를 대상으로 주기적인 의식을 치르는 가운데 상(喪)에서 벗어났다.

장례가 주검을 처리하기 위한 필수적 의례이자 공동체와 함께하는 공적 의례라면, 상례는 시대나 유족의 상황에 따라 달라지는 선택적 의례이자 집안을 중심으로 행해지는 개별적 의례에 속한다. 전통적으로 거상은 망자를 저승으로 안착시키기 위한 중요한 시간이었다. 탈상(脫喪)을 할 때까지 상주는 사회적 삶과 단절된 채 복(服)을 갖추고 여러 가지 금기를 지키며 살아갔다.

거상 기간은 만 2년에서 1년으로, 다시 100일로 점점 짧아지다가 근래에는 49일째 되는 날 탈상하거나 삼우제로 탈상하는 경우, 3일장으로 마무리하는 경우 등 다양하게 진행되고 있다.

구미래는 『존엄한 죽음의 문화사』에서 탈상은 '죽음이라는 사건의 의례적 종결'을 의미하며 이와 함께 영혼은 저승으로, 유족은 일상으로 돌아온다고 했다. 영혼과 유족이 각자의 자리로 돌아간 이후 고인은 유족에게 조상으로서 '추모의 대상'이 된다. 상례의 끝은 후손들에 의해 고인이 조상으로 거듭나는 지점이고, 이후부터 고인은 제사로써 후손들과 지속적인 만남을 약속받는다.

말하자면 죽음의례는 망자를 보다 좋은 곳으로 보내고자 하는 막연한 기대에서부터 내세에 대한 종교적 믿음까지, 죽음이 곧 존재의 소멸이 아니라고 믿고 싶었던 소박한 소망이 담겨 있다. 이 소망은 죽음의례를 통해 고인과 연결되어 있다는 유대감을 느끼게 했을 것이다.

산 자와 죽은 자를 연결하는 죽음의례에서 주체는 누구일까? 물론 죽은 자가 직접 주관할 수 없으니 살아 있는 사람이 될 수밖에 없다. 그러나 죽음의 당사자가 주인공이 되어 죽음의례를 치르는 경우도 있다. 망자를 위한 의례를 살아 있는 사람에게 적용하여 치르는 대표적인 것으로, 무속의 '산오구굿'과 불교의 '생전예수재'가 있다. 산오구굿은 넋굿인 오구굿을, 생전예수재는 천도재를 살아 있을 때 치르는 것으로 원래는 모두 고인의 몸을 떠나보내는 장례를 마친 다음, 영혼을 떠나보낼 때의 의례들이다.

전통적인 죽음의례를 직접 치러본 경험이 없어서 궁금하던 차에 임권택 감독의 영화 '축제'를 보았다. 영화에는 오색으로 곱게 장식한 상여를 여럿이 지고 가는 장면이 나온다. 상여 행렬 속에서 깃발들이 바람에 휘날리고 삼베옷을 입은 가족들이 침통한 표정으로 그 뒤를 따른다. 한 가지 인상 깊었던 점은 전통 장례 행렬과 출상 전야의 왁자지껄함을 통해 죽음의례가 축제와 같은 놀이의 성격을 띠고 있다는 것이었다. 죽음을 다룬 영화의 제목이 왜 '축제'일 수밖에 없었는지 영화를 다 보고 나니 실감이 났다.

그러나 죽음을 대하는 우리 선조들의 생각이 꼭 축제와 일맥상통하는 면만 있었던 것은 아니다. 산 자가 죽은 자를 배웅하면서 그의 삶을 기리고 남은 사람들의 결속력을 키우는 일보다 죽은 자를 이용하여 산 자의 욕심을 채우고자 했던 일도 있었다. 그중 하나가 명당을 둘러싼 갈등이었다.

조선 시대에는 조상에 대한 의례에 풍수지리 사상이 접목되면서 명당에 대한 논의가 격렬했다. 조상의 음덕이 3대에 미친다며 명당을 중요시하는 믿음이 퍼지기도 했으나 허례허식을 금하며 풍수설을 따르지 말라는 유언을 남긴 이들도 있었다.

명당을 찾아 휘황찬란한 묘를 꾸민 것은 누구를 위한 것이었을까? 산 자의 과장된 욕심은 아니었을까? 장례를 성대하게 치르는 것이 자식 된 도리이자 마지막 효도라고 믿어온 문화는 사회적 부작용을 일으키는 일이기도 했으리라.

이런 모습은 지금 우리의 모습과도 별반 다르지 않다. 자신의 체면과 권세를 과시하기 위해 화려하게 장례를 치르거나 조의금에 부담을 느끼지만 사회생활의 연장선이라는 의식 때문에 의례적으로 조문을 가기도 한다. 게다가 장례 대행업체에서 진행하는 식순에 따르며 수동적으로 장례를 치르는 동안 추모의 마음을 느끼기는커녕 '일을 처리하기'에 바쁘다는 의견이 많다. 형식만 앞서 의미를 잃어버린 느낌마저 든다.

죽음의례를 통해 사람들이 남기고자 했던 삶의 지혜는 무엇이었을까? 슬픔이 지나친 이들에게는 절제를, 무심한 이들에게는 슬픔의 감정을 북돋게 했던 것을 보면, 슬퍼하되 심신을 상하게 할 정도는 삼가고 슬퍼하되 비탄에 빠지지 않는 '정도'를 지키는 것을 배우라는 뜻은 아니었을까 싶다. 가족들이 상심하여 곡기를 들지 못하면 문상객들은 지나치거나 모자람이 없도록 유족의 심신을 보살피는 역할을 하고 애도의 슬픔을 조절하도록 도왔다.

그런데 지금 우리는 이 역할을 제대로 하고 있는 것일까? 정말 중요한 것은 진심어린 추모의 마음을 유족과 나누는 것이다. 그러나 추모의 마음은 옅어지고 형식만 남은 최근의 장례식을 보면 죽음의례의 주체가 사람이 아니라 체면이나 돈이 되어버린 것은 아닌지 씁쓸할 때도 있다.

최근에 아이들과 애니메이션 '코코'를 보았다. '죽은 자들의 날'에 사진을 놓고 죽은 이를 기억하는 멕시코에서, 저승에 있던 영혼은 그 사진을 통해서 이승으로 연결된 다리를 건널 수 있는 자격을 갖게 되어 산 자와 만날 수 있다. 그렇지만 사진이 없거나 기억에서 지워지면 영혼도 영원히 사라지게 된다.

사진을 통해 죽은 자와 산 자가 소통한다는 이야기는 우리가 어떤 마음으로 고인과의 유대감을 가져야 할지 일깨워 준다. 조의금이나 문상객이 없어도 사진 한 장으로 나를 기억할 가족이 있다면, 나는 그것만으로도 충분히 행복할 것 같다.

우리 모두의 죽음과 나의 죽음

시대적 관점

: 김경희 :

할머니는 건강할 때 준비해 놓은 수의를 해마다 햇볕에 말리셨다. 볕 좋은 여름날, 파란 하늘 아래 빨랫줄에서 펄럭이던 노란 삼베옷. 내게 수의는 낯선 물건이 아니었다.

"수의를 준비하면 오래 살 수 있단다."

할머니는 바삭해진 수의를 정성껏 갈무리했다. 아버지도 장롱 깊숙이 간직했던 수의를 입고 먼 길을 떠났다. 하지만 오십 줄에 들어선 나는 아직 수의를 준비하지 않았다. 내 주변 사람들도 상황은 비슷한 듯싶다. 미리 준비해 두지 않아도 언제든 구입할 수 있을 만큼 물자가 풍부해져서인지, 장례식장이나 장례업체를 통해 구입하지 않으면 안 되는 현실 때문인지, 아니면 보관의 어려움 때문인지, 이제 수의를 미리 준비하는 사람은 드물다. 아마도 죽음을 대하는 우리들의 생각과 태도가 변했기 때문일지도 모르겠다.

공동체 생활방식이 남아 있던 시기에 죽음은 운명처럼 자연스러운 삶의 통과 의례로 수용되었다. 죽음이란 자연스러운 인생의 절차였기에 두려운 일이 아니었다. 게다가 죽음은 개인적인 소멸보다 공동체 일원의 소멸이라는 의미가 강했으므로 구성원이 함께 죽음을 맞이하고 애도하는 분위기였다. 『죽음의 역사』를 쓴 역사학자 필리프 아리에스(Philippe Ariès)는 이런 죽음을 '우리 모두의 죽음'이라고 했다.

그렇지만 이런 공동체적 심성에 변화가 일어나서 나 자신의 죽음에 대한 각성이 일어나고, 나의 운명에 깊은 관심을 가지게 되면서 '나의 죽음' 현상이 일어난다. 20세기에 들어 죽음에 임하는 태도는 다시 변모하여 가급적 피하고 싶은 주제이자 거론조차 하지 않으려는 금기사항이 됐다. 끔찍하고 무서운 죽음을 아예 대면하고 싶지 않으며, 병원에서 죽음을 맞게 되면서 주검은 기술적으로 깨끗하게 처리되기 시작했다. 아리에스는 이런 죽음을 '금지된 죽음'이라고 했다.

과학이 발달하면서 죽음은 운명의 문제가 아닌 육체의 문제가 되었고, 공동체의 책임이 아닌 개인의 몫으로 남겨졌다. 의학의 발전은 의료진과 환자, 가족에게 다양한 연명치료 수단을 제공했다. 죽음은 점점 부정되거나 혐오스러운 대상이 되었고, 죽음에 대한 언어는 억압되거나 완곡해졌지만, 강렬하고 극적인 죽음과 관련된 언어는 오히려 많아졌다. 죽음을 입에 올리는 것 자체가 불쾌하거나 불경한 것이 되면서, 현대인은 죽음으로부터 소외되기 시작했다. 건강한 상태이든 아니든 평균수명이 늘어나면서 이제 죽음은 삶과 유리되어 혼자 떠도는 그 무엇이 되어 버렸다.

부모님이나 가까운 지인의 죽음을 볼 기회가 적어지면서 우리는 미디어를 통해서 보는 특별하고 사건화된 죽음, 이슈화된 죽음만을 보게 되었다. 그렇게 현대 사회에서 일상적이고 평범한 죽음은 은폐되지만, 대량화되거나 비일상적인 죽음은 오히려 널려 있다. 미디어를 통해 우리는 언제 어디서든 죽음의 이미지를 검색할 수 있다. 미디어에 전시된 죽음은 주로 자살, 타살, 사고사, 고독사, 테러나 전쟁, 재해 등에 관한 것이다.

이들 죽음은 대부분 끔찍하고 비참하며, 많은 경우 사회적 약자의 죽음이다. 재해로 인해 야기된 죽음과 파괴 장면, 살해 후 유기된 주검, 홀로 죽음을 맞이한 무연고자의 거처나 주검, 교통사고 블랙박스 영상, 폭력 장면이 담긴 CCTV 영상……. 죽음의 이미지가 이토록 넘쳐나고 일상화된 시대에 오히려 평범한 죽음은 길을 잃은 나그네처럼 주변을 서성이다 어두운 곳으로 숨어버리니 역설이 아닐 수 없다.

특별하고 이슈화되고 잔인한 약자들의 죽음을 보게 됨에 따라 우리에게 죽음이란 나와는 상관없는 일이 되었다. '내 얘기는 아닌 사건'을 보면서 '내가 피해자가 아니라서 다행이다'라는 안도감도 있지만, '나는 거기에 책임이 없다'라는 방관자적인 입장도 무의식적으로 작용하고 있다.

현대의 죽음 이미지들은 죽음을 타자화하거나 우리의 뒤틀린 욕망(타인의 불행을 은밀하게 보려는 관음증적 욕망)을 충족하는 데 소비되고 있다. 이런 현상으로 현대인은 죽음에 대한 공포와 혐오를 키우거나, 타인의 고통에 무감각한 상태가 되어 버린다. 포르노그라피가 성에 대한 왜곡을 낳는 것과 유사한 형태다. 그것은 '타인의 죽음'을 바라보는 시선과 밀접하게 관련돼 있다. '타인의 죽음을 대상화'함으로써 죽음은 성찰의 대상이 아닌 은밀한 볼거리로 전락했다. 또 내가 아닌 그들의 죽음은 종종 연민의 대상이 되기도 한다.

『타인의 고통』에서 수전 손택(Susan Sontag)은 연민으로 인해 타인의 고통을 상상할 수 있기는 하지만, 우리가 연민을 느끼는 한 우리는 그런 고통을 가져온 원인에 자신이 연루되어 있지 않다고 느낄 수 있다고 했다. 우리가 보여주는 연민은 우리의 '무능력함'뿐만 아니라 우리의 '무고함'도 증명해 준다는 것이다. 따라서 우리의 선한 의도에도 불구하고 연민은 어느 정도 뻔뻔한 반응일 수가 있다. 보는 사람들의 마음을 휘저어놓는 현대의 죽음 이미지들은 우리에게 자극을 남기면서 죽음의 왜곡을 제공하고 있다.

죽음과 개인이 분리되어 있지 않던 시대에 쓰인 시를 한 편 살펴보려 한다.

누구든 그 자체로서 온전한 섬은 아니다.
모든 인간은 대륙의 한 조각이며, 전체의 일부이다.
만일 흙덩이가 바닷물에 씻겨 내려가면
유럽의 땅은 그만큼 작아지며,
만일 갑(岬)이 그리되어도 마찬가지며
만일 그대의 친구들이나 그대의 영지(領地)가 그리 되어도 마찬가지다.
어느 누구의 죽음도 나를 감소시킨다.
왜냐하면 나는 인류 전체 속에 포함되어 있기 때문이다.
그러니 누구를 위하여 종이 울리는지 알고자 사람을 보내지 말라!
종은 그대를 위하여 울리는 것이니!

15~16세기 성공회 신부였던 존 던(John Donne)의 '누구를 위하여 종은 울리나'라는 시다. 이 시를 보면 그 당시 사람들이 죽음을 어떻게 생각했는지 잘 알 수 있다. "모든 사람은 대륙의 한 조각이며, 전체의 일부"로서 단단한 공동체 의식을 보여준다. 사람들은 관계 안에서 살아가고 죽음을 맞이했다. 누구나 혼자 죽지만 홀로 죽지는 않았다. 종은 누군가의 죽음을 알리는 교회의 조종(弔鐘)이지만 동시에 자신을 위해 울리는 종이기도 했다. 타인의 죽음을 나의 죽

음으로 받아들이고 애도하라는 의미였을 것이다.

중세 서양에는 '죽음'을 미리 사유하고 준비하는 죽음의 기술(Ars moriendi)이 있었다. 페스트가 유행했을 때 '죽음의 춤'이라고 해서 해골이 춤을 추는 그림을 벽화로 그린다든지 교회에 해골 무늬를 넣는 것 같은 죽음과 관련된 그림과 텍스트를 활용했다. 죽음이란 확실한 것이고 귀족에게도 천민에게도 어른에게도 아이에게도 누구에게나 찾아온다는 메시지를 교육하기 위한 것이었다. 삶에서 죽음을 자각하고 죽음을 기꺼이 수용하려는 노력이었다.

바도 모리
죽음은 확실하다.
죽음보다 더 확실한 것은 아무것도 없다.
시간은 불확실하다.
시간은 얼마나 지속될지 불확실하다.
바도 모리

13세기에 널리 퍼진 '바도 모리(Vado mori, 죽으러 간다네)'라는 시(詩)는 중세의 '죽음의 춤'과 가장 가까운 텍스트다. 이 시는 죽음의 확실성과 시간의 불확실성을 말하고 있다. 죽음의 춤은 죽음을 예술 행위로 만든 것으로, 죽음을 삶으로 끌어들이고, 죽음을 삶의 일부로 사유하도록 하는 의미가 담겨 있다. 의인화된 죽음을 통해 신분,

나이, 성별에 상관없이 누구나 죽음을 맞이할 수밖에 없다는 죽음의 보편성과 평등성을 드러낸다.

옛 고승은 매일 잠들기 전에 찻잔을 거꾸로 뒤집어놓고 아침에는 다시 똑바로 해놓았다고 한다. 그는 매일 밤 생명의 잔을 비움으로써 자신의 죽음에 대한 완전한 수용을 상징적으로 표시했다. 죽음을 사유함으로써 새로 시작된 오늘 하루를 살아가는 태도를 보여주었던 것이다.

수의를 손수 짓고 손질하면서 죽음을 생각할 기회를 얻고 삶을 꾸려갔던 할머니와 달리 나는 무엇을 통해 죽음을 생각하고 죽음을 준비할 것인가? 아직은 오지 않았지만 언젠가는 확실하게 오고야 말 죽음이기에 부정하거나 회피할 수는 없다. 오히려 죽음을 현재로 끌어들여 성찰하고 삶의 유한성을 깨달음으로써 매순간 살아 있는 시간의 소중함을 느낄 수 있을 것이다. 이러한 삶의 태도가 죽음에 대한 인식 전환과 함께 삶을 더욱더 의미 있게 만들지 않을까.

생명을 가진 존재는 반드시 생과 사를 경험한다. 다만 인간만이 죽음을 앞당겨 성찰할 수 있다. 그것은 곧 인간 실존을 깨닫는 것이며, 그것이 삶의 태도에 영향을 미친다. 개인성이 강조되며 각자의 고립이 깊어지고 있는 듯한 이 시대에 나의 마지막 모습은 과연 어떠해야 할지, 죽음은 오늘도 나에게 묵직한 질문을 던진다.

존엄하게 죽고 싶다, 안락사

윤리적 관점

: 이나영 :

삶의 주체로 존중받으며 행복하게 사는 것만큼, 죽음 또한 자신이 생각하는 대로 맞이할 수 있다면 복스러운 인생일 것이다. 그러나 갑작스러운 사고나 병으로 죽음이 코앞에 닥쳐온다면, 의식을 잃은 채 생명 연장만이 가능한 상태로 있게 된다면, 과연 나와 가족들은 어떤 결정을 하게 될까. 최근 우리 사회에서 논의가 되고 있는 안락사에 대해 몇 가지 사례와 함께 생각해 보고자 한다.

1997년 12월 4일, 일용직으로 일하는 김 모 씨가 술에 취해 화장실에 가다가 넘어져 보라매병원 응급실로 실려왔다. 아내는 가정 형편이 어렵다며 퇴원을 하겠다고 의사를 붙들고 애원했다. 의사는 당혹스러웠다.

"지금 퇴원하면 환자는 죽습니다. 호흡기 떼면 남편 돌아가세요. 아시죠?"

그러나 보호자의 퇴원하고자 하는 의지는 확고했다. 의사는 어쩔 수 없다는 듯 그녀에게 말했다.

"그러면 퇴원해서 무슨 일이 생기더라도 법적으로 책임을 묻지 않겠다는 서약서를 한 장 써주세요."

그녀는 알았노라, 그러겠노라, 몇 번이나 다짐하며 서약서를 썼다. 그렇게 끝나는 줄로만 알았던 일이 이후 7년 동안 지루한 법적 공방으로 이어질 줄은 아무도 예측하지 못했다. 일명 '보라매 사건'이라 불리는 사건이다.

병원에서는 응급 상황이었기에 보호자 동의 없이 뇌수술을 했다. 수술 후 환자는 인공호흡기로 생명을 유지하고 있었는데, 가정 형편이 어렵다며 퇴원을 요구한 환자의 아내에게 병원은 서약서를 받고 집으로 보낸 것이 사건의 요지다. 김 씨는 집에 도착 후 인공호흡기를 제거하자마자 5분 만에 사망했다. 이후 사망자의 여동생이 신고를 했고 이 일은 7년 동안이나 법적 공방으로 이어졌다. 최종판결은 다음과 같았다.

"의학적 판단에 따라 치료해야 할 중환자를 보호자의 퇴원 요구만으로 집에 돌려보내 죽게 한 것은 살인 행위다."

의료진에게 살인방조죄가 적용되어 집행유예가 선고됐다. 이 사건을 시발점으로 회생 가능성이 없는 환자를 관례적으로 퇴원시켜 왔던 병원들이 이후에 살인죄를 뒤집어쓴다는 이유로 환자의 퇴원을 거부하는 분위기가 확산됐다.

이와는 또 다른 사례가 있다. 2008년 2월 15일, 78세의 김 할머니는 폐의 조직검사를 위해 병원에 입원했다가 검사 도중 과다출혈로 3일 만에 식물인간 상태에 빠졌다. 할머니는 평소에 텔레비전에서 인공호흡기나 코에 튜브를 꽂고 있는 연명치료 장면이 나오면 "나는 저런 거 하지 마라"는 당부의 말씀을 하시곤 했다. 가족들은 평소 할머니의 당부를 생각하며 병원 측에 요청을 했다.

"인공호흡기를 제거해 주세요. 어머니를 퇴원시켜 집으로 모셔가겠습니다."

"살아 있는 환자의 치료를 중단할 수 없습니다."

가족과 병원 측 사이에 합의가 이뤄지지 않아 결국 법원에 판결을 의뢰하게 되었다.

"인공호흡기에 의존한 연명은 인격적 가치를 제한하기에, 병원은 인공호흡기를 제거하라."

이와 같은 판결이 내려졌고, 김 할머니는 자택에서 201일을 더 가족 곁에 머물다가 임종했다. 이 사건은 '세브란스 김 할머니' 사건으로 불리며 의료진들의 과도한 진료와 함께 '존엄사' 논의를 촉발하는 계기가 되었다. '안락사'나 '존엄사'에 대한 개념조차 없던 시기에 사회적·법적 논의의 출발이 된 셈이다.

존엄사(尊嚴死)는 잔존여명(殘存餘命)이 수개월밖에 남지 않았는데도 현 상태를 유지하기 위해 행해지는 무의미한 연명 치료를 중단하고 질병에 의한 자연적 죽음을 받아들이는 것이다. 고통의 초점보다는 인간으로서 최소한의 품위, 존엄성을 지키는 것에 더 무게중심을 둔 단어다.

안락사(安樂死)는 아름다운 죽음을 지칭하는 단어로 불치의 중병이 있거나 해서 치료가 더 이상 생명 유지에 도움이 되지 않음이 판단될 때, 직·간접적 방법으로 고통 없이 죽음에 이르게 하는 행위를 말하며 일각에서는 존엄사와 구분 없이 쓰기도 한다. 안락사는 일반적으로 소극적 안락사와 적극적 안락사로 구분하는데, 적극적 안락사는 누군가의 도움을 필요로 하는 것이다. 고통 중에 있는 환자의 요청에 따라 시행될 수밖에 없기에 안락사와 관련한 윤리적 논쟁에서 핵심을 이루는 부분이다.

해외에서는 네덜란드가 세계 최초로 안락사를 합법화했으며, 스위스도 지금은 합법적으로 안락사가 가능하다. 미국의 경우에는 주에 따라 안락사의 허용 범위가 다르다. 2006년부터는 일본도 회복 가능성이 없는 말기 환자에 대해 안락사를 허용하는 가이드라인을 제정했다.

2015년, 영국에서 호스피스·완화의료 전문 간호사로 일했던 질 패러우(Gill Pharaoh)는 몇 년간의 죽음 준비를 거쳐 스위스로 갔다. '75세의 안락사', 그것이 그녀가 선택한 죽음이었다. 그녀는 평생 동안 수많은 노인들을 돌보면서 '돌봄'에 관한 책을 집필하기도 했는데, 그러는 동안 자신의 노년에 대해 생각을 정리했다고 한다. 그녀는 "비록 지금은 건강하지만 내 삶은 다했고 죽을 준비가 되었다"고 말했으며, 남편이 그녀와 마지막을 보내는 모습은 그렇게 무거운 분위기가 아니었다고 한다.

2018년 5월 10일, 104세 호주의 최고령 과학자 데이비드 구달(David Gudall) 박사는 취재진을 향해 자신이 스위스를 찾은 이유를 설명했다. 안락사를 허용하지 않는 호주를 떠나 스스로의 선택으로 생을 마감하기 위해 스위스로 오게 되었다는 것이다.

"나는 이제 앉아 있는 것 말고는 할 일이 없다. '다시 한 번 내 발로 숲속을 걸어볼 수 있다면' 하는 소망을 가져보지만 더는 불행해지고 싶지 않아서 마지막 날을 계획했다."

구달 박사는 불치병이 아닌 고령을 이유로 안락사를 선택한 최초의 사례였으며, 베토벤의 '환희의 송가'를 들으며 자신의 손으로 직접 주사기 밸브를 열어 삶을 끝냈다. 존엄한 죽음을 위한 구달 박사의 선택에 대해 '안락사에 대한 논의가 필요하다'는 의견과 '생명은 논의할 대상이 아니다'라는 의견이 팽배하게 맞서고 있다. 과연 이런 죽음을 어떻게 받아들이고 생각해야 할까?

안락사 논의가 필요하다는 주장은 민폐 외에는 남은 것이 없는 여명은 축복이 아니라는 것이다. 누군가에게 끝없이 폐를 끼쳐야 하는 상황이 오면 인간의 존엄성이 훼손되고 비참한 상황을 맞을 수 있다. 죽음보다 더한 고통을 멈추기 위해서는 본인의 선택에 따라 안락사를 선택할 수 있어야 한다는 것이다.

반면, 인간의 생명은 어떤 상태이든 존중받아야 할 가치가 있다는 입장의 주장도 팽팽하다. 안락사를 인정할 경우 환자를 부양하고 돌보는 의무를 피하기 위해 가족 갈등이 가속화할 수도 있고, 장기매매 범죄에 악용되는 사례가 등장할 수도 있다는 것이다.

과거에는 무병장수가 큰 축복이었다. 지병으로 병원에 입원했다가도 세상을 떠날 때가 되었음을 느끼면 집으로 돌아가서 가족들이 보는 가운데 인사를 나누고 임종을 맞이했다. 그러나 이제는 지나치게 오래 사는 것에 대해 축복이라고 느낄 수만은 없게 되었다. 과학의 발달은 자연스러운 죽음을 맞이할 수 없도록 의료기기를 개입시킨다. 숨을 쉬고 영양을 섭취하고 대소변 배출을 돕는 대신, 중환자실 벽만 쳐다보며 쓸쓸한 죽음을 맞이해야 한다.

2016년 10월, 이런 현재의 모습에 질문을 던지는 영화 한 편이 개봉되었다. 여러 관점에서 사유할 거리를 제공해 준 영화는 '죽여주는 여자'라는 다소 자극적인 제목의 영화였다.

일명 '박카스 할머니'인 소영(윤여정)은 종로 일대에 소문난 '죽여주게 잘 하는' 여자로 인기가 높다. 소영의 상대는 한때 대한민국의 성장 동력이었지만, 현재는 빈곤한 노년기를 보내는 가난하고 외로운 노인들이다. 예전에 소영에게 친절을 베풀었던 송 노인은 뇌졸중으로 운신을 하지 못한 채 요양원에 방치되자 "사는 게 창피해. 죽고 싶어. 나 좀 도와줘"라며 자신을 죽게 도와 달라고 부탁한다. 소영은 죄책감과 연민으로 갈등하다가 그를 도와주게 된다. '죽여주는 여자'란 말의 뜻은 흔히 알고 있는 속어의 의미뿐 아니라 실제로 죽음에 조력하는 여자라는 의미를 담은 말이기도 한 것이다.

이후 또 다른 노인이 소영에게 도움을 요청한다. 육체는 살아 있지만 치매로 정신이 먼저 죽어버려 자신이 누군지도 망각한 노인이다. 약을 먹고도 약을 먹었다는 사실조차 잊어버리는 그를 돌봐줄 사람은 아무도 없다. 그를 둘러싸고 있는 것은 오직 막막한 현실뿐이다.

그리고 또 한 사람이 소영에게 죽음을 부탁한다. 그는 자신의 사회적 역할이 끝나자 사회구성원으로서 더 이상 필요하지 않다는 사실을 절감한 이다. 그는 육체는 살아 있으나 자아는 이미 죽은 듯 '현상학적 죽음'을 인식한다. 이미 세상에서 할 일을 다 끝냈으며, 점점 더 소외되고 쇠약해지는 것과 아내가 먼저 떠난 외로움을 견디는 것 외에는 다른 할 일이 없다고 느끼고 있는 것이다.

영화를 보고 나서도 한동안 묵직한 감정이 사라지지 않았다. 임종의 시기가 다가왔을 때 죽음에 대한 선택을 어디까지 존중할 것인가? 의식이 사라진 채 무의미한 생명 연장만 가능할 경우, 단지 살아 있다는 것에 의미를 두어야 할까? 의학적이고 생물학적인 입장과 더불어 윤리적인 입장에서 이것을 어떻게 봐야 할까? 삶이 그러하듯 죽음 또한 존엄하게 마무리할 수 있을까?

영화를 보면서 폭포처럼 쏟아졌던 질문들은 지금도 내게 화두처럼 남아 있다. 반론의 여지없이 생명은 귀하고 소중한 것이다. 모든 생명은 존중받을 권리가 있다. 그렇기에 무의미한 생명 연장에 대한 고민도 깊을 수밖에 없다. 앞으로 우리 사회에서 안락사에 대한 논의가 더욱 깊고 넓게 이루어지길 바란다.

반려동물의 죽음을 대하는 우리의 자세

반려인의 관점

: 김재경 :

반려견 동건이가 산책을 나가면 꼭 들르는 곳이 있었다. 엘리베이터에서 내리자마자 귀를 휘날리며 뛰어가는 곳, 어진이네였다. 어진이는 동네 지인의 15살 된 반려견인데 백내장이 있어서 산책할 때는 앞에서 불빛을 비춰주어야 따라 걸었다. 심장이 안 좋아 가끔 쇼크까지 동반하곤 해서 어진이 가족들은 가슴 쓸어내리는 날이 많았다.

얼마 전 어진이가 산책할 때 휘적휘적 걷는 것을 보면서 안타까워했는데, 퇴근길에 어쩐지 들러보고 싶은 마음이 들었다. 그런데 이게 무슨 일인가. 어진이가 그날 아침 10시쯤 산책을 하고 들어와서는 무지개다리를 건넜다는 것이다(반려인들은 반려동물의 죽음을 이렇게 표현한다).

　우리가 사는 지역에는 애견장묘시설이 없어서 어진이의 장례를 위해서는 다른 지역으로 가야 했다. 그날은 화장하는 시간이 지나버려서 다음날로 예약을 하고 왔다. 요람에 싸여 마치 자고 있는 듯한 어진이를 위해 향을 피워주었다.

　다음날 어진이는 작은 상자에 담겨 돌아왔다. 어진이는 동네에서 할머니들의 귀여움을 독차지하고 있었던 터라 마지막 가는 길을 보러 오신 분들도 계셨다. 주인이 불교 신자여서 작은 상자 앞에 향을 피워주고 49재 되는 날에는 절에 가서 뿌려주었다.

　어진이가 떠난 후 한동안 동건이와 다른 길로 산책을 다녔다. 얼큰이를 사고로 잃은 후 겪었던 일들이 생각나서였다. 동건이를 보면 어진이 가족들이 더욱 슬퍼하고 울적해질까 염려되었던 것이다.

　『인간과 개, 고양이의 관계 심리학(Pourquoi les gens ont-ils la meme tete que leur chien)』의 저자 세르주 치코티와 니콜라 게갱은 반려동물이 죽었을 때 "남자들은 가까운 친구를 잃었을 때와 같은 고통을, 여자들은 자녀를 잃었을 때와 같은 고통을 느낀다"고 했다.

　펫로스 증후군은 '가족처럼 키우던 반려동물이 죽었을 때 반려동물을 키우던 사람이 슬픔이나 정신적 장애를 겪는 현상'을 말하며. '반려동물 상실 증후군'이라고도 한다. 반려동물을 가족으로 여기는 펫팸족(pet과 family의 합성어)이 대거 등장하면서 나타나고 있는 현상이다.

펫로스 증후군이 있는 사람들은 일상생활과 사회관계에서 어려움을 겪는다. 정도가 심한 경우에는 식욕을 잃기도 하며 슬픔을 잊기 위해 정신과 치료를 받는 경우도 있다. 2012년 2월에는 부산에 사는 30대 여성이 강아지를 잃은 상실감을 이기지 못하고 자살하는 사건이 발생해 충격을 주었다. 반려동물의 죽음 자체를 부정하기도 하고, 반려동물의 질병이나 사고에 대한 분노, 좀 더 잘 돌보지 못했다는 죄책감, 지나친 슬픔으로 인한 우울증 등을 겪기도 하는 것이 펫로스 증후군의 증상이다.

나 또한 얼큰이를 잃고 난 후 가족이 죽은 것처럼 상실감이 컸다. 한동안 얼큰이와 다니던 모든 곳을 지나는 것조차 힘들었다. 어디를 가도 앞에서 얼큰이가 뛰어가던 생각이 나고 어디선가 툭 뛰어나올 것만 같았다. 얼큰이가 사고를 당한 곳은 지나가기가 더욱 힘들어 1년 넘게 그곳을 피해 먼 길로 돌아다녔다. 동건이가 얼큰이와 같은 행동을 하기만 해도, 텔레비전에서 얼큰이와 비슷한 녀석만 나와도 눈물이 났다. 시간이 지나도 얼큰이에 대한 그리움은 여전히 내 마음속에 남아 있다. "얼큰아", 나지막이 불러보면 동건이가 대신 대답을 할 때도 있었다.

우리나라에서 반려동물, 특히 반려견을 많이 키우기 시작한 때가 2000년부터였다고 한다. 당시 아기였던 반려견들이 사고 없이 아직까지 살아 있다면 2018년 현재는 8~9세 정도 되었을 것이다. 반려견의 1년은 사람으로 치면 7년과 같다. 8세가 된 반려견은 56세의 사람이 겪는 노화를 겪고 있는 셈이다. 반려견의 평균수명이 13~15세 정도라고 보면 이제는 반려동물의 죽음을 서서히 준비해야 할 때라는 말이기도 하다.

현재 동건이는 나와 노화 과정을 함께 겪고 있다. 내가 나이 들면서 겪는 어려움을 동건이도 겪고 있는지라 '동병상련'을 느낄 때가 많다. 사람이 나이 들수록 피부의 윤기가 사라지고 탄력도 떨어지는 것처럼, 동건이도 털이 점점 거칠어지면서 빠지더니 피부에 혹 같은 것도 생겼다. 동건이 등을 손으로 쓰다듬으며 한두 개씩 혹들이 느껴졌을 때 처음에는 피부염인 줄 알고 깜짝 놀라서 병원으로 달려간 적도 있었다.

예전에는 산책이 끝나도 집에 안 들어가려고 엉덩이를 뒤로 쭈욱 빼고 버티더니 이젠 내가 재촉하기도 전에 먼저 집으로 들어선다. 보폭도 점점 줄어들고 속도도 느려졌다. 낮잠을 실컷 자고도 밤에 무척이나 잘 잔다. 잠자는 시간이 점점 늘어나고 있는 것이다. 초인종 소리만 들어도 짖어대던 일이 언제인가 싶게 지금은 누가 와도 시큰둥한 표정으로 엎드려만 있다. 이제는 청력마저 서서히 잃어가고 있는 중이다. 눈에는 백내장이 오는지 눈동자가 뿌옇게 변하고 있다. 아직까지는 시력을 잃지 않았지만 점점 걱정이 된다.

이런 동건이를 보면서 나 또한 동건이의 죽음을 준비해야 하지 않을까 하는 생각이 든다. 마지막 순간을 생각하는 것만으로도 슬프지만, 갑작스러운 이별을 맞았던 얼큰이와 달리 준비할 수 있는 시간이 주어진 것은 감사한 일이다.

아낌없이 사랑을 준 반려동물이 죽음을 맞아 헤어지게 될 때, 어떤 준비가 필요할까? 사람이 죽으면 사망신고를 하지만, 키우던 반려동물이 죽었다면 등록말소신고를 해야 한다(2014년부터 3개월령 이상의 개를 소유한 사람은 전국 시·군·구청에 자신의 개를 등록해야 한다). 아직까지 우리나라에서는 동물 사체가 폐기물로 구분되어 있어 집에서 죽었을 경우에는 쓰레기봉투에 넣고 생활폐기물 처리를 해야 하며, 병원에서 죽었을 경우에는 의료폐기물로 처리해야 한다. 현행법에서 동물 사체를 암매장하는 것은 환경오염 등의 이유로 금지되어 있다.

많은 수의 반려인들이 이제는 반려동물에게 장례를 치러주려 하고 있다. 반평생을 함께 한 가족과 같은 반려동물을 어떻게 쓰레기통에 넣을 수 있느냐는 호소는 반려인들의 정서를 감안했을 때 간과할 문제는 아니지 않을까 생각한다.

농림축산검역본부의 『2017년 동물의 등록·유기동물관리 등 동물보호·복지 실태조사 결과 자료』에 따르면 전국의 동물장묘업 등록업체는 26개소다. 연간 54만 마리의 동물 사체가 발생한다는 통계에 비하면 턱없이 부족한 시설이다. 그러다 보니 규정에 미달하는 소각기를 놓고 무허가로 동물장례업을 하는 곳도 있기 때문에 주의가 필요하다. 반려인의 정서적인 삶의 질을 고려해 인도적인 장묘 절차와 공공 장례식장이 필요하다는 의견이 나오고 있다.

주변에 반려동물이 죽은 사람이 있다면 장례 절차와 더불어 꼭 하나 당부하고 싶은 것이 있다. 앞에서도 언급했던 펫로스 증후군이다. 정이 깊었던 만큼 반려동물의 죽음 이후에 찾아올 상실감이 클 수 있기 때문이다. 앞으로 반려동물과 생활할 예정이거나 현재 반려동물과의 사별로 아픔을 겪고 있는 사람을 위해 몇 가지 도움이 되는 말을 해주고자 한다.

첫째, 반려동물을 입양할 때 나보다 먼저 죽을 수도 있다는 사실을 인지해야 한다. 개와 고양이의 기대수명이 개는 평균 13년, 고양이는 평균 15년이지만 불의의 사고나 질병으로 더 빨리 곁을 떠날 수도 있으므로 미리 이별을 준비하는 자세가 필요하다. 현재의 시간을 소중히 여기며 반려동물과 정서적 교감을 많이 하고 추억을 차곡차곡 쌓아두자.

둘째, 반려동물이 예기치 못한 사고를 당하지 않도록 미리 조심하자. 길에 다닐 때는 반드시 목줄과 인식표를 하도록 한다. 정기적으로 건강검진을 받아 조기에 질병을 찾아 치료하고 전염병은 미리미리 예방하는 습관을 들인다.

셋째, 자신의 슬픔을 솔직하게 표현하기 위해서 반려동물의 죽음을 경험했거나 공감할 수 있는 사람들과 슬픔을 공유하는 것이 좋다. 충분히 애도의 시간을 가지면서 반려동물이 사용하던 물건을 천천히 정리하도록 한다. 반려동물 앨범을 만들어 즐거웠던 기억을 간직하거나, 반려동물의 묘지나 기념비를 만드는 것도 도움이 된다.

넷째, 키우던 반려동물이 죽은 뒤 성급하게 새 반려동물을 입양하는 일은 지양해야 한다. 특히, 집안에 어린 자녀가 있을 때 금방 새 반려동물을 들이면 자칫 아이가 죽음이나 생명을 대수롭지 않게 여길 수 있기 때문이다. 전에 길렀던 반려동물과 동일한 종, 같은 성별을 기르는 것도 주의해야 한다.

다섯째, 새로운 반려동물을 받아들였을 때는 듬뿍 사랑해 준다. 이별한 반려동물과 시간을 충분히 나누지 못했거나 사랑과 관심을 제대로 주지 못해 안타까운 마음이 남았다면, 다시 한 번 행복한 감정을 나눌 수 있도록 노력해 보자.

미국 러트거스대학교 사회학과 교수인 데보라 카르는 미국 건강지 《헬스》를 통해 "어떤 사람에겐 '단지 개일 뿐'이란 생각이 들 수도 있지만, 또 어떤 사람에겐 반려동물의 죽음은 무척 힘든 일일 수도 있다"고 말했다.

세계적으로 유명한 어느 코스메틱 회사의 한국법인은 2017년 6월부터 월 5만 원의 반려동물수당과 장례 유급휴가 제도를 도입했다고 한다. 사내복지제도는 보통 기혼자 중심으로 설계되어 있지만, 결혼하지 않은 직원, 아이가 없는 직원에게도 돌아갈 수 있는 혜택이 어떤 게 있을까 궁리 끝에 실시하게 됐다는 설명이다. 반려동물의 수는 2027년 1,320만 마리에 이를 것으로 예상된다. 미래의 어떤 날, 앞으로는 회사에 휴가원을 낼 때 당당히 '반려동물 장례'라고 쓸 수 있는 날이 올지도 모르겠다.

이 글을 쓰고 있는 동안, 책상 밑에서 잠을 자고 있는 동건이를 자주 바라보았다. 사람은 자신의 죽음을 체험적으로 받아들이기 어려운데 동건이는 어떨까 궁금했다. 하루하루 눈이 침침해지면서 매일 먹던 물통에서 물을 마시지 못하는 기분이 어떨까. 마음껏 움직이던 몸이 제 뜻대로 움직여지지 않는 기분은 어떨까. 청력이 떨어져 예민하던 시절과 달리 거의 아무 소리도 들리지 않는 기분이 어떨까. 새벽에 물을 달라고 나를 툭툭 칠 때면 가끔 짜증도 나지만, 내 곁에 있는 동안은 행복하게 잘 지냈으면 좋겠다.

하나뿐인 존재로서의 당신을 기억합니다

애도적 관점

: 인현진 :

올해 초 어른 두 분이 돌아가셨다. 한 분은 대학에서 시를 배웠던 선생님이고, 한 분은 친구 아버지다.

아직은 쌀쌀한 밤기운이 도는 봄날 밤, 충청북도 영동으로 선생님의 문상을 가면서 믿기지가 않았다. 은퇴 후에도 지역사회에서 왕성하게 활동하셨던 분이었다. 그날도 시민회관에서 강연을 하시던 중이었는데 말씀을 하시다가 갑자기 쓰러지셨다는 것이다. 늦은 시각이었지만 제자들이 속속 영안실에 도착했다. 하나같이 믿을 수 없다는 표정을 하고 있었다. 동기들, 선후배들과 인사를 하고 술잔을 나누면서도 우리는 말이 없었다.

생전의 일화를 나누던 중 문득 선생님이 내게 하셨던 말씀이 떠올랐다.

"넌 시를 쓰면 좋겠는데……."

당시 소설을 쓰겠다고 하면서도 시 수업에 꼬박꼬박 참여했던 나를 볼 때마다 선생님은 정말로 내가 시를 쓰면 미래의 엄청난 시인이라도 되겠다는 듯 목소리에 열정을 담아 말씀하셨다. 그것이 시인이 되라는 의미가 아니라 평생 시를 사랑하며 살아가라는 뜻인 줄은 훨씬 나중에야 깨달았지만 말이다.

선생님은 천생 시인이었다. 얼마 전에 새로 쓴 시라며 수업시간에 수줍게 신작 발표를 하시곤 했는데 시를 읽는 목소리는 다정했고 소년 같은 떨림이 있었다. 우리가 써서 발표했던 치기 어린 시들도 선생님이 읽으면 제법 시처럼 들렸다. 사랑하는 마음으로 읽으면 같은 글도 다르게 들린다는 것을 그때 처음 알았다.

이제 아무도 별이라 불러 줄 이도

천체망원경 초점을 맞출 이도 없는 행성

백과사전에 이름마저 지워질 명왕성

하얀 속살을 마지막 털어낸다

무수히 새들을 쏘아 보내며

연가를 부르다 지친 빈 숲

잔가지 끝까지 낱낱이 헤아린다

억 광년 멀리 어둠 속을 떠올리면서도

다 듣고 보고 있었다고

답신이 늦었다고

_ 김석환, '눈꽃' 중에서

집으로 돌아와 선생님의 시집을 펼쳐 들었다. 오래 전 시를 읽어
주시던 때처럼 다정한 목소리가 들리는 것만 같았다. 선생님은 가셨
지만 선생님의 글은 오랫동안 우리 곁에 남을 터였다. 선생님을 애
도하며 시집을 가까운 곳에 두고 자주 읽었다. 어떤 시는 필사하고
어떤 구절은 외웠다. '나무들은 죽어서야 비로소 말문을 연다'는 구
절에선 선생님이 시로 말을 건네는 것 같아 왈칵 눈물이 났다. 선생
님의 시를 읽을수록 생전에 더 찾아뵈었더라면, 더 많은 대화를 나
누었더라면, "요즘 이런 시를 쓰고 있어요." 부끄러워도 읽어드렸더
라면, "새로 쓰신 시는 어떤 거예요?" 물어보았더라면 하는 아쉬움
만 크게 남을 뿐이었다.

친구 아버지는 암 선고를 받은 지 석 달 만에 돌아가셨다. 장례식
에 다녀오고 며칠이 지나 친구에게 연락이 왔다. 아버지가 남긴 글
을 하나씩 읽고 있다고 했다. 예를 들면 이런 글이었다.

음력 초여드렛날 저녁, 잘라낸 손톱만큼 한 달이 구름의 휘장 사

이로 그 얼굴을 내밀고 있다. 유난히 밝은 것 같다. 저 신비의 달에 지금 세 사람의 人間이 머물고 있다니. 서울의 한 변두리, 허물어져 가는 토담집에서 우리는 밥상을 물리고 가장 원시적인 방법으로 땀을 식히면서 그것을 바라보고 있는 것이다. 정말 믿을 수가 없는 일이다. 저 여름밤의 달을 따러 가자고 졸라대는 세 살짜리가 내 옆에 있다. 그래 달을 따다 주마, 나는 건성 허우적거리는 시늉을 놈의 앞에서 해보였다. 아빠, 달 따다 줘! 그래, 달 따러 가자! 우리가 한참 동안 그것을 넋 없이 바라보고 있자니 녀석도 그것을 눈치 채고 있는 것이다. 네가 따오렴! 아니야, 아빠가 가! 달 따러 가이!

_ 김광성, 1969년 일기 중에서

옆에서 달을 따 달라고 졸라댔던 세 살짜리는 친구의 큰오빠, 이미 흰머리 성성한 중년이 되었다. 아저씨의 글을 읽으면서 생생하게 표현된 그때의 정경에 웃음이 났다. 내게 아저씨는 '좋은 어른'이었다. 친구 집에 놀러가서 가끔 뵐 때면 사람 좋은 웃음을 지으며 농담도 하시고 요즘엔 무슨 책을 읽고 있냐고 물어보기도 하셨다. 중학생 때, 내가 쓴 글을 우연히 읽으시고는 훌륭한 작가가 되라고 하셨던 기억도 있다. 친구는 아버지가 남긴 글들을 읽다가 울고 웃으며 애도의 시간을 보낸다고 했다. 우리는 앞으로도 종종 고인이 남긴 글에 대한 이야기를 할 것이다. 그리고 그때마다 추억담을 나누며 그분을 기억할 것이다. 그것이 우리가 존중하고 사랑했던 한 사람에 대한 애도의 방식이라고 생각하기 때문이다.

'영혼의 작가'라고 불리는 텐도 아라타(天童荒太)는 『애도하는 사람(悼む人)』이라는 소설에서 시즈토라는 인물을 통해 애도란 무엇인가 묻는다. 한 사람의 죽음은 한 세계의 소멸이다. 이전에도 없었고 이후에도 없을 유일무이한 존재가 사라진 것이기 때문이다. 그래서 시즈토는 그 사람이 어떤 사람이었든, 어떤 행위를 했든, 주변에서 어떤 평가를 받았든 이렇게 애도한다.

"많은 분들에게 사랑받던 인물이 이 세상에 분명히 살았다는 사실을 가슴에 새기겠습니다."

텐도 아라타는 7년에 걸쳐 『애도하는 사람』을 집필하면서 '어떠한 구분도 없이 죽은 이를 애도할 수 있을까?'라는 의문에 대해 계속 생각했다고 한다. 그의 의문은 지금도 유효하다. 사람은 죽음 앞에서 공평하다고 한다. 그러나 우리는 사람의 죽음을 똑같은 것으로 대하지 않는다. 사랑했던 사람의 죽음은 슬퍼하지만 미워했던 사람의 죽음 앞에서는 그렇지 않다. 과연 구분 없이 애도하는 일이 가능한 것일까?

분명 차이는 있을 것이다. 생전에 어떤 추억을 공유했는가에 따라 애도의 내용, 즉 그에 대해 말할 수 있는 '기억', '이야기'는 달라질 테니 말이다. 고인과 개인적으로 좋은 기억을 갖고 있다는 건 행복한 일이다. 비록 시인은 되지 못했지만 선생님 덕분에 나는 시를 사랑하는 사람이 되었다. 훌륭한 작가가 되진 못했지만 아저씨 덕분에 나는 용기를 잃지 않고 글을 꾸준히 쓸 수 있었다. 선생님과 아저씨는 내게 '선한 영향력'이라는 정신적 유산을 남겨주었다. 비록 육신은 죽었으나 그들의 영혼은 특별한 존재로 내 안에 여전히 살아 있는 것이다.

스위스의 심리학자 베레나 카스트는 자신의 저서 『애도』에서, 사랑하는 사람의 죽음을 인정하고 현실의 일부분으로 받아들일지, 아니면 병적인 슬픔에서 빠져나오지 않을지는 우리가 애도를 어떻게 이해하는가에 달려 있다고 말했다. 그렇기에 "애도를 병리적 현상이 아니라 본질적인 무언가로 여기고 함께 애도하기를 배워야 한다"는 것이다.

나는 애도하기를 배워야 한다는 그녀의 말에 적극적으로 동의한다. 우리는 살아가면서 누구나 사랑하는 사람의 죽음을 경험할 수밖에 없다. 내가 사랑하는 사람도 언젠가는 나의 죽음으로 인해 커다란 상실감을 느낄 것이다. 살아가는 과정은 이별하는 과정이며 상실하는 과정이기도 하다. 그러나 우리는 애도를 통해 충분히 슬퍼하되, 슬픔을 견디는 법을 배운다. 고인과의 기억을 떠올림으로써 그의 부재를 확인하되, 새롭게 연결되는 체험을 한다.

프랑스의 철학자이자 비평가였던 롤랑 바르트는 1977년 10월 25일 어머니 사망 이후 다음 날부터 몇 년에 걸쳐 애도 일기를 썼다. 1978년 6월 21일의 『애도 일기』에는 "처음으로 이 애도 일기를 다시 읽어보았다. 매번 나는 울고 있었다. 그러나 내가 아니라 그녀에 대해 말할 때마다 — 그녀라는 한 사람에 대해서 말할 때마다"라고 쓰여 있다. 바르트는 어머니를 기억했고, 기억할 때마다 울었다. 그의 울음이 너무 길었다고 누가 말할 수 있겠는가. 오히려 그가 일기를 쓰면서 어머니를 '기억'한 일이야말로 우리가 배울 만한 애도의 한 방식일 것이다.

우리는 타인의 기억을 통해 존재한다. 마찬가지로 우리 또한 기억을 통해 타인을 떠올린다. 내가 알았던 선생님과 아저씨는 있는 그대로의 그분들이 아니고 내가 기억하는 대로의 사람들이다. 똑같은 사건을 겪어도 각자가 처한 상황에 따라 다르게 기억하는 법이다. 그러니 내가 생각하는 그분들과 다른 사람들이 기억하는 그분들은 많이 다를 수도 있다.

"한 사람을 어떻게 기억하는가?"

그가 내게 의미 있는 사람이었는지 아니었는지에 따라 대답은 달라질 것이다. 그렇기에 이 질문은 그 사람과 나의 관계가 어떠했는가에 대한 질문이기도 하다. 이야기가 풍성하고 깊을수록 가치 있는 관계를 맺고 살았다고 볼 수 있지 않을까. 어쩌면 인간은 '기억'을 통해 관계를 형성해 가는 존재인지도 모르겠다.

누군가를 기억한다는 것은 내 방식대로 그 사람을 이해하고 사랑한 이야기를 가슴에 품고 있다는 것이다. 또한 누군가 나를 기억한다는 것은 그 사람 방식대로 나를 이해하고 사랑한 이야기를 갖고 있다는 뜻일 것이다. 사랑하고 사랑받으며 일상의 행복을 누리던 나도 언젠가는 지상에서의 마지막 날을 맞을 것이다. 내가 죽은 이후 타인에게 어떤 존재로 기억될지 알 수 없다. 다만 살아가는 동안 있는 힘껏, 내가 사랑했던 이들을 기억할 것이다. 잊지 않고 애도할 것이다. 그들에 대한 이야기를 나눌 것이다. 다른 사람이 대신할 수 없는 유일한 존재였던 그들을.

3장

삶의 질을
높이는
죽음 준비

나이 듦 수업

: 김재경 :

나이 쉰이 넘어가자 책을 읽으면 글자가 두 개로 겹쳐 보이기 시작
했다. 시야도 흐릿하고 눈도 건조해지며 아플 때도 있고, 작은 흑점
이 눈앞에서 왔다 갔다 해서 초파리인가 하고 그것을 잡으려고 손을
뻗어 보지만 잡히지 않았다. 안과에 갔더니 '노안'이란다.

'노안이라니? 내가 벌써?'

스스로 노안이라고 인정하기 싫어서 주변 사람들에게는 "시력이
나빠졌네"라고 이야기했다. 이미 가방에는 돋보기안경이 들어 있고,
사무실과 집에 모두 세 개의 안경을 준비하고 남들이 볼 때는 노안
이라는 것을 들키기 싫어서 잠깐씩만 썼다. 그런데 점점 돋보기가

없으면 작은 글씨가 안 보이고, 약 설명서, 가전제품 매뉴얼 등을 볼 때 작은 글씨를 읽을 수가 없어 혼잣말을 하게 된다.

"이런 거 글씨 크게 하면 세금을 더 내나? 좀 크게 해주지."

이제는 어느 정도 나이가 들면 자연스럽게 찾아오는 현상이라는 점을 인정했고 그것에 익숙해지기도 했다. 컴퓨터에서 인터넷 화면 크기를 125%로, 핸드폰 문자메시지 글자는 '크게'로 해놓고 보고 있는 내 모습이 자연스러워지고 있다. 돋보기를 가방에 넣고 다니며 자연스럽게 꺼내서 작은 글씨를 보기도 한다. 신체의 변화 앞에서 적잖이 당황하다가 서서히 그것을 받아들이게 된 것이다.

50대가 되면 중년의 신체에 많은 변화가 온다. 여자들이 가장 민감해하는 부분은 피부인데, 나이가 들면 여성호르몬(에스트로겐)이 줄어들면서 피부에 탄력이 떨어져 건조해지기 쉽다. 20대에는 세안을 하고 나서도 보습제를 바르지 않아도 당기거나 건조한 걸 잘 못 느끼지만, 50대에는 바로 충분한 수분과 영양을 공급해 주지 않으면 피부가 당기고 미치도록 건조해진다. 그뿐만이 아니다. 뼈, 힘줄, 연골 등이 쉽게 손상되어 회복이 더디며 비만, 심혈관계 질환 등 성인병이 생기기 쉽다. 20, 30대에는 몸매를 위해 다이어트를 했다면 40, 50대에는 아프지 않기 위해서 식이요법을 하게 되니 적절한 운동과 식단 관리는 사실 평생토록 신경 써야 하는 것이 아닐까 싶다.

어느 날 TV에서 건강 프로그램을 봤는데 폐경기에 좋은 식품을 골고루 섭취하라며 콩, 석류, 브로콜리, 파프리카, 가지 등을 소개했다. 그날 저녁 마트에 들려 브로콜리, 파프리카를 잔뜩 사서 먹기 시작했고, 아침을 안 먹던 나는 검은콩과 잡곡으로 만든 선식과 두유 등을 챙겨먹기 시작했다.

쉰을 넘어서면서 주변 친구들이 하나둘씩 자연스럽게 폐경기 증상을 이야기하기 시작했다. 폐경에 대한 이야기가 거부감 없이 들려올 때쯤 나에게도 서서히 폐경기 증상이 오기 시작했다.

54세 여름인가 생리량이 아주 많아지다가 다음 달에는 아주 적은 양을 몇 번 반복하더니 아예 나오지 않게 되었을 때 한편으로는 시원하기도 하고 한편으로는 섭섭하기도 했다. 그 즈음부터 몸이 자꾸만 더워지기 시작해서 몸살이 난 것처럼 몸과 얼굴에서는 열이 오르내렸다. 여름이 아니어도 반팔을 입고 창문을 열어놓고 선풍기를 틀어놓기도 했다. 그러다가는 또 금세 추워져서 다시 긴팔 옷을 입곤 했다.

나는 그다지 예민한 성격이 아닌데, 어느 날 사무실에서 자꾸만 예민해져 가는 스스로를 발견했다. 예전 같으면 그냥 웃으면서 넘어갈 일에 계속 짜증이 나기도 했다. 그러다 후회를 하기도 하고 그 사실을 깨닫고는 스스로 깜짝 놀라기도 했다.

후배 중 한 명은 밤에 잠을 자지 못하고 밤새 뒤척이곤 한다고 했다. 눈이 아픈 데다가 잠을 잘 수가 없다고 했다. 심각한 불면증을 겪으면서 사람들도 만나기 싫어서 집에만 있다는 후배는 "우울하다"는 말을 자주 하며 "난 이제 여자로는 끝났어"라는 말을 하기도 했다. 누군가와 말을 하는 것조차도 짜증이 나고 괜스레 아무 일도 아닌데 남편의 한 마디, 아이들의 한 마디에 화가 나더란다. 그에 비하면 나의 폐경기는 심하지 않고 무난히 지나간 셈이니 감사할 따름이다.

나이가 들면서 겪는 이런 신체 변화는 상실감을 안겨준다. 여자라면 누구나 자연스럽게 겪는 일임에도 불구하고 신체 변화에 따른 상실감이 두려움을 동반하는 건 어쩔 수가 없다. 폐경기를 다른 말로 '제2의 사춘기'라고 하는데, 불규칙한 월경, 피로감, 안면홍조, 불면증, 성욕감퇴, 골다공증 등의 신체적 증상과 함께 불안, 잦은 분노, 우울증 등의 감정적 증상을 동반하기 때문일 것이다.

중학교에 다니던 시절, 친구 어머니 중에 모든 음식을 정말 맛있게 만들던 분이 계셨다. 수업이 끝나면 친한 친구들 몇몇은 집으로 돌아가지 않고 그 친구의 집으로 몰려가 늦게까지 놀다가 친구 어머니께 저녁까지 얻어먹곤 했다. 얼마 전 그 친구를 만나 그때 일을 이야기하며 어머니의 안부를 물었더니 친구는 웃으면서도 씁쓸한 표정을 지으며 말했다.

"우리 엄마도 예전 같지 않아. 날이 갈수록 음식이 점점 더 짜져."

맛을 느끼는 세포인 미뢰는 주로 혓바닥에 솟아 있는 작은 돌기에 모여 있는데, 노화가 진행될수록 이 미뢰의 수가 줄어들고 크기도 위축되어 짠맛과 단맛을 잘 느끼지 못하게 된다고 한다. 그 때문에 음식의 간을 맞추는 일이 어려워지는 것이다. 나이가 들면서 점점 미각을 잃어간다는 건 어떤 느낌일까. 나에겐 국물 맛이 짜지 않은데 온 가족이 모두 짜다고 말한다면 그때의 당황스러움도 편한 감정은 아닐 것이다.

평균적으로 우리 몸의 노화는 25세부터 시작된다. 개인마다 차이는 있겠지만 신경계, 호흡기, 소화기, 혈액 순환 등과 같은 모든 신체 기능이 시간이 흐르면서 조금씩 저하된다. 수면 시간이 줄거나 숙면을 취할 확률이 낮아지고, 심하면 불면증과 같은 수면장애도 나타난다. 시각이나 미각뿐만 아니라 청각도 떨어진다. 예전엔 텔레비전이나 라디오를 작게 틀어놓아도 소리가 잘 들렸는데, 이젠 볼륨을 키우게 된다. 친구와 대화를 나눌 때도 목소리가 작아지면 잘 들리지 않아 두세 번 물어보다가 그래도 모르겠으면 또 묻기가 민망해서 알아듣지 못했어도 그냥 얼버무릴 때도 있다.

게다가 이제는 나도 메모를 하지 않으면 점점 잊어버릴 때가 많아졌다. 예전에 아버지께서 심심해하시는 것 같아 책을 사다드릴까 여쭤본 적이 있었다. 아버지는 크게 웃으시며 이렇게 말씀하셨다.

"이젠 나이가 들어서 하나를 알게 되면 세 개를 잊어버려. 그래서 새로운 건 하나라도 들여놓으면 안 돼. 그나마 알고 있던 것까지 다 빠져나가면 어떻게 하냐?"

그땐 피식 웃고 말았지만, 나도 지금은 오랜만에 사람을 만나면 이름을 기억하지 못하는 일도 종종 있다. 시각, 미각, 청각에 이어 기억력까지 떨어지는 것도 이젠 인정해야 할 것 같다.

가끔은 냉장고에 뭔가 꺼내러 갔다가 막상 냉장고 앞에 서면 뭘 꺼내러 왔는지 생각이 안 나서 다시 되돌아가기도 한다. 그런데 아마도 이것이 나만 경험하는 일들은 아닌 것 같다. 주변 사람들에게 이야기하면 다들 비슷한 이야기들을 꺼내놓는 것을 보면 말이다.

사람들은 생활 속에서 이런 일이 반복되면 덜컥 겁이 난다고 한다. '뇌세포가 노화되어 정신 기능이 감퇴했나? 더 심해져서 치매가 되면 어떻게 하지?' 하는 생각이 드는 것이다. 그렇지만 미국 국립노화연구소(National Institute on Aging)의 래포트 박사에 따르면 그것은 기우인 것 같다. 실제 뇌의 부피가 20~70세 사이에 평균 10%, 1년에 0.2% 정도 감소하는 것은 사실이지만, 그 정도의 신경세포 감소로는 지적 기능이 크게 떨어지거나 노인성 치매에 걸릴 가능성이 높아지지는 않는다고 한다.

나이 듦에 대한 상실감은 그만 접어두고 오직 이 나이에만 할 수 있는 것들을 찾아 지금을 즐겨야겠다는 생각을 했던 계기가 있다. 몇 년 전 노인복지관에서 봉사활동을 하며 어르신들과 함께하는 활동을 진행할 때였다. 평균 나이 70대인 분들인데도 모두들 처음 접해보는 활동이라 호기심을 보이며 정말 열심히 하셨다. 어르신들이 직접 사진을 찍어서 작업하는 야외활동을 할 때는 스마트폰만 있으면 된다고 공지했는데도 모두들 디지털카메라를 구입해 오셔서 풍경 사진과 꽃 사진을 접사로 찍으면서 즐거워하셨다. 그 모습을 보면서 '나도 더 나이가 들면 젊은 친구들에게는 별것 아니어도 새로운 문화를 접하면서 없던 열정도 생길까?' 하는 생각이 들었다.

그날 이후 사회복지학 공부를 시작했다. 사회복지사가 된 후에는 좀 더 공부하고 싶은 마음이 들어 대학원에 진학해 생사학을 전공하게 되었다. 대학원에 들어가 첫 수업을 듣던 날, 같이 수업하는 학우들 중에 70~80대 분들이 섞여 있어 놀랐던 기억이 있다. 그날 이후 '나이 들어서 잘 못했다'는 소리는 입 밖에 내면 안 되는 금기어가 되었다. 그분들은 매시간 수업마다 한 번도 빠짐없이 참석하는 것은 물론 과제까지 잘해 오시며 젊은(?) 나를 능가하는 열정을 보여주셨던 것이다.

나이 듦은 육체의 관점에서 보면 분명 상실감을 느낄 만한 큰 변화이다. 그러나 정신과 마음의 관점에서 보면 여유로움과 관대함 등 젊은 시절엔 부족했던 것이 풍부해지는 측면도 있다. 지금은 변해가고 있는 내 몸에 맞춰 적응하면서 좀 더 천천히 사는 법을 익히고 있는 중이다. 그러자 보이지 않던 것들이 보이기 시작했고, 들리지 않던 것들이 들리기 시작했다. 덕분에 신체적 기능은 행복의 질을 결정하는 중요한 요인일 수는 있겠지만 그것이 절대적인 것은 아니라는 것도 알게 되었다.

젊은 날에 순간순간 그 나이에 맞는 행복이 있듯이 나이가 들어야만 누릴 수 있는 즐거움과 행복도 있다고 생각한다. 이제는 남들에게 맞추고 거절하지 못하는 사람이 아닌, 오롯이 내 시간을 느끼면서 여유롭게 사는 삶을 지향해 가고 있다(경제적인 여유를 말하는 것은 아니다).

반려견과 한가롭게 산책을 하며, 내가 좋아하는 영화도 보고, 탄수화물을 줄이면서는 소식을 하게 됐다. 언제나 긍정적인 생각을 품으려 하고 있고, 봉사활동도 열심히 하면서 살아 있는 보람을 느끼고 있다. 나이 들면서 더 여유 있는 하루하루가 만족스럽다. 이렇게 나이 듦을 받아들이고 이해할 수 있어야 그 후에 다가올 죽어감과 죽음도 잘 이해할 수 있는 것이 아닐까 하는 생각을 해본다.

묵은 감정을 풀어내는 용서와 화해

: 양준석 :

호스피스 병동에서 환자들이 가장 힘들어하는 것을 꼽으라고 하면 과거에 상처를 주고받았던 것에 대한 이야기를 꺼낸다. '관계 정리' 는 죽음 준비를 하는 과정에서 감정적인 편안함을 느끼기 위해 꼭 필요한 단계다.

사람이 만나고 헤어지는 것은 인력의 문제가 아니기에 어떻게 할 수 없지만, 그 관계를 유지하고 기억하는 것은 분명 사람의 몫이다. 살아서는 이런저런 이유로 다투거나 그로 인해 관계가 단절되는 일 도 있지만, 죽음 앞에 서면 빚진 마음, 원한의 마음, 부담되는 마음 등이 있으면 너무나 큰 짐으로 여겨져 떠날 수가 없다고 한다.

나는 초등학교 2학년 봄에 할아버지의 죽음을 맞이했다. 다른 형제들보다 나를 유독 애지중지하셨기 때문에 할아버지의 죽음은 이후 내 삶에서 죽음에 대한 사유를 일으킨 결정적인 사건이 되었다. 그런데 할아버지의 죽음이라는 사건을 겪으며 한 가지 의문이 드는 일이 있었다.

생전에 할아버지는 할머니를 일찍 떠나보내고 서모할머니와 재혼해서 사셨는데 이런저런 이유로 두 분은 떨어져 지내셨다. 서모할머니는 결국 할아버지 장례식에 오지 못하셨다. 나중에야 어머니를 통해 할아버지가 돌아가시던 날 서모할머니도 돌아가셨다는 걸 알았다. 두 분이 서로를 끔찍이 아끼셨다고 하는데 비록 임종의 순간을 함께 하지는 못했지만 마지막 가는 순간에는 함께 하셨다고 생각하니 온몸에서 전율이 느껴졌다.

두 분이 서로를 애타게 그리워하면서도 왜 떨어져 살아야 했는지 당시는 어려서 자세한 이유를 몰랐지만, 나중에 어른들에게 알음알음 들은 이야기로는 이모할머니 때문이었다고 한다. 거기에도 어떤 이유가 있었을 텐데, 내가 대학교 3학년이 되던 해 이모할머니는 우리 집에서 임종을 맞으셨다. 이승에서의 마지막 순간, 늘 당신 마음에 걸렸던 일 한 가지를 말씀하셨는데, 그것은 할아버지 장례식에 서모할머니를 못 오게 한 일이었다. 그런 모습을 안타까워한 어머니는 이모할머니께 귓속말로 전했다고 한다.

"이모님, 두 분이 한날 함께 가셨어요. 이젠 그 일로 너무 힘들어

하지 마세요."

"그래. 그랬구나. 고맙다."

어머니는 눈가에 눈물이 맺힌 이모할머니에게 몇 마디 말을 더 전했다.

"이모님이 그렇게 할 이유는 충분했어요. 두 분이 마지막 마음을 갖고 떠났으니 이젠 됐어요. 그동안 고마웠어요. 저희 가족도 이모님께 늘 감사했어요. 이제 평안하게 안식할 수 있는 곳으로 가세요."

사실 어머니는 그동안 서모할머니의 꿈을 자주 꾸셨다고 했다. 집안에 여러 우환이 있을 때마다 꿈에 흉상(凶狀)의 모습으로 자주 나타나셨는데 이모할머니가 돌아가시고 난 후, 마지막으로 꿈속에서 평안한 얼굴로 나타나셨다가 언젠가부터 잘 나타나지 않으셨다고 한다.

사람의 기억은 기록과 감정의 복합체다. 객관적 사실도 중요하지만 때론 심리적 진실이 더 강하게 우리를 움직인다. 좋은 관계를 맺고 있던 사람들도 상황이 달라지면 각자의 생각과 태도 때문에 오해하고 다투는 일이 생긴다. 문제는 갈등이나 싸움 그 자체가 아니라 그것을 어떻게 해결하는가 하는 것이다. 자존심이나 고정관념 때문에 진실을 보지 않고 방어만 하려고 할 때는 갈등을 풀어낼 수 없다.

흔히 화해와 용서를 같은 것이라 생각하지만, 화해와 용서는 다르다. 화해하지 않아도 용서할 수는 있다. 용서는 상처에 대한 회피나 보복이라는 악순환을 누르고 긍정적인 선택을 취하는 과정이다. 용서나 화해, 모두 대상적 행위이기 때문에 어떤 적대적 상대방이 있어야 이뤄질 수 있는 일이다. 용서는 나의 잘못이 전혀 없음에도 상대방이 나에게 한 잘못에 대해 일방적으로 용서하는 것으로, 자신의 마음에서 일어나는 일이다. 반면 화해는 상대와 같은 마음으로 풀어졌을 때 가능한 일이 된다.

때로는 마음속에서 용서는 했지만 화해는 하지 않을 수도 있고, 화해는 했지만 용서는 하지 않는 경우도 있다. 가장 이상적인 것은 용서와 화해가 함께 이루어지는 것이며, 가장 안 좋은 상황은 용서도 화해도 하지 않는 것이다.

만약 부부 사이에 다툼이 있었거나, 직장에서 부하직원에게 상사가 모욕을 줘서 문제가 있었다면 상황 때문에 화해는 할 수 있지만 실제 마음속에서는 용서하지 않았을 수 있다. 이럴 때는 나중에 복수하는 상황이 벌어지기도 한다. 작가 클라이브 스테이플스 루이스(Clive Staples Lewis)는 "사람들은 용서가 가장 아름다운 일이라고 한다. 정작 자신이 용서해야 하는 일을 겪기 전까지는"이라고 말했다. 용서란 분명 쉬운 일이 아니다. 그러나 용서하지 않고, 용서받지 못한다면 더 큰 고통에 빠진다.

인간이 모욕을 당하거나 희생양이 된 후에 보복하거나 징벌을 하려는 경향은 인간 본성의 생물학적·심리적·문화적인 면에 깊게 뿌리 박혀 있다고 많은 학자들이 이야기한다. 고통스러웠던 상처를 이유로 복수를 위한 범죄를 정당화하기도 한다. 복수는 오랫동안 인간이 행해왔던 너무나도 익숙해진 습관이지만, 용서는 복수가 복수를 낳는 악순환을 끊고 다른 방식으로 접근하는 것이다. 악을 악으로 갚지 않고 용서하는 것도 우리의 내면 성향이라고 볼 수 있을 것이다. 남아프리카공화국 넬슨 만델라의 투쟁 동지였던 데스몬드 투투 주교는 이렇게 말했다.

"치유의 과정을 밟기 위해 우리는 우리가 견뎌내야 했던 것들이 무엇인지 기억할 필요가 있습니다. 자아를 회복하는 것은 기억을 되살려 무엇이 일어났는지 인식하는 것을 의미합니다. 그러한 기억이 없이는 치유란 없습니다. 용서가 없이는 미래도 없습니다."

용서는 고통의 기억에서 해방되는 가장 좋은 방법이다. 우리 모두는 각기 삶의 무게만큼 묻어두는 비밀이 있다. 그것들은 털어버리지 못하고 자신이 붙잡고 있는 비밀이다. 그것들을 털어놓지 못하는 이유는 우리 사회의 체면 문화 때문이다. 우리가 붙들고 있는 비밀들은 대부분 죄책감이나 수치감을 자극하는 것이기에 겉으로 드러내지 못하고 침묵으로 덮인다.

하지만 죄책감이나 수치감에 기반을 둔 갈등과 감정들은 억압될수록, 시간이 흐를수록 더욱 증폭되어 더 이상 자신이 통제하지 못하는 상황까지 갈 수 있다. 『영재의 드라마』의 작가 앨리스 밀러(Alice Miller)는 자신의 실재와 마주쳐야 하는 과정이 필요하다고 말한다.

"자신의 실재와 마주치면서 우리는 과거를 숨길 수 있다는 착각에서 벗어날 수 있다. 그리고 만약 그 과정에서 우리가 누군가에게 손해를 끼치거나, 상처를 입혔던 것을 알게 된다면 우리는 사과해야 한다. 그런 과정을 거쳐야만 우리는 어린 시절부터 유래하는 낡고 무의식적인, 정당화할 수 없는 감정에서 자유로워질 것이다."

만약 시어머니가 며느리에게 30여 년간 정서적인 학대를 했는데 죽기 전에 "다 용서해라, 미안하다"라고 했다고 하자. 그것은 어쩌면 피해자인 며느리에게는 가장 충격적인 일일지도 모른다. 평생토록 구박받은 며느리가 마음이 풀어질 틈도 없이 가해자인 시어머니가 마음 편해지기 위해 용서를 해야 한다면 마지막으로 가장 큰 폭탄을 맞는 느낌일 수도 있다. 그것은 마치 영화 '밀양'에서 주인공 신애가 용서하기도 전에 이미 하느님께 용서 받고 구원받았다고 말하는 유괴범에게 받은 충격과 같은 것일지도 모른다.

영화 '밀양'에서 신애(전도연)는 남편과 사별 후 남편의 고향인 밀양에 내려가 아들과 새로운 출발을 하려고 한다. 그러다가 하나뿐인 아들이 유괴되고 살해되는 사건이 발생하자, 삶의 모든 희망이 사라지는 고통을 느끼고 절망 속에서 헤맨다. 그런 그녀를 구원해 준 것은 신앙의 힘이었는데, 하느님의 은혜로 용기를 얻은 그녀는 자신을 고통 속에 밀어넣은 유괴범을 용서하고자 그를 찾아간다. 그런데 유괴범은 자신도 역시 하느님의 은혜를 얻었고 이미 용서 받고 구원을 얻었으니 자신은 신경 쓰지 않아도 된다고 말한다. 그의 평온한 모습을 본 신애는 충격을 받고 쓰러진다. 그녀는 결국 더 큰 고통 속에서 헤어나지 못하고 자신의 손목을 베어 자살을 시도한다.

우리는 삶의 중요한 순간에 갑자기 튀어나오는 무의식적인 분노와 뒤틀린 감정들 때문에 후회하곤 한다. 후회하는 과거를 잊을 수만 있다면 어느 정도 위안이 될 것이다. 하지만 과거의 상처는 기억 속에서 쐐기풀처럼 찔러댄다. 이것을 제거하는 유일한 방법은 용서와 화해라는 과정을 거치는 것이다.

용서는 하나의 사건이 아니라 과정이다. 용서는 더 나은 과거를 포기하는 대신 더 나은 미래를 계획하는 것이다. 용서보다 더 효과적인 것은 없다. 그리고 놀랍게도 용서의 힘은 그저 과거에만 효력을 발휘하는 것이 아니다. 현재 또한 확실하게 개선할 수 있다. 용서는 자기 사랑과 자기 존중에서 비롯되는 것이기 때문이다. 용서하기를 시도하려는 분들을 위해 도움이 되는 명상법을 알려주고자 한다.

1단계는 상처를 회상하고 그 감정을 표현해 보는 것이다. 안전한 곳에서 당신을 괴롭히는 상처를 회상하며 자신이 상처받았음을 인정한다. 그 상처로 인한 자신의 감정에 솔직하고 정직해야 한다.

2단계는 자신이 원하는 목표를 확실히 하는 것이다. 자신이 원하는 것이 '증오심에서 벗어나 맺힌 한을 풀고 싶다'인지 '미움의 악순환을 벗어나고 싶다'인지 '화병으로 암 등에 걸리지 않고 싶다'인지 들여다본다.

3단계는 용서를 선택했다면 말로 표현하는 것이다. 용서는 선택과 결심, 의지(이성적 용서)에서 비롯되며 감정(감정적 용서)을 거쳐 자유로움(영적 용서)으로 완성된다.

4단계는 용서를 한 것에 대해 상대방이 나와 같을 것이라는 기대를 버리는 것이다. 우리는 서로 다르기 때문에 느끼는 방식과 대응 방식도 다르다.

마지막 5단계는 용서의 경험을 지속하는 것이다.

달라이 라마는 "용서는 자기 자신에게 베푸는 가장 큰 선물"이라고 했다. 자신이 진정으로 원하는 것이 무엇이고, 지금 할 수 있는 것은 무엇일까. 관계 속에서 하지 않으면 안 되는 것이 무엇인지 알고, 원한에서 벗어나 자유로움을 누리면 좋겠다.

호스피스·완화의료, 의미 있는 돌봄

: 이지원 :

2017년 가을, 집에 다니러 온 큰딸과 이야기를 나누던 중에 심폐소생술 등 무의미한 연명의료는 하지 않겠다고 했다. 그러나 큰딸은 강하게 거부했다.

"안 돼, 난 엄마 살릴 거야! 더구나 나는 심폐소생술(CPR) 담당이라고."

"그럼, 당연히 살려야지. 하지만 엄마가 소생할 수 없고, 치료가 더 이상 무의미할 경우, 임종이 얼마 남지 않았을 경우엔 하지 말아 줘. 그리고 엄마는 호스피스·완화의료 돌봄을 원해. 마지막 생을 잘 마무리하고 싶어. 그러니까 부탁해."

"알았어요. 하지만 엄마 꼭 나랑 의논하는 거야. 약속해요."

"그래, 꼭 그럴게."

2017년 12월 남편과 나는 사전연명의료의향서를 작성하면서 호스피스 이용 계획에 의향이 있음을 표시했다. 나라고 왜 건강하게 오래 살고 싶은 마음이 없겠는가. 다만, 불필요한 연명의료를 받으면서까지 오래 살고 싶은 마음은 들지 않았다.

생명공학 기술과 의학 기술의 발달로 인간의 수명은 빠르게 늘어나고 있지만 만성질환과 악성질환 또한 늘어났다. 죽음은 여전히 우리에게 두렵고 피하고 싶은 사건이다. 사회적으로 금기시되어 있는 죽음을 부정하지 않고 '죽음' 또는 '죽어감'이라는 말을 기꺼이 사용한 것은 호스피스 병동에서 시작되었다.

호스피스의 전통은 1815년 아일랜드 수도 더블린의 '자비의 수녀회(Sister of Charity)'에 의해 시작되었다. 현대 호스피스는 1967년 영국의 여의사 시실리 손더스(Cicely Saunders)가 말기 환자의 통증 조절을 위한 기술 개선에 힘쓰면서 시작되었다. 그녀는 영국 런던에 성 크리스토퍼 호스피스(St. Christophers Hospice)를 열어 임종 환자뿐만 아니라 허약한 노인 환자를 간호하고 교육 · 연구시설을 만들었다.

호스피스 운동의 선구자 엘리자베스 퀴블러 로스(Elisabeth Kübler-Ross)는 정신의학을 공부한 뒤 죽음을 앞둔 환자들의 정신과 진료 · 상담을 맡았는데, 의료진들이 신체적인 증상에만 관심을 가질 뿐 환자를 한 인간으로 대하지 않는 것에 충격을 받았다고 한다. 그녀는 죽어가는 이들과 수많은 대화를 통해 '어떻게 죽느냐'는 삶을 의미 있게 완성하는 중요한 과제라는 것을 깨닫게 되었다. 그녀에게 호스피스는 '여생의 몇 달, 몇 주 또는 마지막 날이 인간의 삶에서 가장 의미 있는 시간이 될 수 있도록 돌보는 것'이었다. 그 마지막 시간은 '서로의 안녕을 빌 수 있는 시간'이며, '분리된 관계를 치유할 때 서로 용서를 주고받으며 흩어진 삶을 통합하는 시기'이기 때문이다.

우리나라는 아시아에서 처음으로 1965년 강릉 갈바리 의원에서 '마리아의 작은 자매회'가 최초로 호스피스 활동을 했다. 1970년대까지만 해도 호스피스는 임종 돌봄으로 인식되었으나, 점점 호스피스 · 완화의료 개념으로 확대되고 있다.

호스피스(hospice)는 라틴어의 손님(hospes) 또는 손님 접대, 손님을 맞이하는 장소(hospitum)에서 유래되었다. 중세기에 예루살렘 성지 순례자들을 위해 하룻밤 편히 쉬어가도록 하면서, 아픈 사람과 죽어가는 사람을 위해 돌봄을 제공했던 것에서 비롯되었다. 스테드만 의학사전(2005)에서는 호스피스란 '죽어가는 사람과 가족에 대한 신체적, 심리적, 영적 돌봄의 형태로서 가정과 환자 수용이 가능한 환경 아래 전문직과 봉사자들로 구성된 다학제팀의 서비스가 제공되는 것이며, 완화적이고 지지적인 서비스의 제공에 중점을 둔 프로그램을 실시하는 시설'이라고 밝히고 있다.

나와 절친했던 지인은 말기 대장암을 진단받았으나 무의미한 항암치료를 받느니 가족과 함께 마지막 시간을 보내기를 원했다. 호스피스에 대해 미리 알아보고 공부를 한 것이 결정을 내리는 데 큰 도움이 된 듯했다. 자격을 갖춘 호스피스·완화의료 전문요원인 의사, 간호사, 사회복지사와 성직자, 자원봉사자로 이루어진 팀이 함께 대화하고 소통하면서 자신에게 맞는 적절한 서비스를 제공해 준다는 사실에 마음이 끌렸다고 했다. 또한 일방적인 의료행위나 심리치유 서비스를 제공하는 게 아니라 자신과 가족이 중요시하는 가치에 따라 자율적으로 선택할 수 있다는 점에도 흡족해했다. 게다가 자신의 사망 이후에도 가족은 1년 이상 사별 가족을 위한 후원 서비스에 참여할 수 있었다.

그녀는 자신이 결정한 대로 생의 마지막 시기에 호스피스·완화의료팀의 방문 돌봄을 받으며, 친구들과 가벼운 여행을 하는 등 본인의 뜻에 따라 살다가 삶을 마무리했다. 호스피스에 대한 이야기를 나누던 중에 그녀는 이런 말을 했다.

"처음엔 경제적인 문제를 생각했어. 호스피스는 나처럼 임종 과정에 있는 말기 암 환자에게 불필요한 고가의 검사를 하지 않잖아. 치료가 무의미한 항암제나 심폐소생술도 하지 않고 말이야. 게다가 우리 가족도 돌봐주고. 그런데 가장 좋은 건 뭐였는지 알아? 죽음을 준비할 수 있는 시간이 주어진다는 거야. 그래서 이젠 처음처럼 죽음이 두렵지 않아. 나의 죽음에서 내가 소외되는 것, 내 생각엔 그것처럼 죽음의 질을 떨어뜨리는 일은 없는 것 같아."

지인의 죽음을 통해 호스피스·완화의료가 삶의 질을 높이는 데 기여한다는 것을 실감했다. 간호의 대상이 당사자뿐만 아니라 사후 가족에게까지 확대되는 것을 보면서 죽음을 준비한다는 것의 소중함을 알게 된 것이다.

의사들은 완치되지 않는 질환을 가진 환자를 의학의 실패 증거로 여기고 힘든 일이라 생각한다. 특히 우리나라의 경우 가족이 환자의 충격적 반응을 우려하여 의사가 암 진단을 알리는 것을 사전에 차단하기도 한다. 심지어 의사조차 자신의 가족이 암에 걸렸을 경우 암 진단의 통보를 유보하는 경우가 있다고 한다.

죽음에 대해 언급하는 것을 금기시하고 있는 분위기 때문인지 호스피스·완화의료는 물론이고 심폐소생술 금지(Do Not Resuscitate, DNR) 결정, 사전 의사결정 등의 과정에서 환자는 거의 배제되고 있는 상황이다. 우리나라 말기 암 환자들 대부분은 말기 암 진단 이후에도 의료 이용 행태에 거의 변화가 없이 임종 1~2주 전까지도 항암 치료와 상태 악화의 원인 규명을 위한 CT, MRI, PET 등 진단 검사를 받는다.

중환자실에서는 환자가 사망에 가까울수록 기도삽관, 심폐소생술, 인공호흡기 사용 등 고가의 진료를 반복하거나 사망 임박 시기인데도 단순히 호흡만 유지시킬 뿐인 치료를 이용하고 있다. 이것은 과연 누구를 위한 것일까? 무의미한 연명의료는 죽음이 임박한 환자에게는 도움이 되지 않을 뿐더러 오히려 고통을 가중시키고, 가족에게는 경제적 부담을 지운다. 게다가 죽음의 당사자인 환자를 가족으로부터 소외시킨다. 마지막 인사도 나누지 못하고 임종하는 등 외로운 죽음을 맞이할 수 있다.

작년에 나의 외삼촌이 갑작스러운 급성폐렴으로 입원해 중환자실에서 치료받던 중 이틀 만에 돌아가셨다. 평소에도 자녀들에게 무의미한 연명의료를 하지 말 것, 장례의례를 조용하고 간소하게 할 것, 부의금을 받지 말 것을 당부하셨다.

아버지의 뜻을 받들어 자녀들도 연명의료를 시행하지 않았으나, 장례식장에서 외사촌 동생은 아버지가 돌아가시고 나니 심폐소생술 등 연명의료를 했더라면 좀 더 오래 사실 수 있지 않았을까 하는 후회와 죄책감이 든다고 토로했다. 가족이 죽은 경우 더 잘해주지 못한 것에 후회되고 부족한 것만 생각나는 것은 인지상정일 터이다. 그래서 더욱 삶의 마지막 시간을 어떻게 보내는가가 중요한 것이 아닐까.

호스피스 사별가족의 애도 상담 프로그램에 참여했던 이정숙(가명) 씨는 남편 이야기를 해주었다. 사업에 실패한 후 아무 말도 없이 집을 나갔던 남편이 몇 년 만에 연고지도 없는 지방의 한 고시원에 기거하고 있다고 연락이 왔다. 자녀들이 요양병원에 입원시켰지만, 아버지에 대한 원망으로 문병도 자주 가지 않았다고 한다. 하지만 자녀들의 강력한 반대에도 불구하고 정숙 씨는 엄마의 간절한 소망이라며 남편을 호스피스 병원으로 옮겼다. 아버지와 소원했던 자녀들도 이후 아버지와 원만하게 화해했고, 남편도 평화롭게 임종했다고 했다. 그녀는 호스피스는 죽음의 공간이 아니라 삶을 좀 더 윤택하게 만들어주는 곳이라고 말했다.

호스피스 · 완화의료는 단순히 임종에 가까운 환자의 신체적 고통만 경감시킬 뿐인 행위가 아니다. 인간에 대한 존중과 깊은 이해를 바탕으로 자기 결정을 존중하는 인도주의(humanitarianism)의 발현이다. 환자를 포함한 가족의 삶의 질을 함께 높임으로써 치료(cure)의 개념보다 돌봄(care)의 정신을 강조하기 때문이다.

만약 내가 말기 암 환자라면 어떤 치료를 받고 싶을지 생각해 보았다. 고통스러운 통증을 적절히 줄이고, 부적절한 생명 연장을 피하며, 내 의식을 끝까지 유지하고 싶을 것이다. 사랑하는 사람들에게 고맙다는 말을 하고, 불편한 관계에 있던 사람들에게 화해를 청할 것이다. 그리고 내가 떠난 후 가족들이 어떻게 살 것인지, 가족들이 받을 부담도 걱정할 것이다.

나의 남편과 딸들 또한 나와 함께 있기를 원할 것이다. 마지막까지 내 옆에 있으며 나에게 도움이 되는 일을 하려고 할 것이다. 하루하루 변해가는 나를 보면서 몸이 어떤 상태인지 이해하고 받아들이는 동시에 내가 편한 마음으로 생의 마지막 날을 준비하고 있다는 것을 보고 싶을 것이다. 정서적으로 지지하며 서로에게 힘이 되어줄 것이다. 충분히 먹고 쉬고 자면서 내가 겪고 있는 임종 과정에서 의미를 발견하게 될 것이다. 그러면서도 가족들은 나를 어떻게 간병해야 할지, 사별의 슬픔을 어떻게 이겨낼 것인지, 앞으로 겪을 삶의 변화를 걱정할 것이다.

이렇게 상상을 한번 해본 것만으로도 마음 한구석이 찡해 온다. 호스피스 · 완화의료가 환자와 가족 모두를 돌봄의 대상으로 본다는 사실은 큰 위안으로 다가온다. 비슷한 아픔을 겪은 다른 사람들과 삶과 죽음에 대한 의미를 공유하며 슬픔을 치유하고 삶을 긍정적으로 재해석할 수 있다는 것 또한 다행스러운 일이다. 삶의 마지막 순간까지 잘 마무리하도록 돕는 호스피스 · 완화의료는 존엄하고 평화로운 임종을 맞이하도록 삶에 의미를 부여하는 돌봄인 것이다.

이렇게 죽고 싶다, 사전연명의료의향서

: 이나영 :

자신의 삶에 책임을 진다는 것은 삶의 끝인 '죽음'까지도 책임을 진다는 것을 포함하는 말일 것이다. 삶의 마지막 모습을 스스로 결정하고 싶다면 자신과 가족이 건강할 때 충분히 이야기를 나누고 합의점을 끌어내야 한다. 존엄사와 관련해 최근 이슈가 되고 있는 사전연명의료의향서와 관련한 강의를 하다 보면 이게 남의 일이 아니라, 현실적인 문제라는 것을 실감하는 경우가 많다.

2017년에 지인의 어머니가 직장암 말기 판정을 받았다. 암이라는 것을 알았을 때는 수술하기에도 쉽지 않은 상태였다. 혹시 수술을 한다 해도 체력적으로 힘들 뿐 아니라 치료 효과도 기대할 수 없었다. 병원에서도 가족들이 상의해서 여생을 덜 고통스럽게 보내는 편이 좋겠다고 설명했다. 가족들 의견도 같았다. 수술을 포함해서 삶의 끝을 병원에서만 보내는 것은 무의미하다고 판단했다. 통증완화 치료를 하며 남은 시간 동안 고통을 덜어주고 편안히 보내드리자고 의견을 모았다. 그러나 문제는 막내아들이었다.

딸 다섯을 낳은 후 겨우 얻은 막내아들이 무던히 속을 썩였는데, 어머니가 투병 중인 병원에 코빼기도 비치지 않다가 갑자기 나타나서 한다는 말이 이랬다.

"효도 한번 한 적 없는데…… 평생 속만 썩였는데…… 이대로는 못 보내…… 수술도 안 해보고…… 이렇게는 못 보내."

결국 가족 전원의 합의를 끌어내지 못해서 어머니는 수술을 받고 연명치료를 진행하게 되었다. 수술로 인한 신체의 후유증과 통증을 감내해야 하는 것은 어머니의 몫이었다. 그리고 그 고통스러움을 바라보는 것, 병원비, 간호는 모두 막내아들이 아닌 누나들의 몫으로 남겨졌다. 4개월을 그렇게 버티다가 어머니는 돌아가셨다. 과연 그가 말한 효도는 어떤 의미였을까?

또 다른 지인의 사례가 있다. 친정어머니와 사별한 후 그녀는 고통스러워 잠을 잘 수가 없다고 했다. 사별 이후의 상실감도 컸지만 어머니의 '원망하는 눈빛' 때문에 너무 죄스럽다고 했다. 후회가 만들어낸 죄책감이었다. 그녀와 어머니는 평소 사이가 좋은 모녀 사이였다. 연세가 있으신 어머니는 명을 달리하는 분들의 조문을 다녀오면, 자신의 임종과 관련되어 의사 표시를 하곤 하셨다.

"내가 혹시 죽을병에 걸리거나 사고가 생겨도 날 치료할 생각은 하지 마라. 이미 살 만큼 살았고, 억지로 숨만 붙어 있게 기계 이것저것 달고는 살고 싶지 않다. 사는 것도 아니고 숭하다."

그러던 어느 날 어머니가 갑자기 쓰러져서 병원에 실려 가셨다. 병원에서 당장 호흡기를 끼지 않으면 목숨이 위태롭다 했다. 빨리 결정을 하라고 하는데, 평소 들은 이야기가 있으니 "호흡기 끼지 마세요. 평소 하신 말씀을 받들어 편안히 보내드리고 싶어요"라고 말했어야 했다. 그런데 그 말이 선뜻 나오지 않았다고 한다. '이대로 보내드렸다가 나중에 후회하면 어떡하지. 치료를 했어야 했다는 죄책감이 들면 어떡하지'라는 생각이 들고 나니 이대로 보내면 안 될 것 같다는 마음이 들었다는 것이다.

결국 산소호흡기 착용 동의서에 사인했다. 어머니는 호흡기를 착용하고 보름을 중환자실에 계셨다. 그런데 가시기 전 마지막, 어머니는 잠깐 눈을 뜨셨고 눈이 마주쳤는데, 그 눈빛은 자신을 원망하는 듯이 보였다고 한다. 그녀가 후회할까 염려했던 것은 무엇이었을까. 산소호흡기 착용 동의서는 과연 누구를 위한 것이었을까. 부모님의 유지를 받드는 것도 자신의 가치관과 합일이 있어야 가능한 것인 듯싶다.

앞의 두 사례와 달리 임종 과정에서 다른 선택을 한 이들의 이야기가 있다. 그와 아내는 슬하에 딸 셋을 두었다. 아내는 활달한 성격이라 딸들이 모두 결혼한 후에는 다양한 사회활동으로 바쁘게 보냈다. 그는 은퇴 후 개인택시를 운영했는데, 어느 날 췌장암이 발견되었다. 의료진들은 수술에 난색을 표했다.

그는 아내와 딸들과 함께 더 많은 시간을 보내기로 결심했다. 그리고 남은 시간 동안 해보고 싶은 일을 버킷리스트로 만들어 하나씩 이뤄나갔다. 바쁘다는 이유로 자주 만나지 못해 소원해진 친구들도 만났다. 맛있는 것을 먹고 재미있는 대화를 나누었다. 소소한 일로 싸운 채 화해하지 못했던 사람들하고도 만나서 해원의 시간을 가졌다. 많은 말이 필요하지는 않았다. 서로를 바라보며 손 한 번 잡는 것만으로도 그동안 쌓였던 마음의 앙금이 거짓말처럼 사라지는 것을 느꼈다.

통증을 느끼면서도 가족여행을 떠났다. 평생 옆자리를 지켰던 아내와도 오붓한 시간을 가졌다. 신선한 공기를 마시고 아름다운 풍경을 보고 한가롭게 걸었다. 세 딸과 사위, 손주들까지 모여 즐거운 시간을 보냈다. 평생 해보지 못한 것들을 임종을 목전에 두고 실행에 옮겼다.

처음에 그의 통증은 가족 간의 분쟁이 되었다. 고통을 덜 느끼도록 더 많은 약을 투여해야 한다는 의견과 혼수상태보다는 통증을 느끼더라도 더 명료한 의식을 지키는 게 좋다는 의견으로 갈등이 생겼다. 그렇지만 그는 고통 속에서도 항암치료 대신 남은 생을 정리하며 가족, 친구들과 추억을 쌓고 인사를 나눈 후 임종을 맞이했다.

'존엄한 죽음'에 대한 주제로 강의를 하다 보면 매번 "사전연명의료의향서를 미리 알았다면 좋았을 것을……"이라고 말끝을 흐리는 분들이 있다. 이걸 몰라서 부모, 아내, 자녀를 고통 속에 있게 했다는 것이다. 차마 끝내지 못한 말 속에는 호흡기 때문에 마지막 인사도 나누지 못하고 떠나보냈다는 후회가 묻어 있었다.

사전연명의료의향서 작성에 관한 강의를 할 때 어르신들은 생생한 경험으로 이것의 필요성에 대해 언급한다. 강연 직후에는 "지금 바로 작성하게 해달라"며 요청하기도 한다. 그런데 사전연명의료의향서는 상담사와 일대 일 상담을 받은 후에 꼭 경제적인 이유만으로 쓰는 것이 아니라 자신의 죽음에 대해서 충분히 생각하고 가족들과 회의를 거쳐 동의를 받았다는 상담일지를 작성하는 것이 필수다. 그래서 "귀가하셔서 가족들이 다 모인 자리에서 상의하시고 자녀분들에게도 꼭 동의를 받으시고 충분히 숙고하고 연락주시면 개인 상담을 해드릴게요. 그때 작성하세요"라고 안내해 드리곤 한다.

그 후 사전연명의료의향서를 작성하기로 약속한 날짜에 나타나는 분들은 열에 다섯 분 정도이다. 못 오신 분들은 자녀의 동의를 구하지 못해 작성할 수가 없다고 말씀하시곤 한다.

"나는 이게 꼭 필요하다고 생각해. 쓰고도 싶어. 그런데 자식들이 '무슨 그런 말씀을 하세요. 만약 아프기라도 하면 제가 끝까지 치료하고 살릴 거예요.' 이러는데 어떡해."

그들의 가정에서는 어떤 대화들이 오고 갔을까? 다소 무겁고 어려운 이야기를 진정성 있게 주고받을 만큼 가정 내 구성원들은 친숙한 대화를 할 수 있는 상황이었을까? 어르신들 입장에서는 죽음이란 곧 다가올 자신의 문제인 데 반해 상대적으로 젊은 자녀들은 죽음에 대해 가깝게 느끼지 못할 수도 있다. 더욱이 자신의 부모님이 돌아가신다는 것은 심정적으로 용인할 수 없는 일이다. 사람들은 '내 부모는 안 죽는다'라는 환상을 가지고 있다. 이 세상 모든 부모님이 돌아가신다 해도 자신의 부모님만큼은 굳건하게 불멸의 존재로 살아 계실 것으로 생각하곤 한다.

또한 혹여나 자신이 사전연명의료의향서 작성에 동의해서 나중에 후회할 일이 생기지 않을까 두려워하는 마음도 있을 것이다. 주변 사람들로부터 "너는 어떻게 치료도 못 받고 돌아가시게 하냐"라든지 "돈 때문에 치료를 안 한 거냐"라는 식의 비난을 들을까 염려스러운 마음이 들지 않았을까.

과연 죽음의 주체는 누구일까? 누구를 위한 치료를 하는 것일까? 삶의 끝에서 나는 무엇을 선택하고 무엇을 포기할 것인가? 그 안에서 내가 진정 얻고자 하는 것은 무엇인가? 이런 질문들을 스스로에게 던지고 답할 수 있어야 한다. 나의 생각이 먼저 정리되어 있어야 하는 것이다. 가정 안에서 이런 대화를 나눌 만큼 분위기를 만드는 것은 그 다음 문제다.

연명치료에 대해 충분히 이야기를 나누고 합의를 했는데도 정작 갑작스럽게 질병으로 여명을 선고받거나 사고를 당했을 때는 당황하고 주저하며 의견이 갈라지는 일도 종종 있다. 사전에 확실하게 의견을 표명해 두었더라면 삶의 마지막 시간을 보내며 가족들이 불필요한 죄책감을 느끼지 않아도 되지 않았을까 싶다.

사랑하는 사람이 아플 경우 실낱같은 희망이라도 붙잡아 조금이라도 함께 있기를 바라는 마음이야 누구라도 같을 것이다. 그러나 정작 환자는 고통 속에서 또렷한 의식을 갖지 못하고 마지막 작별 인사도 하지 못한 채 낯선 환경 속에서 홀로 죽음을 맞는 일도 비일비재하게 생긴다.

좋은 죽음이란 무엇일까? 많은 어르신들이 "폐 끼치지 않고, 추한 모습 보이지 않고 깨끗하게 죽음을 맞이하는 것"이라고 한결같이 말씀하신다. 나이가 들어 육체의 기운이 다하는 순간 자연스럽게 죽음을 맞이하고 싶다는 것이다. 가족과 사랑하는 사람들에게 둘러싸여 편안한 분위기에서 눈을 감는 것이 가장 이상적인 모습이 아닐까 싶다. 나 또한 생의 마지막 순간을 잘 맞이하기 위해 지금부터 준비하고 싶다는 생각을 한다.

떠나기 전에 정리해야 할 것들

: 김경희 :

"아니, 언제 이렇게 물건이 늘어났지?"

가끔 집 안을 둘러보다가 놀랄 때가 있다. 주방, 거실, 방, 베란다, 심지어 창고까지 물건으로 차고 넘치는 것을 깨달았을 때다. 우리가 생활하는 곳이라면 많든 적든 물건들은 그림자처럼 우리를 따라다 닌다. 현대인은 이제 물건에 의존하지 않고 살아가기가 어려운 존재 가 되었다.

랜디 프로스트(Randy O. Frost)와 게일 스테키티(Gail Steketee)가 『잡동사니의 역습』에서 말한 대로 소유 개념이 없거나 소유가 경시 되는 사회가 소수 존재하지만 대다수 문화에서는 사람과 소유물의 상호작용이 삶에서 중요한 부분을 차지한다. 태어날 때는 분명히 맨손이었지만 시간이 흐르면서 주위에 물건이 늘어간다. 옷, 책, 서류, 추억의 물건, 소품, 기계와 가구 등 종류도 양도 각양각색이다.

만약 지금 우리에게 긴급한 일이 닥친다면 이것들은 어떻게 될까? 다른 사람들, 비록 가족일지라도 보이고 싶지 않거나 비밀로 간직하고 싶은 것들이 있다면 어떻게 해야 할까? 물건은 내 것이 되는 순간 단순한 무생물이 아닌 '그 무엇'이 된다. 대량 생산된 공산품일지라도 나와 함께 시간과 공간을 공유하면서 나름의 가치가 부여되기도 한다. 때로 물건은 사람 못지않게 삶의 증거물이자 대변자가 되기에 삶의 어느 시기에 물건을 정리하는 일은 내가 지금까지 살아온 시간을 한번쯤 돌아보는 의미가 된다.

'정리'의 사전적 의미는 흐트러져 있거나 어수선한 것을 질서 있는 상태로 만드는 것, 체계적으로 분류하고 종합하는 것, 문제가 되거나 불필요한 것을 없애거나 줄이는 것, 그리고 하던 일이나 다른 사람과의 관계를 지속하지 않고 끝내는 것이다. 정리해야 하는 것은 물품, 서류뿐만 아니라 일과 관계 등도 포함되는 것이다.

서류는 보험증서, 통장, 채무, 계약서 등 재산과 법률에 관련된 것들이 대부분이다. 일은 직업이나 취미 관련 모임 등 공적이거나 사적인 것들이고, 이 안에서 이루어지는 관계들도 정리해야 할 때가 있다. 살아가는 것이 세상과 접촉하며 관계를 맺는 과정이라면 나이가 들어갈수록 그 연결고리는 복잡해지고 강해진다.

어느 순간 이것들이 부담스럽거나 감당하기 어렵다고 느껴질 때, 단순하고 담백한 삶을 갈망하게 된다. 삶의 자리에 질서를 부여하고 새롭게 자리를 잡거나 어떤 것들을 서로 묶고 비우고 덜어내거나 버리는 것이 삶을 정리하는 것일 터이다. 그러니까 정리는 비움을 통해 가벼워지고 간결해지는 일이다.

나의 친정엄마는 가족이나 친척들이 병원에 입원했다는 소식을 들으면 어김없이 그 사람의 집으로 가서 집 안을 정리하곤 하셨다. 예를 들어 고모가 입원하셨다고 하면 장례식에 참석하러 온 사람들이 고모의 마지막 모습을 지저분한 모습으로 기억하는 것이 싫다는 의도였다. 행여 다른 가족이나 지인들에게 정돈되지 못한 모습을 보이는 것이 고인에게 누가 된다고 생각하신 것이다. 떠나는 사람의 마지막이 정갈한 모습으로 기억되기를 바라는 마음이었을 것이다. 어쩌면 오랜 관계에 대한 엄마의 마지막 배려였던 것 같다.

정리는 체계를 잡고 비우고 버리는 일이다. 그래서 가벼워지고 간결해져서, 새로운 기운이 돋아난다. 정리를 하다 보면 당장 쓸모가 없는데 버리기 힘든 물건들이 있다. 효용성이나 실용성만으로 정리하기 어려운 이유는 그 물건에 묻어 있던 시간과 감정이 되살아나기 때문이다. 그래서 정리하는 순간에는 자신을 솔직하게 바라볼 수 있어야 한다. 친구가 선물해 준 머플러, 유행이라 구입했지만 이제는 작아진 구두, 한창 좋아했지만 낡아버린 가방, 기억조차 까마득한 여행지 사진, 구식이 된 전자제품들, 가족의 유품, 철 지난 살림도

구 등 더러는 무덤덤한 것도 있지만 이런저런 사연이 담긴 것도 있어 머뭇거리며 시간을 보내기도 한다.

얼마 전 커다란 택배가 배달되었다. 고향에서 엄마가 보낸 상자 안에는 나무로 된 전통 장식장이 들어 있었다. 그 장을 여는 순간, 멍하니 시간이 멈춰버렸다. 학창시절 성적표, 사진, 그리고 편지들이 차곡차곡 담겨 있었다. 하나씩 꺼내서 보는 동안 박제된 과거가 서서히 깨어났다. 지나간 시간에 대한 돌아봄은 뿌듯한 충만감보다는 씁쓸함과 아쉬움이 밀려들 때가 많다.

지금 여기서 나는 무엇을 하고 있는가 하는 약간의 상실감과 함께 창고에 있는 또 하나의 상자가 떠올랐다. 아이들이 신었던 조그만 신발 한 짝, 손때 꼬질꼬질한 헝겊 장난감, 어버이날 그림카드, 색이 바랜 손수건, 노래가 녹음된 카세트테이프 등 아이를 키우는 동안 모아둔 물건들이다. 엄마가 내 물품을 정리해 보낸 것처럼 나 또한 언젠가는 아이들에게 보여주려고 갈무리해 둔 것이다.

아직은 아이를 아끼고 사랑한다는 증표로 가지고 있지만, 그 또한 시간이 무한하지는 않으리라. 물품으로 아이에 대한 사랑을 증명하지 않아도 될 만큼 믿음이 확고해졌거나, 아이에게 엄마의 사랑을 인정받을 필요가 없다고 느껴지는 순간이 되면, 이 물품들도 빛이 바랠 것이다. 하지만 적어도 지금은 그때가 아니다.

과거에 매달려 있는 마음들 때문에 또는 '쓸지도 모르잖아'라는 미래에 대한 불안 때문에 물건을 버리고 정리하는 일은 공력이 많이 들어간다. 내가 가진 물건들, 서류들, 모임들, 관계들은 나의 정체성의 일부분이므로 그것에 변화를 주는 것은 쉽지 않다. 삶의 전환점이 필요할 때, 새로운 다짐을 하려고 할 때, 주변의 물건을 정리하면서 마음을 가다듬는다. 그래서 정리는 다분히 심리적인 면이 있다.

일본의 정리 컨설턴트인 곤도 마리에는 물건을 정리할 때 '설렘'이라는 기준을 제안했다. 품목별로 자신이 소유한 모든 물건을 한곳에 쌓아놓고 한눈에 자신이 소유한 물건의 양을 확인한 다음, 하나씩 만지면서 설레는지 아닌지 검토하라는 것이다. 그에 따르면 물건을 저장하는 사람의 유형은 '과거 집착형'과 '미래 불안형'으로 나뉜다. '과거 집착형'은 과거의 추억과 의미를 되새기기 위해 관련된 물건을 고집하는 유형이며, '미래 불안형'은 언젠가의 쓸모를 염두에 두면서 물건을 저장하는 유형이라고 한다. 우리 주위에 쌓인 물건들은 우리의 과거, 현재, 미래의 모습을 보여주는 증표일 수도 있다는 것이다.

이런 점에서 결국 정리는 자신의 삶을 돌아보는 계기가 되며 현재를 살아가는 방편이 된다. 그런데 왜 우리는 필요 이상의 물건들을 쌓아두거나 방치하고 있을까?

이미 한 세대 전에 에리히 프롬(Erich Fromm)은 우리 사회가 소유물에 집착하게 될 것이라고 예견했다. 그는 세상에 대한 두 가지 기본적인 지향 가운데 하나로 사람을 규정할 수 있다고 주장했는데 '소유'와 '존재'였다. 프롬에 따르면 상업주의가 동력으로 작용하는 문화는 사람들로 하여금 '소유'를 지향하도록 조장하여 공허감과 불만을 낳는다. 반면 '존재'를 지향하는 사람은 소유보다는 경험에 관심을 쏟는다. 타인과 공유하고 교류하면서 의미를 찾는다는 것이다.

인생 전반기에는 나 또한 소유에 치중한 삶을 살았다. 그러나 마흔 중반을 넘겼을 무렵, 나는 아무리 해도 끝이 없는 집안일에 지쳤고, 자질구레한 물건 관리인으로 살다가 인생이 끝날 수도 있다는 생각이 들었다. 주변에 너무 많은 물건을 쌓아두고 살았고, 물건의 주인으로 사는 것보다 소중하고 가치 있는 인생이 있을 거라 믿으며 하나둘 물건을 정리했다. 어쩌면 진짜 인생은 정리 후에 찾아오는 것일지도 모르겠다.

2017년 명절 연휴 즈음, 남편한테서 연락이 왔다. 평소와 달리 긴장되고 떨리는 목소리였다.

"어머니가 많이 아프셔, 빨리 집으로 와."

어젯밤에 어머니와 통화했을 때는 몸이 좀 피곤해서 쉬고 있다고 하시더니 지금은 중환자실에 계신다고 했다. 한 달 전 건강검진에서는 아무 이상이 없다고 했는데, 중환자실이라니 믿기지가 않았다. 어머니에 대한 미안함과 연민으로 마음이 무거웠다. 뇌경색으로 쓰러진 어머니는 하루이틀 사이에 몰라볼 만큼 변해 있었다. 남편은 유난히 말이 없었다. 한참 후에 내 손을 잡으며 조용히 말을 꺼냈다.

"아무래도 집을 정리해야 할 것 같아. 어머니는 이제 집으로 돌아오기는 힘들 거야."

어머니 댁으로 가서 집 안을 둘러보는데 슬픔이 밀려들었다. 주인을 잃은 물건들은 활기를 잃고 의기소침해 보였다. 물건을 정리하는 일은 어머니의 삶을 정리하는 일처럼 조용히 시작되었다. 남편은 어머니가 건강하실 때 어머니와 함께 정리하지 못한 점을 끝내 아쉬워했다.

어떤 공간보다 안방에 있던 서랍장을 정리하는 일이 힘들었다. 서랍 깊숙한 곳에 간직해 두었던 무언가 비밀스러운 것을 보게 될까봐 한발 빼는 마음도 생겼다. 어머니도 지키고 싶은 것들이 있을 텐데, 그런 것을 알게 되면 마음이 어떨까 싶었다. 주인의 질서 아래 놓였던 물건들이 침입자의 질서에 의해 재배열되고 가치가 매겨지고 있었다. 마음이 편치 않았다. 어머니가 무엇을 원하는지 상의할 수 없는 노릇이라 그분만의 세계를 존중할 수 있는 방법을 모른다는 것이 안타까웠다.

가지고 있는 물건의 의미와 가치는 지극히 주관적일 수밖에 없다. 어머니가 살았던 공간 역시 당신의 방식대로 꾸며지고 관리되어 왔다. 그 공간을 운영하던 주인이 떠나자 공간은 금세 어수선해지고 묘한 생경함이 드러났다. 무생물들로 이루어진 공간이지만 약간의 무기력과 고요함이 당황스러웠다. 주인을 잃은 물건과 공간에서 미묘한 상실을 느꼈던 이유는 '지금은 어머니지만 다음은 나'라는 사실을 본능적으로 느꼈던 때문인 것 같다. 인간이면 누구든 거부할 수 없는 노화와 질병, 그리고 죽음의 그림자를 생생히 확인한 순간이었을지도 모른다.

돌아올 기약이 없는 어머니의 공간을 정리하며 내 생명과 삶에 대해 생각해 보았다. 그리고 내가 관계 맺는 사람들과 물건들과 나에게 허락된 시간을 헤아려보았다. 생명이 있는 것이라면 어떤 것이든 죽음이 찾아오지만 그 끝이 '언제'인지는 아무도 모른다. 마지막을 준비하기 위해서는 지금 여기에 존재하기 위한 주변 정리도 해야 하지 않을까?

마음의 유산을 남기는 유언장 쓰기

: 김영란 :

오래전에 이런 말을 들은 적이 있다. 사람이 죽을 때 남길 수 있는 것이 세 가지가 있는데, 바로 자신의 이름, 선행, 그리고 자녀라는 것이다. "아이를 낳지 않은 사람은 그럼 두 가지밖에 못 남기는 거야?"라고 농담처럼 반문했지만, 자녀를 남긴다는 의미는 단지 '자손'을 남긴다는 의미만은 아닐 것이다.

누구나 다음 세대에까지 삶이 이어지기를 바라고 다음 세대는 나보다 나은 삶을 살기를 바란다. 내가 겪었던 수많은 시행착오와 실패를 거듭하지 않기를, 어리석고 너그럽지 못해서 나처럼 누군가의 마음을 아프게 하지 않기를, 급한 일에 밀려서 소중한 일들을 멀리

하지 않기를 바라는 마음들이 있다.

'유언장'을 쓴다고 하면 돈 많은 노인이 어느 재산을 어느 자녀에게 나눠줄 것인가 하는 생각만 떠오르는 사람도 있을 것이다. 그러나 죽음 준비를 위한 유언장이라면, 단순히 물질적인 자산의 배분만이 아니라 어떤 정신적 유산을 남길 것인가 하는 고민이 있어야 의미가 있을 것이다. 유언장이란 내 삶에 대한 반추이기도 하면서, 남은 이들에게 '이렇게 살기를 바란다'는 마음을 담은 것이어야 의미가 있지 않을까 생각한다. 꼭 죽을 날이 가까워서가 아니라도 마흔 즈음이 됐을 때 삶이 경박해지는 것을 경계하기 위한 수단으로 유언장을 써보기를 권유해 본다.

나 또한 아이들에게 어떤 것을 남길까 생각해 보니 성공적이었던 기억보다 실패했던 기억이 더 많이 떠오른다. 많은 시간들을 실패 때문에 속절없이 보냈고, 상처도 많이 남았다. 상처를 회복하느라 끙끙거리며 지냈던 시간이 길었기 때문에 남기고 싶은 말도 참 많다. 나는 아이들이 어느 시인의 말처럼 소풍 왔다 가는 것처럼 즐겁게 누리며 살다 가기를 바란다.

하고 싶은 많은 이야기와 들려주고 싶은 아주 구체적인 경험들 중에서도 딸들에게 남기고 싶은 세 가지 유언을 골라보았다.

첫째는 부디 유연함을 갖고 살기를 바란다. 어떤 것이든 특히 새로운 것, 나와 다른 것에 대해 저항하고 거부하거나 무시하지 말고 받아들이면 좋겠다. 흔히 '열린 마음'이라고들 말한다. 이만큼 살아

보니 세상은 참으로 다양한 사람들이 공존하고 있고 너무나 다양한 가치들이 혼재하고 있는 곳이다. "어떻게 그렇게 생각할 수 있어?"라며 놀랄 정도로 자신만의 방식으로 살아가는 사람들이 많다.

'나도 그 정도는 알고 있어'라고 흔히 생각하지만, 그것은 극히 제한된 사회에서, 제한된 문화 속에서, 제한된 사람들과의 만남과 경험을 통해 터득한 그저 세상의 일부에 불과한 나만의 생각들인 것이다. 그런데도 마치 그것이 세상의 전부이자 진실인 양 확신을 갖고 살아간다면 그것이야말로 어리석은 일이다. 어리석음이란 모르는 것이며, 모르기 때문에 다른 사람을 해친다. 아직 인권의식이나 다양성을 인정하지 않는 사회에서 살고 있기에 사람들이 수용하지 않는 가치나 태도에 관한 것이라면 더욱 마음을 열고 이해하려고 애쓰고 공감해 줬으면 좋겠다. 내가 가지고 있는 삶의 가치들에 대해 유연함을 갖기 위해 이런 질문들을 해보면 좋겠다.

"인생에선 성공이 중요해."

"왜 성공해야 돼? 성공이 뭐지?"

"성격이 좋아야지."

"왜 좋은 성격을 가져야 돼? 좋은 성격이라는 것이 뭐야?"

"다른 사람의 인정을 받아야 해."

"다른 사람의 인정을 받아야 된다고? 타인의 인정을 받는 것이 왜 그렇게 중요해?"

"이제 결혼해야지."

"왜 꼭 결혼을 해야 돼?"

"여자(남자)가 행동이 그게 뭐야."

"여자(남자)는 왜 그렇게 행동해야 하는데?"

지금까지 살아오면서 성공을 위한 어떤 기준들은 열심히 살도록 격려가 되고 힘이 되었다. 성공하기 위해, 많이 알기 위해 열심히 공부하고 다른 사람을 돕기도 했다. 하지만 그 기준에 도달하면 으쓱해한 반면, 그렇지 못하면 누군가와 비교하며 열등하다고 자책했다. 성공에 대한 책들이 그렇게 많이 나왔는데도 여전히 계속 출간되고 잘 팔리는 것은 우리 사회에서 성공하고 싶다는 사람들의 열망이 그만큼 크고 강하다는 뜻일 것이다. 그런데 어떤 사람에게 성공을 뜻하는 것이 다른 사람에게도 똑같이 가치 있는 일일까? 사람들이 말하는 성공은 너무 비슷하고 성공에 이르는 방법도 천편일률적이다.

누구나 자신만의 삶을 살아가고 있다. 나만의 조건과 환경, 나만의 생각과 힘을 가지고 살아간다. 누군가 내 삶에 대해, 성공해야 한다며 이렇게 살라거나 저렇게 살라고 강요할 수는 없다. 타인이 권하는 것이 좋다면 참고할 수는 있겠지만 무조건 수용해야 하는 법도 없다. 유연함이란 이렇게 사는 것이 절대적으로 좋은 삶이며 이런 사람이 절대적으로 좋은 사람이라고 확신하고 주장하지 않는 것이다.

나는 아이들이 유연함을 가졌으면 좋겠다고 생각하면서, 동시에 유연함이 없는 사람을 주의하라고 말하고 싶다. "난 이렇게 확신해, 난 절대적으로 이것이라고 믿어"라고 확신에 찬 사람들을 만난다면 경계하고 가능하다면 거리를 두라고 하고 싶다. 물론 자기 확신과 철학을 가진 사람은 주도성이 있고 리더십도 있어 보이고 추진력도 있다. 내가 하고 싶은 이야기는 강한 확신이 문제라기보다 그에 따라 파생되는 결과에 관한 것이다. 자기 생각에 기반한 확신이 너무 견고해서 다른 사람의 의견을 수용하지 않는 폐쇄적인 태도가 있는지 경계하라는 것이다. 딸이 이 다음에 결혼을 약속한 사람이라며 데려온 사람이 "반드시 행복하게 해주겠습니다"가 아니라 "잘 맞춰서 살아보겠습니다"라고 하는 사람이길 바란다. 차별이나 폭력과 관련된 일을 하면서 그런 무모한 확신이 오히려 사람들을 더 차별하고 폭력을 행사하는 기반이 된다는 것을 많이 목격했기 때문인지도 모르겠다.

전에 어떤 기관에서 일할 때, 회의를 할 때마다 신속하고 효율적으로 회의하자며 충분한 토론이나 소통 없이 기관장이 결정을 내리곤 했다. 풍부한 사회 경험과 지혜로움도 갖춘 분이어서 그 결정은 늘 옳았다. 그럼에도 불구하고 서로 의견을 맞추고 소통하는 과정이 없는 회의가 나는 늘 불만족스러웠다. 누군가 확신을 갖고 일을 주도하고 나머지 사람들은 지도자의 확신을 따라가는 일은 복종을 키우지만 헌신하게 하지는 않는다. 더디 가더라도 함께 가는 과정은 목표나 결론만큼이나 중요하다.

둘째로 남기고 싶은 유언은, 지금 이 순간에 오롯이 존재하면서 삶을 음미하는 시간을 많이 갖기를 바란다는 것이다. 흔히 "인생은 고해이며 삶은 고통이다"라고 하는데 맞는 말이다. 그게 인생이다. 우리는 누구나 행복을 추구하고 고통이나 슬픔을 멀리 하려고 한다. 괴로울 때는 마치 그 고통이 영원할 것 같다. 그러나 시간이 지나면 꽉 쥐어도 손가락 사이로 빠져나가는 바람처럼 고통이 항상 같은 모습인 것은 아니다. 행복도 마찬가지다. 이 행복이 영원하기를 바라지만 그 역시 변화하고 사라진다. 그러니 슬픔이나 행복감에 휘둘리는 것이 아니라 그저 행복한 그 순간을 느끼며 나 자신으로 존재하는 것만이 최선이다.

뭔가 새로운 일을 시작할 때마다 두려움을 느끼는 것은 자연스러운 일이다. 미래가 어떻게 펼쳐질지 모르니 무서운 건 당연하다. 걸음마를 처음 뗄 때 한 걸음 옮길 때마다 혹시라도 넘어질까 두려울 수 있지만, 밀려오는 그 두려움을 허용하면 다음 걸음이나 미래에 그 두려움이 영향을 끼치지 못한다. 오른발이 앞으로 나갈 때 왼발은 뒤에서 굳건히 땅을 딛고 있다. 마치 두려움과 평화가 공존하는 것처럼.

언젠가 감이 탐스럽게 열린 감나무 길을 걸으며 딸과 이런 대화를 나누었다.

"가끔 내가 이 세상에 왜 왔을까, 하는 생각이 들어요."

"엄마는 그 이유를 알지."

"뭔데요?"

"지금 이 순간, 이 자리에서 엄마랑 나란히 걸으며 저기 저 감나무를 보러 온 거지."

이후 우린 침묵하며 오로지 걷기만 했다. 그렇게 존재하는 순간들에 잠시 머물고 그 시간을 즐겼던 기억이 있다. 지금 이곳, 바로 내 옆에 있는 사람과 함께 머무르는 이 순간을 즐기기 바란다.

살면서 겪었던 작은 지혜라도 남겨주고 싶은 마음이 '유언장'이라면, 마지막으로 딸들에게 한 가지 더 말하고 싶은 것이 있다. 스스로 여성이라는 것을 더 인식하면서 살아가길 바란다는 것이다. 성차별 없이 평등한 세상이고 오히려 여성의 권한이 더 막강해졌다는 반박도 있지만, 사실상 성별에 따라 주어지는 삶의 가치는 여전히 차별적이다.

외모에 대해, 인간관계에서, 연애나 결혼생활에서, 일하는 직장이나 동료 관계에서 '여성은 이래야 한다'는 보편적 시나리오가 일상 곳곳에 있다. 어떤 시나리오는 오히려 용기를 내고 도전하도록 돕기도 하지만, 대부분의 시나리오는 침묵하고 복종하고 자신을 억압해야 하는 것들이다. 의견을 주장하는 것을 잘난 척하는 것으로, 부당하다고 말하는 것을 성격 까칠한 것으로, 능력을 발휘하면 부적절한 속임수를 쓴 것으로 오해받는 일은 여전히 일어나고 있다.

누구도 여성이라는 이유로 차별받지 않아야 하고 폭력을 당하지 않아야 하고(언어적, 정서적 폭력도 마찬가지다) 성적 대상이 되지 않아야 한다. 그런 일을 겪거나 목격한다면 당연히 문제 제기를 하기 바란다. 설사 누군가 "뭘 그리 예민하게 구냐"라고 하거나 "여자 입장만 생각하는 이기적인 태도"라며 비난하고 공격하더라도, 자신이 삶의 주인으로서 살아가는 과정에서 일어나는 일들이니 가볍게 넘겨버리길 바란다. 무엇보다 여성에게 주어지는 부당함과 억압을 아는 것이 중요하다. 그것은 여성에게만 해당되지 않기 때문이다. 여성을 향해 일어났던 유사한 방식으로 또 다른 사회적 약자들에게도 같은 일이 일어난다는 것을 알아야 한다. 세상의 약자들과 서로 공감하고 연대하며 함께 살아가기를 바란다.

다음 세대를 위해 무엇을 남길 것인가

: 김아리 :

부모의 노환이 깊어지거나 병세가 위독하면 본인과 가족들은 죽음을 받아들일 준비를 하게 된다. 우리나라에서는 전통적으로 부모의 임종을 지키지 못하는 것을 큰 불효로 여겨왔는데, 삶의 마지막 순간을 함께 하는 것에 큰 의미를 두었기 때문인 것 같다.

임종의 순간은 당사자에게 절체절명의 중요한 시간이지만, 심신이 극도로 쇠약해진 상태에서 생의 마지막 무렵에 느끼는 소회를 드러내지 못한 채 숨을 거두는 경우가 대부분이다. 그렇기에 법적 유언장 등 죽음 이후에 일어날 일들에 대해서 해결할 부분이 있을 땐 의식이 또렷할 때 준비해 두어야 한다. 특히 법적인 효력을 가지는 유언장은 죽음을 앞둔 이가 자신에게 의미 있는 사람들에게 남기는 문서라고도 할 수 있다. 또는 죽음을 전제로 자신의 의지나 생각을 알리는 문서라고도 할 수 있을 것이다. 가족 등 직계 상속자가 아니라 해도 자신에게 의미 있는 누군가에게 보답을 전할 수도 있기 때문이다.

유언이라고 하면 유산 상속이 가장 먼저 떠오를지도 모르겠다. 뉴스를 통해 자주 접하는 이야기는 주로 대기업의 자녀들이 부모가 죽은 후 재산 때문에 법정 싸움을 벌인다는 내용이거나 노모의 연금을 챙겨가던 자식이 어머니를 그대로 방치해서 죽음에 이르게 했다는 사건이다.

법적 효력이 있는 유언이 없다면, 상속재산 때문에 시작된 분쟁이 형제들 사이를 원수지간으로 만들기도 하고, 의리(義理)상으로는 재산을 받을 자격도 없는 자녀가 법이 정한 대로 재산을 받아갈 수도 있다. 누구에게 어떻게 나눠주기로 결정을 하든, 부모의 재산은 부모의 것이고 자식들은 부모가 재산을 주어야만 받을 수 있다. 그러나 살아 있을 때는 부모의 마음이고 법으로 따질 수 없지만 사후에는 법적인 절차에 따르게 된다.

유언장에 쓰는 내용은 죽음을 준비하는 당사자 마음이지만, 법률적으로 효력을 가지는 유언의 내용은 법으로 정해져 있다. 예를 들어 '날 매장하지 말고 화장하여 수목장해라'라는 유언은 법적인 효력을 가지지 못한다. 단지 고인의 의사를 존중하여 행하는 것이다.

유언의 상속은 상속인들의 유류분을 침해할 수 없다. 상속인들은 법적으로 최소한도의 재산을 보장받기 때문에, 만일 피상속인이 유언으로 특정 상속인의 유류분을 침해했다면 그 상속인은 최소한도의 상속분을 요구하는 유류분 반환청구를 할 수 있다. 사회단체에 기부하는 유증의 경우에도 사망 후 1년 이내에 법정상속분의 2분의 1은 반환 청구가 가능하다. 또한 한 번 유언장을 작성했더라도 그것으로 끝이 아니라 사망 전까지는 계속 철회와 수정이 가능해서 탄력적으로 유언 제도를 이용할 수 있다.

자신이 죽은 후에 남은 가족들이 이해관계에 얽혀 다툴 것이 분명해 보인다면 '죽음 준비' 과정이 편안하지만은 않을 것이다. 이때는 법적 유언으로 본인의 의지를 밝히는 것이 좋다고 본다. 여기서는 몇 가지 기본 원칙들만 살펴보려고 한다.

'불효자 방지법'은 부모 생전에 증여된 재산의 경우 피상속인을 보호하는 법규이다. 물려준 재산의 반환을 강화하는 법으로, 증여된 재산을 반환하는 것은 물론 이미 써버린 재산도 부모에게 갚도록 하는 것이다. 부모 생전에 재산을 증여받은 자녀가 부모를 유기하거나 학대하는 경우, 부모가 증여한 재산을 돌려받을 수 있도록 하는 법이다. 그러나 그것도 사망 후에는 무용하다.

어린 상속자를 보호하기 위한 법도 있다. 부부가 이혼했으며 자녀가 미성년일 때 상속에 대한 안전장치를 위해 제정된 일명 '최진실법'이다. 이혼 후 친권과 양육권을 지닌 자가 사망할 경우 살아 있는 전 배우자에게 친권과 양육권이 자동적으로 부활된다. 이때 친권자라는 이유로 미성년자 자녀의 재산을 처분할 수 없도록 하기 위한 것이다. 이러한 경우에는 제3자에게 재산의 운용을 맡기는 신탁을 활용할 수 있다.

법적 유언장의 효력과 유산을 둘러싼 분쟁 등에 대한 이야기를 접할 때마다 나는 아이들에게 무엇을 물려줄 것인지 생각하게 된다. 가진 재물이 없으니 눈이 번쩍 뜨일 만큼 큰돈을 물려줄 수도 없지만, 설령 있다고 해도 그대로 물려줄 것인지에 대해선 고민해 볼 것 같다. 기왕 쓰일 돈이라면 더 큰 가치가 있는 일에 쓰이길 바라기 때문이다.

아직 우리나라 문화에선 드문 일이나, 국외의 기사들을 보면 본인의 재산을 사회에 기부하는 예를 흔하게 볼 수 있다. 최근 배우 주윤발(周潤發)이 자신이 세상을 떠난 후 전 재산을 사회에 환원하겠다고 밝혔다. 그의 재산은 무려 약 56억 홍콩달러(약 8,100억 원)에 해당하는 엄청난 금액이었다. 그처럼 큰 재산을 사회를 위해 주겠다는 약속을 하다니, 주윤발을 다시 보게 되었다. 어떤 깊은 뜻이 있는지 속내를 다 헤아릴 수는 없지만 삶에 대한 깊은 성찰이 있었을 터이다.

세월은 흐르고 세상은 변해 가는데 우리는 왜 자식과 사랑하는 사람들에게 남길 것이 물질적인 것뿐이라 여기는 것일까? 내가 평생을 모은 재산은 가족을 살릴 수도 있지만 망칠 수도 있다. 자식을 사랑한다면 '생선을 주지 말고 낚는 법을 가르치라'고 했다. 조선시대

실학의 대가 정약용은 두 아들에게 다음과 같은 가르침을 남겼다.

"내가 벼슬하여 너희에게 물려줄 밭뙈기 정도도 장만하지 못했으니, 오직 정신적인 부적 두 글자를 마음에 지녀 잘 살고 가난을 벗어날 수 있도록 이제 너희에게 물려주겠다. 너희는 너무 야박하다 하지 마라. 한 글자는 근(勤)이고 또 한 글자는 검(儉)이다. 이 두 글자는 좋은 밭이나 기름진 땅보다도 나은 것이니 일생 동안 써도 다 닳지 않을 것이다."

근검을 당부한 이 말에는 일생을 바르게 사는 것이 무엇보다 중요하다는 의미와, 자식의 마음을 지탱해 주고자 했던 아버지로서의 의지가 담겨 있다. 올바른 본보기로서 본인의 삶이 부끄럽지 않음을 느낄 수 있는 말이기도 하다.

죽음을 앞두고 석가모니도 유언이라고 할 수 있는 가르침을 설(說)했다. 자신이 죽고 난 후 제자들이 망연자실할 것을 염려하여 제자들에게 정신적인 지침을 남긴 것이다.

"자신을 섬으로 삼고 자신을 귀의처로 삼아 머물고, 남을 귀의처로 삼지 말라. 법을 섬으로 삼고 법을 귀의처로 삼아 머물고, 다른 것을 귀의처로 삼지 말라."

인간은 살아가며 여러 가지를 추구하게 된다. 삶의 모습은 천차만별 다르고, 각자 삶의 이야기 또한 각양각색이다. 그러나 공통된 점도 있다. 누구나 태어나 살다가 죽는다는 점이다. 세상을 떠들썩하게 할 만큼 성공하고 인생이 영화로도 제작된 사람, 스티브 잡스가 남긴 말을 들어보자.

"나는 비즈니스 세상에서 성공의 끝을 보았다. 타인의 눈에 내 인생은 성공의 상징이다. 나는 이제야 깨달았다. 생을 유지할 적당한 부를 쌓았다면 그 이후에 우리는 부와 무관한 것을 추구해야 한다는 것을……. 내 인생을 통해 얻은 부를 나는 가져갈 수 없다. 당신은 운전사를 고용할 수도 있고, 돈을 벌어줄 사람을 구할 수도 있다. 하지만 당신 대신 아파줄 사람을 구할 수 없을 것이다. 가족 간의 사랑을 소중히 하라. 배우자를 사랑하라. 친구들을 사랑하라. 너 자신에게 잘 대해 줘라. 타인에게 잘 대해줘라."

그는 죽음을 준비하며 명상을 하고 삶의 성찰을 얻으려 노력한 것으로도 알려져 있다. 가족과 친구 같은 마음을 나눌 수 있는 관계에 집중하라고 말했던 그는 또한 돈은 생을 유지할 만큼만 있으면 되더라고 이야기했다. 돈을 위해 더 많이 가질 수 있는 좋은 것들을 버리지 말고, 부에 눈이 멀어 삶의 의미를 잊어버리지 말라는 진심어린 조언이다. 4차 산업 혁명이니, 로봇이 사람의 직업을 대신한다는 멀지 않은 미래에 대한 예견들이 쏟아지는 지금, 사람답다는 것이 무엇인지 생각하게 되는 말이다.

사람답다는 것은 마음을 나누는 것이다. 비록 뒤에선 미워도 눈앞에선 빵을 나누어 먹는 일이다. 사람답다는 것은 고통을 알고 사는 것이다. 아동학대의 기사를 접하고 돕고 싶다는 마음이 솟아나 얼마 남지 않은 통장의 잔고를 확인해 보는 것이고, 위안부의 아픔을 공유하며 후원에 동참하는 것이다. 사람답다는 것은 불합리함을 알고 서로에게 힘이 되고자 시청 앞 차가운 바닥에 앉아 촛불을 드는 것이다. 사람다움이 무엇인지 계속 고민하며 다음 세대에 우리가 무엇을 남길 수 있을지 성찰하는 것이다.

법적 유언장을 작성하는 것도 심리적 유산을 남겨주는 것도, 기본적으로는 내가 사랑하는 사람들에게 무엇을 남길지 결정하는 일이라고 생각한다. 이승을 떠나 저승으로 떠날 어떤 순간, 돈만 남기고 가족 간의 분쟁 장면을 저승에서 볼지, 살아가는 의미를 깨닫도록 도와주어 열심히 살아가는 모습을 볼지, 내가 남기지 못한 어떤 것을 후회할지는 무엇을 남기는지에 따라 달라질 것이다. 우리는 죽음 이후에 어떤 장면이 연출될지 알 수가 없지만, 우리의 바람을 전할 수는 있다.

앞으로 내가 떠난 후 나는 결코 알지 못할 시간을 살아갈 우리 아이들이 삶의 굴곡을 겪을 때, 내가 남긴 것이 무엇이든 삶의 힘이 되어 다시 살아갈 수 있는 희망을 갖게 되기를 바란다. 내 삶에 의미가 있다면 그것은 단지 이 한 세대의 삶으로 끝나는 것이 아니기 때문일 것이다. 그렇기에 우리 세대가 남겨야 할 것은 지금보다 더 나은 세상이어야 하지 않을까.

나는 어떤 사람이었나, 자서전 쓰기

: 최은아 :

공간 디자이너이자 아티스트인 캔디 청(Candy Chang)은 어느 날 먼지와 그래피티(graffiti)로 뒤덮인 폐가를 지켜보다가 이웃을 위해 이 공간을 활용할 방법을 고민하기 시작했다. 그러자 머릿속에 한 가지 질문이 떠올랐다.

'사람들은 죽기 전에 무엇을 하고 싶어 할까?'

그녀는 폐가를 단장하고 'Before I die I want to _____'(나는 죽기 전에 ____을 하고 싶다)라고 적힌 벽을 세우고 누구든지 와서 문장을 완성할 수 있도록 했다. 하루가 채 지나기도 전에 벽이 다 채워질 만큼 사람들의 반응은 뜨거웠다. 미국 뉴올리언스 지역의 한 폐가에서 진행된 '비포 아이 다이(Before I die)' 프로젝트는 한 사람의 생각에서 시작되었지만 많은 사람들과 함께 공동의 성찰과 지혜를 모아가는 작업으로 유명세를 탔고 전 세계로 퍼져나갔다.

캔디 청은 이 작업을 하기 전에 소중한 사람을 잃었던 경험이 있었다. 이런 경험이 삶과 죽음에 대한 질문을 할 수 있게 만든 힘이었을지도 모른다. 폐가에 세워진 벽은 수많은 글귀들로 채워지고, 사람들은 누군가 남긴 짧은 문장 속에서 지금 자신에게 가장 중요한 것은 무엇인지 살필 수 있는 지혜를 얻었다. 한 사람 한 사람의 삶에서 나온 성찰과 지혜는 '공동의 벽화'라는 방식을 통해 더 많은 사람들에게 전달되었다.

벽화가 아니더라도 누구나 '죽기 전에 ____을 하고 싶다'라는 문장을 완성해 볼 수 있다. 캔디 청이 제안한 것처럼 이 문장의 빈칸을 완성하는 것이 죽음 준비의 시작이 될 수 있다.

우리는 모두 언젠가 죽는다. 하지만 우리 모두가 제대로 죽음을 준비하며 사는 것은 아니다. 죽음 준비는 우리에게 어떤 변화를 가져올까? 사람들마다 대답이 다르겠지만, 나는 인간으로서의 한계를 받아들이고 나와 주변 정리를 할 수 있는 힘을 갖게 된다고 말하고 싶다. 죽음 준비의 도구로서 자서전 쓰기를 제안하는 것은 그런 이유에서다.

'자서전'이라고 해서 꼭 위인들이나 유명인들만 쓰는 것이라고 생각할 필요는 없다. 여기서 말하는 자서전은 위인전을 말하는 것은 아니다. 세상에 업적을 남기거나 사회적으로 성공했다는 사람들의 행적을 사람들에게 널리 읽히기 위해 쓰는 이야기와는 조금 다르다고 생각해도 된다. 스스로에게 읽히거나 자신을 정리하기 위해서, 또는 지인이나 자손에게 자신을 소개하는 정도의 글을 쓴다고 생각해도 좋다.

자서전을 쓰며 자신의 삶을 쭉 돌아보다 보면 삶에 끝이 있다는 사실을 깨닫게 되고 받아들이게 된다. 나는 어떤 삶을 살아왔나 스스로에게 질문하다 보면 남은 생을 어떻게 채워가야 할지 성찰하는 시간이 될 것이다. 따라서 어떤 의미에서 자서전 쓰기는 꼭 중년이나 노년기에만 하는 작업은 아니다.

삶의 고비가 찾아왔을 때 또는 감당하기 힘든 큰일이나 혼란스러움 때문에 마음을 정리하고 싶을 때 자서전 쓰기를 권하고 싶다. 또 인생의 정체성이 바뀌는 시절, 가령 청년기를 지나 중년에 접어들 때, 중년을 지나 노년기에 접어들 때 등 생애주기가 바뀔 때도 이력서를 업데이트하듯이 자서전을 써보자.

과거와 현재의 삶이 정리되면 미래가 보인다. 정리정돈이 잘 된 서랍을 열면 무엇이 있는지 잘 찾을 수 있는 것처럼 삶아온 삶이 정리되면 앞으로 살아갈 삶이 보인다. 내가 어떤 삶을 살았는지 성찰하다 보면 결국 '나는 누구인가, 무엇을 원하는가?'라는 질문 앞에 서 있는 자신을 만나게 될 것이다. 누구로부터 영향을 받았으며, 어떻게 살아왔는지, 그리고 어떻게 남은 생을 살고 싶은지 등 끊임없이 질문하는 과정은 참살이로 연결될 수 있다. 자서전은 살아온 나를 정리하는 일인 동시에 살아갈 '나를 새로 만드는 과정'이다.

특히 중년의 시기에 자서전 쓰기를 권하는 이유는 자신의 삶을 더욱 내적으로 성숙시키고 싶은 욕구가 강하게 움직이는 때이기 때문이다. 더 이상 외적 가치가 아닌 자신의 깊은 곳에서 올라오는 이야기를 들으며 새로운 자기 삶의 의미를 만들어야 할 시기가 중년이다. 게다가 중년 이후는 그 어느 때보다 죽음의 그림자를 확인하는 시간이다. 아직 창창한 나이에 곁을 떠난 친구나 지인이 인생에 등장하기도 한다. 우리는 타인의 죽음 앞에서 자신의 죽음을 떠올린다. 동시에 자신이 어떻게 살아왔는지 차분하게 정리하면서 어떻게 살고 싶은지 생각해 보는 계기가 될 수 있다.

중년 이전의 삶이 '생명'을 보면서 삶을 조직하는 시기라면, 중년 이후의 삶은 '죽음'을 보면서 삶을 조직하는 시기라고 할 수 있다. 중년에는 그동안 자신이 살아온 삶을 회고하며 과연 자신이 가치 있는 삶을 살았는지 자문하게 된다. 그 때문에 새로운 혼란이 찾아오기도 하는데, 사춘기 이후 '오춘기'라는 말이 등장한 이유는 자신의 정체성을 다시 찾고 자신의 삶을 만들어가는 시간이 펼쳐지기 때문이다.

자서전을 통해 '나'를 기록하고 정리하는 행위는 곧 나라는 사람이 어떤 사람인지 '정보'나 '사실'로 드러내는 행위다. 자신에 관한 정보를 정리하는 방식에 어떤 정해진 규칙이 있는 것은 아니다. 흔히 봤던 위인전처럼 탄생부터 죽음에 이르기까지 순차적으로 사건을 기록하는 것으로 이해할 수도 있으나, 여기서는 자서전 쓰기의 다양한 방식을 제안하고 싶다.

예를 들면, 일기장에 간단히 '오늘의 한 줄'을 써내려감으로써 자서전을 완성할 수도 있다. 오늘의 한 줄이라고 했지만 그 한 줄은 오늘의 이야기가 아니어도 된다. 또 일기장이 아니라 자신의 SNS 계정에 사진과 문장 한 줄을 꾸준히 남길 수도 있다.

자서전은 경험과 세대가 다른 사람들이 서로 연결되는 통로가 될 수도 있다. 선대의 삶이 그대로 녹아든 자서전은 그 자체로 후대에게 커다란 유산이다. 내 삶의 지도가 궁금할 때 우리는 먼저 살다간 선조들의 삶을 본다. 기록하는 삶으로 후대의 삶 속에도 내 삶이 연결될 수 있다.

누구의 눈치도 보지 않고 솔직하게 자신을 보는 힘을 가질 수 있다면 이미 자서전 쓰기의 절반은 넘어선 셈이다. 그러면 어떻게 시작하는 것이 좋을까? 정해진 형식이나 내용은 없다. 다만 장편소설, 대하소설을 쓰는 심정이 아니라 단편소설을 쓴다는 마음으로 시작하면 한결 쉬울 것이다.

어떤 사람에게 읽힐 것인지 정해두고 쓰는 것도 좋은 방법이다. 자녀나 손주들에게 삶의 지혜를 물려주기 위한 것인지, 친구가 봤으면 하는 이야기를 전달하고 싶은 것인지, 억울했던 마음을 스스로 달래기 위한 것인지, 아니면 내가 고생해 가며 터득한, 어디 가서도 배울 수 없는 노하우를 불특정 다수에게 남기기 위한 것인지 생각해

보는 것이다.

자서전은 꼭 글로만 써야 하는 것도 아니다. 글쓰기, 그림 그리기, 사진 편집 등 스스로 즐겁게 할 수 있는 방법을 찾으면 된다. 살아오는 동안 중요하게 느꼈던 감정의 곡선을 그림으로 그려서 자서전을 만들 수도 있다.

자서전이라고 해서 반드시 일대기를 담을 필요도 없다. 내 생애의 가장 중요한 부분만 집중해서 세밀하게 드라마 쓰듯이 써볼 수도 있을 것이다. 자신의 이력서를 스토리텔링해서 약식 자서전으로 만들 수도 있다. 오늘 무얼 했는지 하루하루의 삶을 기록한 일기는 이미 훌륭한 자서전이다. 꼭 태어나서 죽을 때까지 일대기를 담을 필요는 없다는 면에서 '자서전'이라는 말은 '내 이야기 쓰기'로 바꿀 수도 있다.

물론 대부분의 사람들이 자서전이라고 하면 상상하듯이, 내가 살아온 생애를 시기별로 나누고, 중요한 사건들을 3~4가지 적어가는 방식도 있다. 10년 단위로 나눠 생애 주기에 따라 유년기, 소년기, 청년기, 장년기, 노년기 등으로 구별해 쓸 수도 있다. 각 시기별, 주기별로 어떤 사건이 있었고 자신이 무엇을 느꼈는지 정리하다 보면 어렵지 않게 내용을 만들어갈 수 있을 것이다.

인간은 중력의 법칙에서 자유로울 수 없듯이 생로병사라는 물질적 조건에서 자유로울 수 없다. 우리는 '생로병'에 대해서는 준비를 하지만 '사(죽음)'에 대해서는 준비하지 않는 경우가 많다. 존엄한 죽음을 향해 가는 길은 최소한 자신이 무엇인가를 선택할 수 있는 여지가 있는 삶이다. 상황에 밀려서 어쩔 수 없이, 그냥 살던 대로가 아니라 정말 원하는 삶을 살기 위한 선택을 하는 것이다. 죽음을 준비하는 태도로 삶을 맞이한다면 상황에 밀려서 어쩔 수 없이, 그냥 살던 대로가 아니라 정말 원하는 삶을 살기 위한 선택을 할 수 있다.

자기결정이 가능해야 존엄한 죽음도 있는 것이다. 그런데 삶에 있어서 자기결정권을 제대로 행사하려면 삶이 잘 정리되어 있어야 한다. 자신이 무엇을 원하는지 생각해 본 적이 없다면 죽음을 앞두고 있다고 해서 스스로 선택할 수 있을 리가 없다. 그렇기에 굳이 삶과 죽음이라는 거창한 말을 들이밀지 않아도 자신을 정리하고 기록하는 일은 현재의 삶에 도움이 된다. 내 삶을 정리하면 다음 스텝이 보인다.

나의 경우는 죽음을 '준비'하면서 삶의 습관이 조금씩 변했다. 가능하면 내가 터 잡고 있는 공간에서 정리정돈을 하려고 노력하고 있다. 언제 떠날지 모르겠지만 내가 떠나는 날 사람들이 떠나는 나의 모습을 아름답게 여겼으면 하는 바람이 있다.

잠들기 전에는 '내가 잠드는구나'라는 사실을 의식하고 아침에 눈을 뜨면 '내가 살아 있구나'라는 사실을 의식한다. 과거에는 습관처럼 졸리면 자고 마지못해 일어났다면 이제는 내 삶에 대한 통제력이 높아진 느낌이 든다. 자기결정권은 결국 내 삶에 대한 통제력에서 온다. 습관이나 의존, 중독이 아닌 의식적인 선택이 주는 힘을 이제 나는 알고 있다.

죽음을 피할 순 없지만 일상에서 내 삶을 선택할 수 있다는 것이 자존감을 높이는 큰 힘이 되었다. 덕분에 '지금 여기'에서 좀 더 충실하게 살아가게 되었다. 그래서 나는 매일 자서전을 쓴다. '일기'는 내게 매일 쓰는 자서전이다. 자서전을 어렵게 생각하지 않았으면 좋겠다.

삶을 원하거든 죽음을 준비하라

: 인현진 :

얼마 전 수술 때문에 병원에 입원한 일이 있었다. 그동안 지나치게 무리를 했으니 휴식이 필요하다고 몸에서 몇 번이나 신호가 왔는데도 애써 무시하고 일에 몰두했던 결과였다. 회복은 생각보다 더뎠고 통증 또한 심했다. 하루에도 대여섯 번씩 진통제를 맞았다. 밤에 식은땀을 흘리며 깨어나면 천정 가득 헛것이 보이기도 했다. 돌아눕기는커녕 팔 하나 들어올리는 것도 쉽지 않았다. 꼼짝없이 침대에 누워 내 몸뚱이 하나 간수하기도 힘든 처지가 되고 보니 관 속에 누워 있는 것 같았다.

하루는 병문안 온 친구들의 얼굴을 물끄러미 바라보고 있는데 기분이 이상했다. 손만 뻗으면 닿을 수 있는 지척에서 친구들이 말하고 움직이고 있었건만 그들과 나 사이에 보이지 않는 유리벽이 있는 듯, 아주 멀게 느껴졌다. 그 순간 우리는 같은 장소에 있었지만 전혀 다른 세상에 속해 있었다. 죽은 내가 살아 있는 그들을 바라보고 있는 것 같았다. 일종의 유사죽음 체험이었는지도 모르겠다.

장례식에 대해 진지하게 생각하기 시작한 것은 그때부터였다. 생사학 공부를 하고 다양한 애도 작업을 해오면서 '나는 어떻게 죽음을 맞고 싶은가'에 대해서 많은 생각을 하곤 했다. 그러나 막상 내가 죽고 난 이후 장례식 절차에 대해서나 유품을 어떻게 할지에 대해서는 제대로 생각해 본 적이 없다는 데 생각이 미친 것이다.

장례식 하면 떠오르는 특별한 기억이 하나 있다. 벌써 7년 전의 일이다. 갑작스러운 부고 소식을 접하고 부랴부랴 빈소를 찾아갔다. 교통사고였다. 장례식은 고인의 집에서 간소하게 치러졌다. 그도 이런 식으로 세상을 떠날 줄은 몰랐을 것이다. 그러나 마치 준비라도 한 듯 장례식은 정갈하게 진행되었다. 알고 보니 그는 미리 자신의 장례식을 이렇게 치르면 좋겠다고 유언장을 작성해 두었다고 한다. 자녀 없이 부부 두 사람이 금슬 좋게 지냈는데 췌장암 투병을 하던 아내가 죽은 후부터 그는 자신의 죽음에 대해서도 조금씩 준비해 두었다는 것이다. 다른 가족도 없는 터라 미리 생각해 둔 듯했다.

고인은 장례식에 초대할 명단부터 예식 절차까지 구체적으로 써 두었다. 문상을 온 사람들은 대부분 그의 친구들이거나 그를 통해

서로 친구가 된 사람들이었다. 그는 자신이 아는 사람들 중에서 서로 잘 맞겠다 싶은 사람들이 있으면 집으로 초대해 차를 대접하곤 했는데, 어찌나 사람들의 성향을 잘 파악했는지 낯을 가리는 나도 그 덕분에 새로운 친구들을 사귀는 행운을 누릴 수 있었다.

우리는 그가 손수 만들어둔 영상을 보면서 그가 좋아하던 사과파이와 시나몬 허니티를 마셨다. 영상의 배경음악은 그가 좋아하던 가수 한영애 씨의 노래였다. 특유의 허스키 음색과 함께 그가 찍었을 법한 사진들이 이어졌다. 꽃을 찍은 사진도 있었고, 저녁 무렵 길게 늘어난 그림자를 찍은 사진도 있었다. 파란 하늘 하트 모양을 닮은 구름 사진도 있었고, 바닷가 모래사장에 아내의 이름을 써놓은 사진도 있었다. 그 사진을 보는 순간 눈물이 났다. 그가 자신의 아내를 얼마나 아끼고 사랑했는지 잘 알고 있었기 때문이다.

마지막은 짧은 영상이었다. 언젠가 그의 생일날 찍은 영상이었다. 문상 온 사람들 대부분이 그 영상 속에 있었다. 케이크 대신 준비한 사과파이 위에 꽂힌 촛불을 끄며 소원을 빌라는 말에 그는 이렇게 말했다.

"소원? 없어. 지금 행복해. 너무 좋아. 인생 별건가? 이렇게 살다가 가는 거지."

마지막 장면은 그날 함께 찍은 기념사진이었다. 사진 속의 그는 아내의 팔짱을 끼고 어느 때보다 환하게 웃고 있었다. 그가 마지막으로 남기고 싶었던 이야기가 있었다면 바로 이게 아닐까 싶었다.

그가 남긴 영상엔 고스란히 그의 삶이 녹아 있었기 때문이다.

우리는 밤늦게까지 그에 대한 소소한 이야기를 나누고, 그가 자주 했던 농담을 되풀이하고, 그가 자주 불렀던 노래를 떼창했다. 늘 그랬던 것처럼 그가 방안 구석에 앉아 우리를 보며 웃는 것 같았다. 그는 자신의 말대로 '그렇게 살다가' 갔다. 사람들을 좋아하다가, 아름다운 것을 사랑하다가, 서로를 이어주고 엮어주는 인연을 유산으로 남기고…….

그날 이후 나는 내 인생을 한층 더 소중하게 여기게 되었다. 자신의 시간을 충실하게 살다간 사람은 언제 죽어도 여한이 없다는 것을 깨달았던 것이다. 나도 그처럼 살다가 가고 싶었다. 좋아하는 일에 몰두하고, 사랑하는 사람들과 만나며, 환한 미소를 남길 수 있는 삶 말이다.

작가 유시민은 『어떻게 살 것인가』에, "죽음은 삶의 완성이다. 소설도, 영화도, 연극도 모두 마지막이 있다. 마지막 장면을 어떻게 설정하느냐에 따라 스토리가 크게 달라진다"고 썼다. 어떤 죽음을 준비하느냐에 따라 삶의 내용과 의미, 품격이 달라진다는 것이다. 바꿔 말하면 의미 있고 품격 있는 삶을 살고 싶다면 죽음을 준비하라는 뜻이 아닌가 싶다.

죽음을 준비하라는 말이 장례식을 준비하라는 말은 아닐 테지만, 상징적인 것으로 충분히 의미가 있을 것이다. 우리는 장례라는 의례를 통해 죽음을 공식화하고 비로소 한 사람의 인생에 마침표를 찍는

236

다. 그러니 내 삶의 마침표를 찍는 일을 스스로 준비하는 것도 의미 있는 일이 아닐까 생각한다. 최근에 알게 된 또 하나의 특별한 장례식이 있다. 죽기 전에 자신의 손으로 직접 장례식을 치른 사람의 이야기다.

생전 장례식의 주인공은 안자키 사토루. 1961년 일본 코마츠 기업에 입사, 국제 부문을 주로 담당하다가 1995년 사장에 취임한 뒤 회장을 거쳐 2005년 현역에서 물러났다. 니혼게이자이 신문에 그는 광고를 냈는데, 내용은 "암이 발견되어 수술이 불가능하다는 진단을 받았다. 무의미한 연명치료는 받고 싶지 않으며 아직 건강할 때 감사의 인사를 전하고 싶다"는 것이었다. 그는 남은 시간 동안 삶의 질을 우선시하고 싶다는 메시지를 강조했다.

신문에 광고가 나간 지 3주 후 도쿄 시내 한 호텔에서 '감사의 모임'이라는 이름으로 생전 장례식이 열렸다고 한다. 회사 관계자, 동창생, 지인 등 1천 명에 가까운 사람들이 모여 안자키 사토루라는 한 인간이 어떤 삶을 살아왔는지 영상 등을 함께 보며 뜻깊은 시간을 보냈다. 그가 참석자들에게 나눠준 감사편지엔 "남은 수명은 오직 신만이 알겠지만, 아직 건강할 때 여러분에게 감사의 기분을 전하고 싶다"라고 쓰여 있었다. 그 자리에 함께 했던 사람들은 자기 인생의 발자취와 존재 의미도 함께 돌아보는 시간을 갖지 않았을까. 실제 안자키 사토루의 생전 장례식에 참석한 사람들의 반응은 긍정적이었다고 한다.

죽음을 준비하는 과정은 사람마다 다양할 것이다. 죽음을 인생의 끝으로 볼 것인지, 주체적으로 마감하는 인생의 마침표로 볼 것인지, 죽음에 대해 어떤 관점을 갖고 있는지에 따라 준비 과정은 다를 것이다. 그렇지만 자신의 장례식이 어떤 모습이길 바라는지 한번 생각해 보는 것만으로도 남다른 의미가 있을 것이다.

나 또한 나의 장례식을 어떻게 치를지 '기획'을 해보았다. 제목은 일단 가제로 붙여두었는데 현재로선 '인현진 전(展)'이다. 나라는 한 인간이 지상에서 처음이자 마지막으로 여는 전시회라는 의미로 삼고 싶다.

'인현진 전(展)'을 어떤 내용으로 준비할 것인지 고민하기 시작하자 정작 중요하게 다가온 것은 죽음보다 삶이었다. 누구를 초대할 것인지 이름을 써보는 것만으로도 현재 맺고 있는 관계에 대해 급격한 반성을 하게 되었으니 말이다. 바쁘다는 핑계로 살뜰하게 챙기지 못하고 살아온 것이 한눈에 보였다. 그러나 휴대폰에 저장되어 있는 모든 사람을 다 초대하고 싶은 마음은 들지 않았다. 형식적으로 관계를 맺고 있는 사람들의 이름을 하나둘 제외시키니 알뜰살뜰하게 여기고 있는 사람들의 목록이 만들어졌다.

그러다 문득 목 뒤가 서늘해졌다. 만약 내가 알고 있는 사람들도 자신의 장례식에 올 사람들을 선택하려고 한다면, 나는 과연 누구의 장례식에 초대를 받을까 싶어서였다. 내가 현재 관계 맺고 있는 모두를 장례식에 부르지 않을 것처럼 나 또한 모든 장례식에 초대받지는 못할 터였다. 누가 내 장례식에 왔으면 좋겠는가 하는 것은 지금 그 사람이 내게 어떤 사람인가를 뜻하는 것이 아닐까.

장례식에 대해 생각하는 일은 앞으로 살아가면서 무엇에 집중할지 생각해 보는 기회이기도 했다. 거품처럼 떠다니던 막연한 동경도 조금은 걷어냈고, 하릴없이 매여 있었던 후회스러운 과거에도 안녕을 고했다. 하나씩 선택을 할 때마다 내가 지금의 삶에서 무엇을 더 중요하게 여기고, 어디에 더 힘을 쏟아야 하는지 좀 더 선명하게 보였다. 완벽하게 후회하지 않는 인생을 살 자신은 없지만, 적어도 생의 마지막 순간에 어떤 일을 하지 못해서 땅을 치며 후회하는 일은 만들고 싶지 않았다.

장례식 기획이라고 무거울 필요는 없다. 시간이 나는 대로, 아이디어가 떠오르는 대로 바꾸어도 그만이다. 정해진 형식도 없으니 자신이 원하는 대로 선택하면 된다. 삶에서 소중한 것이 무엇인지, 현재 내 옆에 있는 사람들을 어떻게 대해야 하는지 성찰하게 되는 것은 물론, 소소한 일상을 즐기며 웃음이 많아지는 것은 덤이다. 삶을 더 사랑하게 만드는 나의 장례식 기획, 지금도 여전히 현재 진행 중이다.

4장

마흔에서
아흔까지,
어떻게
살 것인가

어른으로 산다는 것

: 김아리 :

친하게 지내는 지인이 찾아와 딸아이와 대화를 해줄 수 있겠냐고 청했다. 아이가 사춘기가 시작되면서 운동도 끊고 외출도 안 하는 등 무기력한 모습을 자주 보인다고 했다. 학교에서 수업시간에 갑자기 울며 뛰쳐나가거나, 죽고 싶다는 말을 했다고 담임선생님께 전해 들었다고 한다. 병원에 다니고 있지만 본인도 가족도 힘든 상태라는 것이었다. 아이는 정신과 치료를 받는 상황과 울음을 주체할 수 없을 때의 심정 등 함부로 얘기하기 힘든 본인의 마음을 나눌 대상을 원하는 것 같은데 어떻게 도와줘야 할지 막막하다고 했다.

"나는 은수(가명)한테 한다고 했는데, 가족들이 자기를 미워한다고 생각하고 살았대. 사춘기 탓인가 했는데, 나한테 섭섭하고 내가 미워서 일부러 그랬대. 너무 미안하고 마음이 아파. 나이 마흔을 먹도록 난 뭘 한 건가 싶어."

자식을 키우는 동안 최선을 다했다고 생각했는데, 아이가 느끼는 기억은 부모가 기대했던 바와 다르고, 오히려 상처가 쌓여 있었다는 것은 충격일 수밖에 없을 터였다. 은수가 느꼈을 아픔과 딸을 걱정하는 엄마의 절실함이 함께 느껴졌다. 며칠 후 은수를 만났다. 무표정한 얼굴로 인사를 꾸벅했을 뿐 좀처럼 입을 열지 않았다.

"잘 지냈어? 요즘 많이 힘들지?"

힘드냐는 말을 듣자 은수의 눈에 금세 눈물이 고였다. 이 시간이 너무 힘들어서 영영 안 지나갈 것 같다며, 은수는 자기 이야기를 꺼냈다.

초등학교 마지막 겨울방학은 길어서 안심이었다. 방학이 끝나면 중학교에 입학해서 새로운 환경에 적응해야 한다는 사실이 싫었다. 어울려 다녔던 친구 몇 명에게 은따를 당하며 마음 아프게 마무리된 6학년이었다. 다시 친구를 사귀는 것이 겁이 났다. 방학 내내 실컷 잠을 잤다. 혼자서 음악을 들으며 맛있는 음식을 먹으면 불안도 줄어들고 스트레스도 잠시 잊혀졌다.

"힘들지? 죽어도 돼."

초등학교 4학년 때부터 들렸던 그 소리는, 밖에서 들리는 소리인지 마음의 소리인지 모르겠지만 소름끼치게 무서웠다. 하지만 엄마는 잘못 들었거나 네가 힘들어서 그런 거라며 마음을 편하게 가지란다. 그리고 절대 남에게 얘기하지 말란다. 엄마는 결국 엄마 이야기만 한다. 분명히 나를 미워하는 것 같다. 나는 기댈 곳이 없다. 밤이 무섭고 불편한데 늦게 자면 엄마가 신경질을 낸다. 몰래 음악을 들으며 밤을 보낸다.

상담 선생님은 병원에 가보라는데 엄마는 그건 해결책이 아니라고 했다. 엄만 내 편이 아닌 것 같다. 괜찮을 거라는 말은 전혀 도움이 되지 않는다. 나는 괜찮지 않다. 힘들고 슬프고 고통스럽다.

학교의 다른 아이들도 쉽게 울고, 몇몇은 자살 얘기도 하고 자해도 한다. 자해를 하고 싶지는 않지만, 그 소리 때문에 충동을 느낀 적은 있다. 그렇지만 나는 죽고 싶지 않다. 여태껏 버틴 게 있어서 죽으면 억울할 것 같다. 혹시라도 충동적으로 시도를 하게 될까 봐 너무 겁이 난다. 학교에서 혼자인 게 너무 싫고 힘들다. 나처럼 혼자인 아이는 없는 것 같다. 선생님은 친구들이 나를 싫어하지 않고 내 생각보다 더 좋아한다고 하지만, 이제는 많은 사람들의 시선을 느끼는 어떤 활동도 할 수가 없다. 속이 메스꺼워지거나 심장이 뛰고 불안을 주체하기가 힘이 든다.

하루에도 몇 번씩 갑자기 눈물이 흘러 슬픈 감정을 통제할 수가 없다. 화장실에서 소리 죽여 운다. 온몸이 떨리고 심장이 아플 만큼 울음이 나오는데 소리 내어 울 수 없어서 더 힘들다. 사람을 만나는 것이 겁이 난다. 갑자기 살이 찐 내 모습을 보고 수군거리는 것 같기도 하고, 모두 날 쳐다보는 것 같아서 집 밖은 불안하고 무섭다.

은수가 울면서 이야기를 하는 동안 나도 눈물이 흘렀다. 표현할 수 없는 현실의 고통으로 가슴이 메어지게 운다는 사실, 참아서 더 힘들다는 말에 목이 메었다. 시간이 지나면 나아질 거라는 말은 실감나지 않는다며, 아침에 눈을 뜨고 시작해야 하는 하루가 싫고 두렵다고 했다. 오랫동안 어른에게 기대지 못했을 마음의 상처가 여실히 느껴졌다. 자식을 키우는 부모 입장에서는 괜찮을 거라 여겼을 말과 행동이 은수에게는 제 편이 없는 것으로 느껴져 마음속에 쌓여 있었을 것이다. 사랑받는 느낌을 잃어버린 공허함이 다가왔다.

"너는 이상한 게 아니야."

나는 힘주어 말해 주었다. 정신과 치료를 받는 건 아프면 증상에 따라 이비인후과, 정형외과 같은 곳에 찾아가는 것과 같은 것이고, 청소년기에 겪을 수 있는 특성이라는 것도 이야기해 주었다.

청소년기에 대해 프로이트(Sigmund Freud)는 성적인 에너지가 되살아나 또래 이성친구에게 관심이 옮겨감을 강조했고, 에릭슨(Erik H. Erikson)은 청소년기의 심리적인 위기를 자아정체감 대 역할 혼란이라고 표현하며 직업 선택, 성 역할, 가치관과 인생관 확립에 심한 갈등을 겪을 수 있음을 강조했다. 또한 마르시아(James Marcia)는 청소년기 자아정체감을 자신에 대한 태도, 가치, 신념으로 간주하고,

청소년기에 형성된 자아정체감은 변하지 않는 것이 아니라 성인기에도 변할 수 있다고 했다. 이처럼 청소년기는 신체적으로는 2차 성징이 나타나고 성적인 에너지가 방출하여 의지와 상관없이 조절이 어려울 수 있고, 심리적으로는 정체감이 형성되기 전의 혼란을 겪는 시기다. 이 시기의 두드러진 특징은 충동성인데, 평소 명랑하고 생활에 문제가 없어 보이는 아이들도 충동적으로 자살을 시도할 수 있다.

죽음 교육을 받은 적 없는 아이들은 동화 속 주인공처럼 죽음이 끝이 아니라고 생각하기도 하고 지나가는 사건처럼 상상하기도 한다. 고통 속에서 자살을 습관처럼 떠올리기도 하는데, 학기 초와 같이 환경이 변하고 스트레스를 많이 받는 사건이 닥쳤을 때는 자살을 떠올릴 수도 있다. 문밖을 나설 때마다 느끼는 사회적 당혹감과 자기비하는 아이들을 더욱 위축시킨다. 어른처럼 아이들도 존재에 대한 불안과 좌절이 반복될 때 자살의 위험성이 높아지지만, 사랑받고 있다는 것을 느끼고 의지할 존재가 있을 때는 자살을 시도하지 않는다.

내일이 오는 것에 대한 희망을 갖지 못하는 아이도 어른에 대한 기대는 있는 것 같았다. 속마음을 털어놓고 속이 좀 풀렸는지 은수가 물었다.

"어른이 되면 괜찮아질까요? 제가 좋은 어른이 될 수 있을까요?"

은수와 헤어져 집으로 돌아오는 길에도 질문의 여운이 가슴에 오래 남았다. 은수가 말한 어른은 그저 나이만 먹은, 그런 어른은 아니었으리라. '어른'의 사전적 의미는 '다 자란 사람. 또는 다 자라서 자기 일에 책임을 질 수 있는 사람', '나이나 지위나 항렬이 높은 윗사람'을 뜻한다. 어른과 비슷한 개념으로 쓰이는 '성인(成人)'은 시간이 흐르면 저절로 되는 존재다. 그러나 성인이 되었다고 반드시 모두 어른이 되는 것은 아닌 듯싶다. 가정폭력, 아동학대, 부정입학 등 아이들을 상대로 성인들이 저지른 일들은 부끄럽고 창피하다.

어른과 나이 듦은 동의어가 아니다. 티베트의 영적인 스승 린포체는 "어른은 도움을 주는 사람이다. 성장하거나 깨달았던 것이 있다면 더 이상 받기를 기대하거나 갖기를 추구하지 않는다. 어른이란 이미 다 가진 것이 아니라 알고 있는 자다"라고 했다. 나는 누구에게 도움을 주며, 어른으로서 무엇을 하고 있는 걸까?

다석 류영모는 어른을 '얼온이'라고 했다. '얼이 온전한 사람'이라는 뜻이다. 그는 "얼은 보이지 않으며, 볼 수 없는 얼이 나타나는 곳이 바로 얼굴이며, 얼굴은 얼의 골짜기"라고 했다. 그리고 "얼이 나간 사람을 얼간이, 얼이 빠진 사람, 얼이 뜬 사람, 얼뜨기, 어리석은 자라고 부른다"고 하였다. 성인이 되고 나이를 먹어도 얼이 없으면 어른이라 할 수 없고, 참된 '나'로 살기 위해 노력하여 얼이 온전해야 어른이라는 의미일 것이다.

"불혹(不惑)에는 자신의 얼굴에 책임을 져야 한다"는 말을 마음에 두고, 불혹이 되었을 때 내 얼굴에 덕이 넘치는 괜찮은 중년이기를 기대했다. 그러나 나를 보고 자란 내 아이가 바로 나의 얼굴이라는 중요한 사실을 이제야 깨달았다. 불혹을 넘으며 어른이 되었다고 생각했지만, 착각이었다. 많은 아이들이 우리에게 믿고 의지할 수 있는 어른이 되어 달라고 부탁하고 있는데, 그 말을 듣지 못하고 살아온 것 같다.

집으로 돌아와 딸과 아들을 바라보았다. 이 아이들은 나를 통해 어떤 어른을 보고 있었을까? 잘 못해도 기다려주면서 자신들의 가치를 믿고 기다려주는 어른, 슬픔의 이유를 모르더라도 따뜻하게 안아주며 같이 있어주고 이해하려고 노력하는 어른을 바라지 않았을까? 반면 나는 다짜고짜 야단부터 치거나 이유를 제대로 듣지도 않고 말을 듣지 않는다며 '답답한 아이들'을 탓했으니, 정작 답답한 것은 아이들이 아니라 나였던 것이다.

나의 어른스러움은 변덕이 심해서 굴곡이 있지만, 아이들의 현재와 미래에 도움이 되는 어른이 될 수 있다면 좋겠다. 내가 하는 일이나 공부가 '얼온이'로서 성장하고 깨닫는 데 도움이 될 것이라고 믿는다. 나도 실수를 인정하고 배우면서 조금씩 나아질 것이라고 믿고 싶다. 아이들이 기댈 수 있는 어른이 많은 세상, 그런 어른들을 보고 자란 아이들이 얼을 간직한 어른으로서 사는 의미를 알게 되는 세상, 건강한 '얼온이'로 살 수 있는 세상을 꿈꿔본다.

이타심도 인간의 본능이다

: 김재경 :

어느 날 지인이 다문화 어린이들을 위해 구연동화를 하는 센터가 있는데 같이 가보자고 했다.

"동화책 정리를 하는 봉사활동을 할 사람이 필요한데."

"저라도 괜찮아요?"

"괜찮다마다. 나 혼자 다니느라 심심하기도 하고."

"그럼 저도 도울게요."

"어이쿠, 천군만마를 얻었네."

봉사활동은 생각보다 재미있었다. 마침 그곳에서 수녀님이 봉사자가 많이 부족하니 봉사활동을 지속적으로 해볼 의향이 있는지 물었다. 마침 토요일에 격주로 근무를 하는 바람에 소년원 봉사를 제대로 하지 못하고 있어서 고민하고 있던 중이었다.

"이곳 센터는 주말에만 아이들이 와서 프로그램에 참여해요."

"일요일에도 할 수 있어요?"

"물론이죠."

봉사활동을 하는 날이 일요일이면 가장 좋을 것 같아서 물어본 말이었는데, 수녀님이 웃으며 반색을 하셨다. 그 미소 때문에 선뜻 "하겠다"고 대답해 버리고 말았다.

일요일에 센터에 갔더니 유치원생부터 중학생까지 다문화 가정 자녀, 북한이탈주민 자녀들이 와서 프로그램에 참여하고 있었다. 동화책 정리를 하는 동시에 아이들을 따라온 다문화 어머니들에게 '한국어능력시험(TOPIK)' 교재로 한글을 가르치는 봉사를 시작했다.

한글과 영어가 마구 뒤섞인 수업이었다. 이해가 어려운 한글은 아주 짧은 나의 영어를 총동원했고, 엉뚱한 곳에서 웃음이 터지기도 했다. 그들은 공부를 하는 틈틈이 한국 생활에서 느끼는 어려운 부분을 이야기했다.

"고향 가고 싶어요?"

"가고 싶어요. 많이 그리워요."

"누가 제일 보고 싶어요?"

"엄마요."

고향 이야기가 나오면 너나 할 것 없이 눈동자에 그리움이 서렸다. 유난히 맑은 눈을 하고 있는 사람들이 많았다. 이렇게 그들과 고향 이야기도 나누며 점점 봉사활동에 익숙해졌다. 하면 할수록 정이 들고 나에게도 잘 맞는 일인 듯했다. 1년쯤 지난 후 이 프로그램이 폐강되었다. 마음으론 많이 섭섭하고 허전했지만, 우리는 마지막 시간에도 웃으면서 손을 흔들었다. 지금도 그곳에 가면 그분들과 오랜만에 만난 언니 동생처럼 그저 아줌마 수다를 떨며 차를 마시고 간식을 먹곤 한다.

프로그램은 끝났지만 나의 봉사활동이 끝난 것은 아니었다. 이후 수녀님은 북한이탈주민들과 함께 하는 봉사를 추천해 주시겠다며 '하나원'으로 같이 가자고 하셨다.

"하나원이요?"

"네. 뭐하는 데인지는 알고 있지요?"

"안다고 할 수는 없고……."

"하하하. 거기도 사람 사는 곳이에요. 우리랑 똑같아요."

하나원은 북한이탈주민들이 남한에 정착하기 전에 교육을 받는 곳이다. 말로만 들었을 뿐 실제로 가는 것은 처음이었다. 조금은 두렵기도 하고, 설레기도 했다. 수녀님은 그들도 우리랑 똑같다며 염려 말라고 했지만, 내가 실수는 하지 않을까, 잘 모르는 탓에 상처를 주진 않을까, 말은 잘 통할까 내심 걱정도 되었다.

하나원에서는 일요일에 각자 종교 활동을 할 수 있는데 가톨릭, 개신교, 불교 등 종교별로 진행한다. 자신이 참여하고 싶은 종교를 선택해 활동하면서 남한 생활에 대한 이야기도 나눈다. 아직 남한 생활에 익숙해지지 않은 분들이기에 평소 궁금했던 질문도 하고, 답변도 들으면서 정착에 도움이 되는 문화를 익히는 것이다. 이렇듯 하나원에서 12주간 정도 기초적인 사회적응교육을 받는 것은 사회주의 사회에서 태어나고 자란 사람들이 자본주의 사회에 원활하게 정착하기 위해 꼭 필요한 일일 터이다.

'내가 여기에서 무엇을 하게 되든, 최선을 다하자.'

때로 어떤 만남은 좁은 울타리 안에 갇혀 있던 생각을 넓게 만들어주기도 한다. 하나원에서 만난 사람들 덕분에 나는 인연의 소중함을 새롭게 배웠다. 생각하면 신기하기까지 하다. 불과 몇 달 전만 해도 생면부지였던 사람들이 만나 정을 나누면서 친근한 사이가 된다는 사실이 말이다.

여기에서 만난 청년들 중에서 특히 내가 아끼는 친구가 한 명 있다. 그는 지금 대학을 다니면서 열심히 공부하고 있는 중인데, 얼마 전에는 1년 동안 미국에 교환학생으로 다녀오기도 했다. 새로운 생활에 적응하기도 쉽지 않았을 터인데, 공부까지 열심히 하는 모습이 기특하고 장하게만 느껴졌다.

그는 청년창업에 관심이 많다. 학교에서 만난 친구들과 창업 공부도 하고 미래를 함께 준비하는 등 시간이 지날수록 성장하는 모습을 보는 것은 정말 뿌듯한 경험이다. 남에게 말 못할 힘든 일도 많았을 텐데, 잘 견뎌주고 열심히 살아가는 모습을 보면 정말 고맙다는 생각이 든다.

하나원에서 봉사활동을 하게 된 배경에는 나의 가족사도 연관이 있다. 나의 아버지는 실향민이었다. 겉으로 크게 내색은 안 하셨지만 북녘에 있을 가족을 그리워하는 마음을 느낄 수 있었다. 이산가족의 절절한 아픔을 어린 나도 알 수 있을 정도였다. 북한이탈주민들 또한 제2의 이산가족이라고 생각한다. 그들이 가족에 대한 그리움을 얼마나 깊이 느끼며 사는지 잘 알기 때문에 엄마 같은, 때로는 이모 같은 마음이 종종 들곤 한다.

통일부 자료에 따르면 2018년 9월 말(잠정)을 기준으로 북한이탈주민의 남한 정착인원은 32,147명이며 남성 9,104명, 여성 23,043명으로 여성의 비율이 72%로 더 많다고 한다. 북한이탈주민들이 남한에 정착하는 과정에서 경제적 문제도 있지만 문화적 이질감에 어려워하는 경우가 많다.

특히 언어를 보면 비슷한 말도 많지만 완전히 다른 경우도 많다. 예를 들어, 남한에서 '오징어'라고 부르는 것을 북한에서는 '낙지'라고 하고, 반대로 남한에서 '낙지'라고 부르는 것을 북한에서는 '오징어'라고 한다. 노크는 '손기척', 괜찮다는 '일없다', 바쁘다는 '어렵다'로 말하는 등 전달하려는 말의 의미가 달라 가끔은 웃지 못할 일이 생기기도 한다.

하루는 북한이탈주민 한 분과 카톡을 주고받다가, 대회에 나가서 상을 받게 되었다는 말을 들었다.

"어머나! 축하해요. 좋은 일 생겼네요. 부상은 뭐예요?"

"네? 어디 아프세요? 다치셨어요?"

"아니요, 아프지도 다치지도 않았는데……."

"아니, 갑자기 부상이라고 하셔서……."

"아하하, 그랬구나. 부상은 상과 함께 주는 상품을 말해요."

언제든 서로 농담으로 주고받을 수 있는 추억이 하나 생겼다고 우리는 한바탕 웃었지만, 언어로 인한 오해 때문에 정착하는 데 어렵다는 이야기를 하는 분들이 적지 않다.

어릴 적 나는 국가안보를 중요시 여기는 시대 분위기 속에서 교육을 받으며 자랐고, 나의 부모님도 전쟁을 겪었던 세대였기 때문에, 그전까지 '북한 사람'이라고 하면 모두 경계하고 신고해야 할 사람이라는 인식이 있었다. 그런데 지금은 하나원에서 봉사활동을 하면서 그들을 돕고 있으니 참으로 격세지감을 느낄 만한 일이다. 이와 관련해 또 한 가지 에피소드가 있다.

매일 저녁 나는 동건이(반려견)와 아파트 단지 안에서 산책을 하는데, 그날은 좀 늦은 시간에 산책을 하고 있었다. 단지 안에는 주민들이 쉴 수 있는 정자가 있었다. 정자 가까이 다가가니 어디선가 갑자기 북한 말씨가 들려왔다.

'고향이 이북인 어르신들이 나와서 이야기하시는구나.'

무심히 생각하고 지나치려는데 40, 50대 몇 분이 정자에 앉아서 두런두런 말씀을 나누고 계셨다. 자세히 보니 북한이탈주민들이었다. 일상 속에서도 자연스럽게 만날 수 있다니, 예전과 비교해 보면 믿을 수 없는 일이었다. 아버지가 계셨으면 뭐라고 했을지, 그들에게 다가가 고향 소식을 물으셨을지 만감이 교차했다.

지금도 하나원 봉사활동을 꾸준히 하고 있다. 인생의 후반에 만난 봉사활동은 내 인생의 방향을 바꾼 일 중의 하나이기도 하다. 봉사활동을 통해 나는 내 안의 이기심을 조금이라도 이타심으로 돌리는 노력을 하게 되었다고 믿는다.

흔히 이기심(利己心)은 인간의 본능이라고 얘기한다. 그런데 막상 봉사활동 현장에 가면 정말로 많은 분들이 기꺼이 손발을 걷고 자발적으로 봉사를 하고 있다. 게다가 그렇게나 많은 NGO 단체들이 후원을 위한 홍보활동을 하고 있는 것을 보면, 이타심(利他心) 또한 인간의 본능이 아닐까 하는 생각이 든다.

20대, 30대, 40대를 지나오면서 남을 위한 희생을 당연시하며 살아온 사람이라면 중년 이후에는 '나'에게 집중하는 시간을 가져야 할 것이다. 그러나 개인의 성공과 행복을 위해 청춘을 정진해 왔던 사람이라면 중년 이후에는 남을 위한 봉사활동에 관심을 가져볼 것을 권하고 싶다.

2017년 몇몇 북한이탈주민들과 아파트 단지 내의 관심 있는 분들과 함께 주민공동체 활성화를 지원하는 공모사업에 지원했다. 운 좋게 당선이 되어 매월 문화 활동으로 뮤지컬, 영화, 강연회, 지역문화체험 등 다양한 문화행사를 진행하고 있다. 활동에 참여했던 북한이탈주민들이 새로운 것들을 알게 되었다며 즐거워하고 감사해하는 것을 보면서 나도 덩달아 기뻤다.

앞으로도 그들이 이곳 생활에 잘 정착할 수 있도록 문화도우미가 되어 도울 작정이다. 그리고 먼저 오신 북한이탈주민들이 이후에 오실 분들에게 도움을 줄 수 있으면 좋겠다는 바람도 가져본다. 오랜 친구가 되어, 그분들과 함께 나의 노년기를 보내는 것도 참 멋진 일이겠구나 싶다.

은퇴 이후의 삶

: 이지원 :

마흔 즈음이었던 것 같다. '나는 과연 무엇을 위해 이렇게 살고 있
지? 언제까지 이런 삶을 살아야 하나? 나는 행복한가?'라는 의구심
이 들었다. '엄마로서의 나의 역할은 어디까지인가?'라고 생각하는
시간들도 점차 늘어났다.

결혼 전부터 다녔던 직장을 계속 다니면서 나는 워킹맘으로 생활
해 왔다. 직장인으로서의 삶과 엄마의 역할을 병행하는 것은 그리
녹록지 않은 일이었다. 아이들 학교 활동에 제대로 참여하지 못하는
미안함이 늘 마음 한편에 있었고, 돌봄이 부족해서 외로움이나 위축
감을 느끼지는 않을지, 혹여 아이들이 소외감에 일탈하는 건 아닐

지 항상 걱정을 달고 살았다. 특히 아이가 갑자기 아프다고 전화가 왔을 때 바로 달려가지 못하고 혼자 병원에 가도록 조치하고 뒤늦게 귀가해서야 돌볼 때 나는 전전긍긍하는 엄마였다. '24시간 같이 있다고 충분히 사랑하는 게 아니다. 짧은 시간이라도 진정으로 우리 엄마가 나를 사랑하고 있구나! 그렇게 느끼도록 아이들과 함께하자'라는 다짐으로 합리화하며 스스로 위로를 하곤 했다.

자기 신념을 가지고 시작한 워킹맘의 역할은 점차 다람쥐 쳇바퀴 돌리는 것 같은 직장 생활, 집안 일, 자녀 양육을 모두 잘해야겠다는 일인다역의 책임감으로 바뀌어 나의 어깨를 짓눌렀다. 그러다 아이들이 대학교에 들어가고 마흔 중반이 지나가자 우울감과 무력감이 나를 덮쳐버렸다. 웃지 않는 날이 늘어났고 몸과 마음이 모두 피폐해지는 것 같았다. 혹독한 마흔앓이는 오랜 시간에 걸쳐 나를 혼란에 빠뜨렸다.

정신과 의사 칼 구스타브 융(Carl Gustav Jung)은 "사람은 '인생의 오후'인 중년에 접어들면서 '지금 잘 살고 있는 걸까?' '내가 생각했던 삶은 과연 무엇을 위한 것인가?'와 같은 질문을 스스로에게 자주 던진다"고 말했다. 어느 날 통근버스에 무심히 앉아 있다가 '만약 내가 죽는다면 어쩌지?' 하는 생각과 함께 가슴 한편이 먹먹해지면서 눈물이 쏟아졌다. 여러 날 몸살을 앓았고, 무력감에 빠져 멍하게 보내기도 했다.

중년 무렵 정신적으로 육체적으로 변화를 겪는다는 '사추기'를 겪었던 것인지, 정체성 회의에 빠지며 텅 빈 둥우리를 지키고 있는 것 같은 허전함에 빠진다는 '빈 둥우리 증상'이었는지, 정확히 설명할 수는 없었다. 다만 남편과 아이들에 집중하던 삶에서 아이들이 떠나고 나니 오롯이 '나'가 남았던 것 같다.

"내가 진정 원하는 것은 무엇인가?"

삶의 활기를 되찾기 위해서라도 나는 삶에서 의미를 찾아야 했다. 또한 나를 위한 위안이 무엇인지 찾고 싶었다. 관심 있는 분야의 강의를 들으면서 자연스럽게 은퇴 준비를 시작했다. 지인의 격려로 만학도가 되어 대학원에 도전했다. 이왕이면 스트레스와 우울증을 한 방에 날려버렸으면 하는 마음에 '유머와 웃음치료'를 전공하기로 결정했다. 긍정적 마인드와 삶의 변화로 삶의 질이 향상되었으면 하는 커다란 바람이 있었기 때문이다. 대학원 입학을 위해 인터뷰하던 당시, 시험관이 물었다.

"당신의 삶을 어떻게 평가하겠습니까?"

이상한 일이었다. 그 말을 듣는 순간 의미 없다고 생각했던 내 삶이 파노라마처럼 떠오르면서 오히려 무의미하지 않았음을 깨닫게 되었다. 이후 공부를 하면서 나는 내 삶을 긍정적으로 재평가하게 되었다.

철학자 하이데거(Heidegger)는 인간을 거미형, 개미형, 나비형 세 종류로 구분했다. 거미형은 과거지향적인 인간이고, 개미형은 현재진행형 인간이며, 나비형은 미래지향적인 인간을 뜻한다. 나는 나비형 인간이 되고 싶었다. 현재에 안주하지 않고 다양한 배움을 통해 자기 성장과 변화를 이루고 싶었다. 더불어 내 삶을 좀 더 주체적으로 살면서 미래에 대한 불안을 해소하고 행복수명을 늘리고 싶다는 야심찬 소망도 생겼다.

다행히 내 주변엔 롤모델로 삼고 싶을 정도로 은퇴 후 즐겁게 살고 있는 분들이 많이 있었다. 오래 전부터 알고 지내는 70대 지인은 60대 초반에 두 번의 암수술을 한 후 건강회복을 위해 주민자치센터에서 한국무용을 배웠다. 체력이 떨어져 수업 중에 여러 번 주저앉기도 했지만 포기하지 않고 즐겁게 배워나갔다고 한다. 요즘은 신규 회원들의 연습도 도와주고, 지역사회 문화행사에 재능 기부를 하면서 의미 있는 노년생활을 보내고 있다.

공부가 취미라고 말하는 80대 지인은 중년 이후부터 공부를 시작했다. 한국방송통신대학교에서 소싯적부터 관심이 있었던 분야인 농학과를 시작으로 법학과, 교육학과 등 9개 학과를 졸업했다. 지금도 중어중문학과에서 중국어 공부를 하며, 주머니에는 요점 정리를 한 메모장을 지니고 다니신다. 또한 매일 이른 새벽에 인근의 관악산을 오르는 것으로 건강관리를 하신다. 가끔 안부전화를 하면, 함께 하면 기쁨이 배가 되니 같이 어학공부를 하자고 권하시곤 한다.

예전의 나는 '은퇴 후엔 놀러 다닐 거야'라고 생각하곤 했다. 그동안 열심히 일했으니 그에 대한 보상이라고 생각한 것이다. 그런데 막상 '내가 원하는 것'에 집중하는 중년기를 보내고 나니 60세에 은

퇴한 이후엔 놀러다니는 것이 아니라 배움에 집중하게 되었다. 배움에 집중하게 된 계기라고 하면 거창하지만, 그와 연관 있는 일이 한 가지 있다.

'나의 삶을 어떻게 보낼 것인가'를 생각하면서 버킷 리스트를 작성하던 몇 년 전, 지인의 책장에서 우연히 한 권의 책을 꺼내 읽게 되었다. 죽음 준비와 웰다잉을 주제로 한 책이었다. 내게는 어린 시절 부모님과 사별했던 경험이 있었고, 여러 차례의 수술을 하면서 생긴 강박적인 두려움으로 인해 마음속 깊은 곳에 죽음 불안이 있었다. 죽음이 무엇인지 알고 싶었다. 그렇게 나는 2013년 생사학을 배울 수 있는 대학원 박사과정에 진학했다.

생사학이라는 학문을 접하면서 또 다시 '나는 누구인가?' '인생관과 죽음관을 어떻게 정립해야 하는가?' '왜 죽음이 두려운가?' 등에 대한 의문이 생겼다. 수업 중 죽음에 대한 경험과 토론을 하는 자리에서, 어린 나이에 부모와 사별을 하고도 제대로 된 애도를 하지 못했던 것이 커다란 트라우마가 되었고, 죽음 불안으로 이어졌을 것이라는 이야기를 들었다. 가슴 밑바닥에 가라앉아 있던 커다란 바위덩이가 갑자기 떠오르면서 '엄마의 죽음이 내 인생에서 가장 큰 트라우마라고? 맞아, 그랬어!' 하는 깨달음과 동시에 눈물이 쏟아졌다. 부모와 떨어져 외가에서 지냈던 환경적 외로움, 다시 상경한 서울 본가가 낯설어 느낀 정서적 불안감 때문에 소극적인 성격으로 변했다고 생각했는데 그 아래 엄마의 죽음이 있었던 것이다. 이후 애도

하는 과정을 거치면서 나는 나를 좀 더 잘 이해하게 되었다.

최근에 다녀온 티베트 여행은 죽음에 대한 화두를 다시 한 번 생각해 볼 수 있는 여행이었다. 티베트를 가게 된 이유는 아름다운 자연을 보고 싶다는 마음도 있었지만 그보다 전통적인 장례, 천장(天葬)에 대한 관심 때문이었다. 천장은 죽은 자의 시신을 특수하게 처리하는 장례의 일종인데, 알려진 바로는 육신을 독수리에게 보시하고 영혼은 다시 태어남을 기원한다고 한다. 천장터로 가는 길을 천천히 걷는 동안 여러 생각이 들었다.

'티베트 사람들은 어떤 마음으로 이 길을 걸을까? 지금은 여럿이 함께 가니 외롭지 않지만, 나 혼자서 간다면 얼마나 외로울까? 나는 과연 죽으면 다시 태어날 수 있을까? 환생한다면 무엇으로 다시 태어날까? 어디에서 태어나면 좋을까? 다시 여자로 태어날까? 남자로 태어날까? 동물로 태어나야 한다면 어떤 동물이 좋을까? 아니야, 차라리 태어나지 않는 게 좋겠어!'

상상 속에서 고민도 하고, 죽은 이들을 위해 기도를 올리기도 하면서 내가 만약 한 달 안에 죽는다면 어떤 마음일지 생각해 보았다. '설마, 아직은 아니겠지'라고 부정도 하고, '만약 좀 더 살 수 있다면 급한 성격은 좀 고칠 텐데'라고 협상도 했다가 '그냥 조용히 남은 시간을 받아들이는 게 좋겠구나'라고 수용도 했다. 그야말로 죽음을 앞둔 사람들이 부정과 고립, 분노, 협상, 우울을 거쳐 수용에 이르듯, 그 짧은 시간 동안 다양한 심리 변화를 느꼈다. 그러다가 점점 차분해지고 진정되면서 삶과 죽음에 관한 '명상' 여행이 되었다.

우리는 인생을 여행에 비유한다. 여행지에서 돌발적인 일이 생기는 것처럼 인생 또한 반드시 계획한 대로 이뤄지진 않는 것 같다. 때로는 최선이라 생각하며 선택했던 숙박지가 의외로 허름한 곳이기도 하고, 기대 없이 들어간 식당에서 놀랄 만큼 맛있는 음식을 맛보기도 한다. 그래서 여행을 떠나면 항상 좋은 일만 일어나지 않는 것처럼, 늘 나쁜 일만 생기는 것도 아니라는 것을 배우게 된다. 걸림돌인 줄 알았는데 알고 보니 디딤돌이었다는 것을 알게 되는 묘미가 있어 여행이 즐거운 것인지도 모르겠다.

인생이라는 여행이 끝날 때, 나는 내 시간에 어떤 의미를 부여하게 될까. 나도 제법 괜찮은 삶을 살았다고 여기게 될까. 몇 년 전 둘째 딸이 해준 말이 생각났다.

"엄마, 이 세상에 그 누구보다 엄마를 가장 존경해."

그 말을 듣는 순간 '지나온 삶이 헛되지 않았구나!' 하는 가슴 뭉클한 감동을 받았다. 마음이 울컥해지며 눈물이 주루룩 흘러내렸다. 내가 누군가에게는 의미 있는 사람이었던 것만으로도 지나온 삶에 대해 온전히 보상받는 느낌이었다.

좋은 죽음이 무엇인지 알고 싶어 공부를 시작했지만 좋은 죽음을 맞이하려면 우선 의미 있는 삶을 살아야 할 것 같다. 타인의 시선에 따른 기준으로 행복을 찾기보다는 자기 자신의 내면을 들여다보며 현재의 삶에서 소원하는 삶이 무엇인지 알아갈 때 자신이 원하는 평온한 죽음을 준비할 수 있는 게 아닐까.

　내 인생의 남은 시간이 얼마인지 모르지만, 앞으로도 나는 배움을 멈추지 않을 것이다. 지역사회를 위해 공헌하고 생사학을 통해 생명 존중의 중요성을 알리며 죽음에 대한 편견과 오해를 풀어갈 것이다. 삶의 질과 죽음의 질을 향상시키는 노력을 하는 것, 그것이 마지막 나의 소명이기에.

나에게 집중하는 자기 돌봄

: 최은아 :

얼마 전 머릿속이 하얗게 되는 느낌을 몇 번 경험하고 나서 안 되겠다 싶어 친구 소개로 한의원에 갔다. 술을 먹은 것도 아니고 과로한 것도 아닌데 필름이 끊기는 경험은 주의력 결핍을 불러왔고 일상생활에 방해가 되었다. 진맥 후 한의사 선생님은 상황이 어떤지는 모르겠지만 쉬라는 이야기를 했다. 나는 1년 동안 안식년을 보냈다고 말했는데 한의사 선생님은 그 쉼은 진정한 쉼이 아니었다며 한약을 지어주었다. 한의사 선생님의 이야기를 들으며 마음에서 쿵하는 소리를 느꼈다.

'지난 1년 동안 난 뭘 한 거지? 아니, 사회활동을 하는 지난 25년

동안 난 뭘 하며 살아온 거지?'

중병 선고를 받은 환자처럼, 죽음 선고를 받은 사형수처럼 그동안 살아온 날들이 머릿속을 스쳐지나갔다. 나는 20대 중반부터 지금까지 25년 동안 인권운동을 하며 살아왔다. 마흔아홉의 시간을 보내는 지금 아주 큰 봉우리 하나를 앞에 둔 것 같다. 그런데 봉우리를 넘지도 못하고 돌아서지도 못한 채 망연자실 하늘을 원망하고 자신을 비난하며 타인을 탓하고 있었다.

그러고 보니 예전부터 내 몸은 신호를 보내온 것 같다. 일을 줄이라고 자신을 돌보라고 힘든 관계는 정리하라고……. 그러나 나는 일과 사람에 깊이 중독되어 있었다. 나의 욕구를 알아차리지 못했고 타인의 기대에 몸을 맡겼다. 역할이 곧 나라는 착각에 취해 으쓱하기도 했다. 오랫동안 긴장된 상태로 살다 보니 몸이 성치 않았고 마음은 무엇인가로부터 쫓기고 있었다. 몸과 마음을 이완하기 힘들었다. 아마도 소진된 상태였던 것 같다. 게다가 집에 와서는 편마비로 몸이 불편한 엄마의 손과 발이 돼야 했고 휴일도 없이 이어지는 돌봄 노동으로 지쳐갔다. 오래 전부터 집은 나에게 재충전의 공간이 아닌 또 다른 일터였다. 다른 선택이 필요했다. 그럼에도 몸에서 오는 신호를 받은 5~6년간 반복되는 일상을 그냥 버티는 힘으로 살아왔다. 그러니 지금이라도 절실히 다른 삶을 살아야 한다며 몸과 마음이 배수진을 치고 있는 것이 아니겠는가.

궁하면 통한다고 했던가! 아픈 몸을 이끌고 치료를 받던 어느 날,

물리치료사 선생님이 "최은아 님의 삶은 타인을 돌보며 살아온 삶인 것 같아요. 앞으로는 스스로를 제일 먼저 돌봤으면 좋겠어요"라는 이야기를 해주었다. 가끔은 객관적 거리를 유지하고 있는 타인의 말이 내 마음을 정확히 짚어내는 때가 있다. 그날이 그랬다. 앞으로 남은 삶을 어떻게 살아가야 하나 깊은 한숨으로 하루하루를 이어가던 내 삶에 변화가 예고되는 순간이었다.

50세를 바라보는 지금, 나의 변화를 이끌도록 촉진하는 힘이 질병으로부터 왔다는 것이 아이러니하면서도 감사하다. 물리치료사 선생님과의 대화 후 용기를 내서 내 삶의 키워드를 '자기 돌봄'으로 삼기로 했다. '자기 돌봄'이라는 키워드로 이전과는 다른 삶을 살아야겠다고 결심하면서 제일 먼저 실행에 옮긴 것은 자신을 아끼고 사랑하는 방향으로 심리적인 에너지를 바꾼 것이다. 이제는 나의 욕구에 귀 기울이고 나의 필요를 우선으로 두려고 한다.

예전의 나는 나보다는 타인의 욕구에 민감하게 반응했다. 어쩌면 나의 방어기제였거나 생존전략이었는지도 모른다. 나의 욕구를 알아차리고 살피기보다는 전체의 대의나 조직의 필요를 수용하면서 나의 정체성을 만들어갔던 것이다. 또한 사회적인 성공이나 타인의 인정이 나를 움직이는 원동력으로 작동했다. 내 삶의 기준이 내가 아닌 타인에게 있었다는 것을 알아차린 것은 40대 후반 심리상담을 받으면서부터였다.

여성주의(페미니즘)를 공부하면서 중년기에 겪는 나의 고통이 나만의 것이 아닌, 오랜 시간 동안 여성 인류가 경험해 온 것임을 알게 되자 변화를 만들어낼 용기가 생겼다. 내 욕구에 더 천착하고자 했던 나의 변화는 매우 자연스러운 일이었다. 『폐경기 여성의 몸 여성의 지혜』의 저자 크리스티안 노스럽(Christian Northrub)은 가임기 동안 여성의 생식호르몬은 다른 사람들의 욕구와 감정에 집중하게 만들지만, 여성이 중년의 시기에 들어서면 여성호르몬의 변화를 맞이하고 그동안 맺어온 관계를 재조명하게 된다고 지적하고 있다. 그 과정에서 여성들은 같이 살던 사람과 헤어지기도 하고, 오래 다니던 직장이나 일을 그만두기도 한다는 것이다.

나 역시 오랫동안 일해 온 '인권운동사랑방'을 그만두고 '치유협동조합 마음애터'에서 교육·상담 분야의 일을 새롭게 하고 있다. 완경기('폐경기'의 부정적 뉘앙스를 보완하는 말로, 월경을 완성했다는 뜻)를 앞두고 여성의 심신에서 벌어지는 다양한 신체적, 심리적, 사회적 변화를 몰랐다면, '나만 왜 이러지?' 하며 상실과 고통 속에 살았을 것이다. 이런 나의 변화가 여성이 오랫동안 진화의 과정을 겪으며 만들어온 것이라니, 즐겁게 수용하는 것이 좋겠다고 결심했다.

그러나 오랫동안 만들어놓았던 익숙한 길에서 새로운 길을 만들어가는 일은 쉽지 않았다. 나를 아끼고 사랑하자고 굳은 결심을 해도 과거 습관이 나를 붙들었다. 우리는 이상적인 사회에 살고 있지 않기에, 자연스럽게 자신을 믿고 사랑하는 일이 힘들다. 자신을 사랑하기 위해서는 자신을 있는 그대로 보고 받아들일 수 있어야 하는

데 있는 그대로 나를 수용하는 것이 어려웠다.

나에게는 자궁근종이 있고 근골격계 질환이 있다. 근종으로 불룩 튀어나온 배가 보기 싫었고 다른 사람보다 약한 손과 발이 미웠다. 이런 내가 보기 싫었다. 그런데 어느 날 물리치료사 선생님이 "최은아 님의 손과 발은 너무 예뻐요. 모든 여성의 워너비네요. 예쁜 손과 발은 성형도 안 되잖아요"라고 말했다. '아, 내 손과 발이 예뻤나?' 라고 자각을 하면서 다시 보니 예뻤다. 타인도 나를 이렇게 사랑스 럽게 보는데 그동안 나는 내 자신을 힘들게만 했다니 깊이 회개하고 반성했다. 내 삶에 어떤 고통이나 불만, 유감이 있다면 그건 우리가 그 부분을 충분히 사랑하지 않아서가 아닐까. 나의 몸에 생긴 질환 이 내가 나를 사랑하거나 충분히 돌보지 못해서 생긴 것임을 받아들 이고 지금부터 아낌없는 사랑을 주려고 한다.

이제는 일상의 삶과 관계를 꾸리거나 중요한 결정을 할 때마다 나 자신을 아끼고 사랑하는 것을 기준으로 삼으려 한다. 나에게 이상적 이고 원칙적인 성향이 있다 보니 일이든 관계든 스스로 설정한 높은 기준에 맞지 않으면 자신을 들들 볶거나 걱정과 불안 속에서 안달복 달한다. 그러다 보면 다시 자신을 미워하게 되고 짜증을 낸다. 내 안 에서 나를 부정적으로 심판하는 목소리가 들릴 때 이제는 "그만"이 라고 외치며 "내가 고통에서 벗어나기를 바랍니다"라고 자비명상을 한다. 그리고 난 후 깊은 숨을 내쉰다. 의식하든 의식하지 못하든 나 를 미워하고 하찮다고 구박하며 무시하던 과거와 결별하고 이제는 어떤 순간에도 세상에서 가장 사랑스러운 아기를 돌보듯 나를 잘 돌보자고 반복해서 말한다.

잘 자고, 잘 숨 쉬고, 잘 먹고, 잘 운동하기는 기본 중의 기본이다. 아침에 일어나면 나에게 힘을 주는 노래를 듣고, 잠들기 전에는 마오리족의 자장가 '히메'를 듣는다. 온몸을 스캔하며 "오늘 하루 수고했다"고 칭찬하고 어려운 일을 해결하고 나면 반드시 보상을 준다. 적어도 일주일에 한 번은 나에게 특별한 즐거움을 주려고 '노력한다'. 좋은 사람들과 맛있는 음식 즐기기, 친구와 수다 떨기, 일주일에 하루는 늘어지게 잠자기, 재미난 드라마와 공연 챙겨보기 등이 나의 소확행(소소하지만 확실한 행복)이다.

내가 '자기 돌봄'이라는 주제에 꽂힌 이유는 편마비인 엄마를 돌보는 일을 13년째 하면서 겪는 '힘듦'의 이슈를 풀어보고 싶은 욕구 때문이었다. 30대나 40대 초반까지만 하더라도 요양보호사님이 퇴근한 저녁이나 주말에 엄마를 돌보는 일이 육체적으로 힘들지는 않았다. 그런데 40대 중반에 들어서자 돌봄과 일을 함께 병행하는 것이 일단 육체적으로 버거웠다. 주중에 힘에 부칠 만큼 일하고 나면 주말에는 쉬고 싶은데, 그러지를 못하니 몸은 만성피로에 시달리고 마음은 지쳐갔다. 주말에 일이 생기면 엄마를 돌볼 다른 가족을 섭외하는 일은 그야말로 전쟁과 같았고 마음은 더 힘이 들었다. 그러다 문득 '엄마는 나를 포함한 가족과 요양보호사님이 돌보는데, 나는 누가 돌봐주나?'라는 생각이 들었다. 지금까지 내가 잠정결론을 내린 것은 사회가 해주지 않으니 결국엔 내가 스스로 하는 수밖에 없다는 것이다.

아이 돌봄과 노인 돌봄은 분명 사회적인 책임에 관한 이슈이기도 하다. 그러나 아직 한국 사회는 돌봄 노동을 하는 사람을 돌볼 줄 모른다. 사회가 돌봄 노동을 '노동'으로 인정하지 않기 때문에, 가족 안에서도 돌봄 노동은 보상에 인색하며 대개 약자인 여성의 몫으로 간주된다.

나처럼 중년의 시기를 보내는 사람들은 아이들을 키우는 일, 노인이 되어버린 부모님을 돌보는 일 등으로 삶이 무겁다. 그 가운데 부모님이 병환 중일 때는 돌봄의 강도가 더 크기 마련이다. 나의 경우 좋은 딸, 좋은 언니, 좋은 이모 노릇을 하느라 내 몸과 마음보다는 엄마, 동생, 조카에게 먼저 반응했던 것 같다. 타인 돌봄에 관한 나의 욕구를 들여다보니, 엄마를 돌보는 시간을 줄이고 싶은 마음이 강하게 들었다. 엄마를 돌보는 시간을 줄이고 그 시간 동안 나에게 쉼을 주고 싶었다. 돌봄을 하기 싫은 마음이 가득 찬 상태에서는 다른 사람에게도 진정한 도움이 되지 못한다. 내 욕구를 가족에게 이야기하자 당장 돌아오는 것은 비난이었다. 그러나 싸우기도 하고 설득하기도 하면서 점차 다른 가족에게로 엄마를 돌보는 일을 조금이나마 나눌 수 있었다.

자신을 사랑하고 돌보는 것은 이기심으로 똘똘 뭉쳐 지내거나 나르시시즘(Narcissism)에 빠져 있는 것을 의미하지 않는다. 타인과의 진정한 소통과 사랑은 참되게 나를 아끼고 사랑하는 관계로부터 시작한다는 것을 이제는 알고 있다. 나는 어렸을 때부터 자신을 돌보고 사랑하는 법을 배우지 못한 것 같다. 그리스도교 문화권에서 성장한 나는 교회나 성당에서 종종 '네 이웃을 내 몸처럼 사랑하라'는 말을 많이 들었다. 그런데 이 말이 너무 모호하게 다가올 때도 있었다. 나를 사랑할 줄 모르는데 어떻게 이웃을 내 몸처럼 사랑할 수 있단 말인가. 우리 사회는 정작 중요한 것은 모른 체하면서 사랑과 관계에 대해 이야기하고 있는 것은 아닌지……. 나를 사랑하고 돌보는 것을 보다 일찍 배웠더라면 내 삶의 방향은 어땠을까, 종종 상상해 본다.

죽음을 이해하고 삶을 떠나는 밥, 독서

: 김경희 :

청소년들과 함께 책을 읽고 이야기 나누며 성장을 지켜보기 시작한 지도 10년을 넘기고 있다. 이론으로만 배웠던 교육 관련 내용들을 몸소 체험하면서, 내가 하는 일에 소중함을 느끼고 있다. 책은 아이들과 나를 이어주는 매개체인 동시에 서로를 비춰주는 거울이며, 세상으로 나아가는 창이 되었다.

큰 아이 출산 후 육아 스트레스와 공부에 대한 갈증으로 독서지도사 공부를 시작했다. 그때 마침 우리나라에 그림책과 청소년 독서교육이 활기를 띠고 있었다. 문학을 전공한 터라 독서교육이 낯설지 않았고, 우선은 내 아이들에게 좋은 책을 읽어줄 요량으로 시작한 일이었다. 그런데 마흔앓이를 심하게 겪던 남편이 나에게 한마디 충고를 했다. "아이들은 생각보다 빠르게 자라서 독립을 할 것이고 세상은 거침없이 변해 가는데, 아이들과 살림에 묻혀 사는 건 좋은 선택이 아니야. 당신도 원하는 것을 찾아서 조금씩이라도 시작해 봐."

우리 부부는 부모가 직접 아이를 키우는 것이 어떤 일보다 중요하다는 점에 합의한 상태라, 자신을 위해 무언가를 시작해야 한다는 충고는 고맙기도 했지만 동시에 부담이었다. 그렇지만 결국 나는 육아뿐인 일상에 '나'를 끼워 넣기로 했다. 아이를 키우면서 공부를 하고 그것을 활용하여 일을 하는 것은 쉽지 않았지만, 내 삶에서 정작 '나'를 빠뜨리지 않기 위해 애를 썼다.

나 자신을 돌보며 키워가는 것은 나에게는 물론 가족들에게도 도움이 되었다. 아이들이 성인이 된 즈음부터는 그간 미뤄둔 공부와 사회활동에 내 시간을 대부분 할애하고 있다. 서른에 뿌려진 작은 씨앗은 마흔을 거치면서 뿌리를 내리고 쉰 이후에는 튼실한 줄기로 자라고 있는 중이다. 중요한 것은 나에게 주어진 시간의 길이보다 나에게 주어진 시간을 어떻게 쓰느냐 하는 것이었다.

그동안 청소년들과 책을 통해 수많은 이야기를 나누었다. 부모와의 갈등, 교우 관계, 성적과 진학 문제, 사회 현상, 그리고 다양한 감정과 생각들에 대해. 책을 앞에 두고 있으면 나누지 못할 이야기가 없었다. 얼마 전에 초등학생들과 『마당을 나온 암탉』을 읽고 토론했다. 학생들은 이 이야기가 슬프면서도 감동적이라고 했다.

"지금까지 온갖 고생을 해서 키워준 초록머리가 떠나야 해서 슬퍼요. 나도 아빠랑 헤어질 때 슬펐어요. 그리고 부모님과 함께 사는 것이 효도가 아니라 더 넓은 세상으로 가서 발전하는 게 효도라는 걸 느꼈어요."

"이 이야기의 감동은 사랑이에요. 잎싹이 초록머리가 파수꾼이 되도록 보내준 일은 슬프지만 잘한 일이라고 생각해요. 내가 생각할 땐 사랑은 제한이 없고 특정한 시간 동안 하는 것은 아니라고 생각해요. 나도 잎싹이와 초록머리처럼 깊은 사랑을 나눠본 적이 있는데, 바로 가족이에요."

아이들의 이야기는 책을 넘어 자신에게로 돌아왔다. 해외 근무로 떨어져 사는 아빠에 대한 그리움, 새로 생각하게 된 효도의 의미, 그리고 제한 없는 가족의 사랑을 느꼈던 경험에 대해 내면에 잠들어 있던 자기 이야기들이 꼬리에 꼬리를 물었다. 아이들은 결코 어리지 않았다. 나름의 눈으로 세상을 읽어나가고 자신을 세우려는 의지가 있었다. 작중 인물과 작가의 의도를 이해하려고 애를 쓰는 사이에 자신과 타인 그리고 세상으로 향하는 길을 발견하기도 하고, 일상에서 느낄 수 없었던 감정을 느끼기도 한다. 또 친구와의 갈등을 어떻게 풀 것인지 찬찬히 짚어보기도 했다. 이런 경험은 분명 자신의 세계를 넓히고 유연하게 할 터였다.

문화비평가 해럴드 블룸(Harold Bloom)은 이런 현상에 대해 '독서는 자아를 분열시킨다'라고 표현했다. '자아의 상당 부분이 독서와 함께 산산이 흩어지고' 새로운 자아로 태어난다는 의미일 것이다. 이런 이유로 사춘기에는 이성과 감성을 충분히 자극하는 문학을 권장한다. 아이들과 수업을 하는 내 사무실에는 다음과 같은 글귀가 걸려 있다.

"나는 작지 않습니다. 나는 세상을 담을 수 있습니다. 아이들에게 세상을 향한 창을 열어주십시오. 그 속에서 느끼고 생각하며 말과 글로 '나'를 표현하게 될 것입니다. 삶의 숲을 헤쳐나갈 나침반을 가지게 될 것입니다."

아이들이나 어른들이나 요즘은 책을 많이 읽지 않는 시대가 되었다. 어디를 가든 손에는 스마트폰이 들려 있으니, 무엇이든 궁금하면 즉각적으로 정보를 검색할 수 있다. 그러나 인터넷을 통해 검색된 정보들은 파편화되어 있으며, 검증되지 않은 것이 많다. 전체적인 맥락과 체계를 이해하기에는 턱없이 부족하다. 단편적인 정보로는 전체를 볼 수 있는 통찰을 얻기 어렵다. 하지만 책은 체계를 세우고 전체를 조망하는 힘을 기를 수 있다. 더디지만 빠르게 갈 수 있는 길은 오히려 책 안에 있다. 물론 책의 효용은 정보의 수집에만 있는 것은 아니다.

책에 등장하는 수많은 이야기들은 삶의 다채로운 층위를 보여주고 무수한 갈림길과 선택지들이 존재함을 보여준다. 우리는 자신이 보고 들은 삶의 경험은 한정되어 있음에도 불구하고 자신의 경험 안에서 얻은 것을 맹신하는 경향이 있다. 그 어떤 것보다 확고해져 의

심조차 하려고 들지 않는다. "내가 경험해 봐서 아는데 말야"라고 말한다. 나이가 들고 경험이 늘어갈수록 사람이 완고해지는 것은 그런 까닭이다.

그러나 세상은 그리 단순하지 않으며 고정되어 있지도 않다. 생각의 여지를 남겨두는 것, 다른 길은 없는지 여러 관점을 살피면서 정답을 미루는 것은 미련하게 보일지라도 삶을 보다 넓고 유연하게 살아가는 방법이다. 책을 읽은 다음 나만의 메모를 남기며 흩어지기 쉬운 생각들을 정리하다 보면, 앎에 체계가 잡히고 흐름이 보이며 특정 분야에 통찰을 얻을 수 있다. 때로는 친구들과 책을 앞에 두고 생각과 감정을 나누다 보면 혼자 책을 읽을 때보다 더 깊은 곳으로 들어가는 통로를 만나게 된다. 책을 통한 관계맺음 자체가 또한 즐거움이며 삶의 활력이기도 하다. 책에 담긴 다양한 삶의 이야기들은 완고한 삶의 태도를 말랑말랑하고 부드럽게 해준다. 그런 이유로 생각이 단단하게 굳어가는 중년 이후에 책읽기는 더욱 중요해진다.

부드럽고 유연한 것은 생명이며, 단단하고 딱딱한 것은 죽음이다. 아기들은 촉촉하며 노인들은 팍팍하다. 젊고 생기 있게 살아가는 가장 쉬운 방법 중에 하나가 중년 이후에도 책을 통해 배움을 이어가는 것이다. 나는 삶에 물기가 마르고, 혼자 남겨진 것 같은 고립을 느낄 때, 책 속을 파고드는 습관이 있다. 일상과는 다른 감각과 생각에 접속하고 싶은 욕망은 호기심일 수도 있고, 열정일 수도 있다. 이런 목마름을 느낄 때 나는 좀 더 주체적이고 의욕적으로 변해간다.

책을 펴들면 처음에는 원하는 답을 얻기 위해 비좁고 어둑한 미로를 헤쳐나가는 기분이다. 그러다 깊은 곳에 빠져서 푹 젖었거나 어떤 부분에 접속하면 무언가 온몸을 훑고 지나간다. 그것은 생명, 내가 살아 있다는 체험일지도 모르겠다. 아니면 죽음에 대한 강렬한 어떤 감정인지도 모른다.

아버지의 죽음 이후 죽음과 사별, 그리고 상실에 관한 책을 읽기 시작했다. 아버지가 떠난 후 어머니는 오랫동안 우울함과 무기력으로 고생을 하셨고 가족은 위태로웠다. 우선은 어머니를 지키고 싶었고 그러기 위해서는 어머니의 분노와 절망을 이해해야 했다. 아버지의 죽음은 내 삶에도 구름 그림자를 드리웠다. 그 그림자는 바람을 따라 옮겨다니면서 끈질기게 내 삶을 무채색으로 바꾸었다. 어둡고 차가운 기운에서 벗어나기 위해 몸부림쳤지만 그림자는 어느새 나를 뒤따라왔다. 그것을 의식할수록 나를 더욱 강박적으로 옥죄는 걸 느끼면서 나는 그 정체를 알아가야 했다.

떠나버린 아버지는 지인(知人)이 아닌 타인(他人)이 되었다. 나는 아버지를 안다고 믿었는데 아버지를 알기는커녕 아버지에게 나는 아무런 의미가 아니었다. 아버지께 가 닿고 싶었다. 그러기 위해서는 아버지의 죽음을 해독해 내야 했다. 아버지를 이해할 수는 없지만 그에게 가 닿으려는 노력을 해야만 그것에서 벗어날 수 있음을 깨달았던 것이다.

이상하게도 죽음과 상실은 너무나 가까이 흩어져 있었다. 굳이 외면한 것은 아닐 텐데 전에는 그 사실을 몰랐다. 이미 많은 책, 영화, 그리고 미술에 죽음이 산재되어 있어, 손을 뻗기 무섭게 그것들이 내게로 왔다. 생존 본능이 죽음과 상실을 회피하도록 무의식적으로 작용한 것일까? 보고도 알지 못하고, 들어도 의식하지 못하는, 선택적 보기와 듣기가 작동하고 있었던 모양이다.

보려고 하고 들으려고 하는 순간, 죽음은 너무나 가까이 널려 있음에 한숨이 나왔다. 아버지의 마음을 진정으로 보려고 하고 들으려고 했다면 좋았을 걸, 나는 삶과 죽음에 대해서는 진지하지 못했음을 깨달았다. 이제야 나는 이것들에 대해 배워나가고 있다. 일찍 떠나버린 아버지는 지상에 없는 당신을 대신해 삶과 죽음에 대한 성찰과 당신에게 닿을 수 있는 끈을 놓지 말라고 더 깊은 독서의 세계로 나를 이끌어주신 것일까?

책은 인내심이 강하다. 언제든 마음만 먹으면 그 세계로 들어가서 인물의 삶이나 생각을 통과할 수 있다. 그들과 함께 그 세계를 겪고 나면 내 삶을 돌아보게 되고 그것을 바라보는 시선이 변형되기도 한다. 어두운 미로에서 잠깐 스쳤던 바위의 까칠함과 폐부에 잠시 머물렀던 공기, 그것만으로도 또 다른 삶을 느낄 수 있는 것처럼, 책은 세상의 다양한 모습을 꾸준히 보여준다.

한 권의 책이 세상을 바꿀 수는 없을지라도 한 사람의 마음을 어루만지고 위로해 줄 수는 있다. 타인을 지인으로 만들기 위해, 알 수 없는 세계를 경험하기 위해, 이해할 수 없지만 이해하려고 노력하기 위해 책을 펼친다. 삶의 문제든 죽음의 문제든, 예상했던 결과이든 뜻밖의 결과이든 무언가를 느끼고 생각할 수 있다. 누군가에게, 무엇인가에 닿으려고 노력하는 과정, 그게 책읽기라면 우리의 인생과 닮지 않았는가?

감정일기, 삶의 질을 높이는 연습

: 이나영 :

고등학교를 졸업하고 바로 취직을 했다. 고등학생일 때부터 줄곧 아르바이트를 했기에 취업은 당연한 선택이었다. 첫 번째 직장에서 50개월을 다니고 9개월의 공백을 가지며 이직을 위해 공부를 했다. 그리고 두 번째 직장에 들어갔다. 잠깐 동안의 쉼에 이어 다시 샐러던트의 삶이 이어졌다.

가진 것도 없고 기댈 곳도 없으니, 학교와 직업인 사이의 완충장치도 없이 쉴 때는 아직 아니라고 생각했다. 몸으로 부딪혀 경험하면서 조금만 더 노력하면 안정적이고 만족스러운 삶을 살 수 있지 않을까 생각했다. 믿는 것이라곤 나 자신밖에 없었기에 꽉 짜인 생활을 당연시하며 수행해 냈다.

샐러던트 생활은 한 마디로 성공해야 하는 삶이었다. 진취적으로 나아가야 하고, 사회적으로 옳다고 하는 것들에 나도 따라가야 한다고 초점이 맞춰져 있었다. 그 안에서 일정 부분 작은 성취들을 이루기도 하면서 내 결정이 옳다고 생각했다. 내 삶은 계속 한 방향을 향해 굴러갔다. 울거나 슬퍼하거나 힘들어하는 것은 나약함을 보여주는 것이었다. 약한 모습을 보이는 것은 취약한 것을 인정하는 꼴이었다. 나는 어떻게든 약한 모습은 드러내지 않으려 애쓰며 살았다. 하루는 직장 후배가 이런 말을 했다.

"선배는 물결도 일지 않는 고요한 호수 같아요. 무슨 생각을 하는지 잘 모르겠어요. 화가 나기도 할 것 같은데, 어떻게 그렇게 늘 평온해요?"

그때는 내가 감정을 잘 느끼지 못하는 사람이라는 것을 알지 못했다. 호수처럼 평온한 마음, 그게 좋은 것이려니 생각했다. 감정적으로 대해서 좋을 건 없다고 믿었다. 아마도 사회적으로 학습된 부분도 있었을 것이다. 예를 들면 '화를 내면 나빠' 같은 메시지 같은 것이다. 부당한 일이 있어도 싸우기 싫으니까 참았다. 화가 나는 일이 있어도 관계가 어색해질 것 같아 참았다. 말하기 치사하고 따지기 구차하니까 참았다. 꾸역꾸역 잘도 참았다. 그런 나를 이성적이고 논리적이라고 생각했다.

그러다 불씨마냥 어떤 일에 '훅' 하고 화가 올라오고, 꼭지가 돌만큼 미칠 것 같은 기분이 들기도 했는데, 화를 내고 나면 수치감이 밀려들었다. 분노하는 내가 민망하고 창피했다. 있는 그대로 감정을 느끼고 표현하는 일은 나를 부끄럽게 만드는 일이었다.

나는 될 수 있는 한 감정을 봉인했다. 대신 맏딸로서의 나, 엄마로서의 나, 사회인으로서의 나의 역할을 충실히 수행했다. 열심히 살수록 내 감정과는 거리가 멀어졌다. 분노, 슬픔 등 강렬한 감정을 느낄 때도 있었지만 그 외 미세한 감정들에 대해서는 무엇이라 이름붙여야 하는지도 잘 몰랐다. 그냥 이렇게 사는 게 당연하다고 생각했다.

그러던 어느 날 '호수 같이 평온하던' 나의 세상이 멈췄다. 큰오빠의 갑작스러운 죽음은 나의 모든 생각을 일시에 바꿔버렸다. 나는 정지해 있는데, 이런 나와 상관없이 세상의 시계는 째깍째깍 돌아가고 있었다. 자다가도 숨이 안 쉬어져서 일어나 가슴을 치고 울었다. 미칠 것 같았다. 화가 나고 죽을 것 같았다. 울분이 폭발해 누구한테 쌍욕이라도 해주고 싶었다.

이렇게 한순간에 사라질 수도 있는 삶을 위해 열심이라는 이름으로 아등바등 견디며 살아낸 내 자신이 싫었다. 갑자기 훅 들어온 감정에 난 당황했다. 실패자, 패배자가 된 것 같았다. 도무지 이 감정이 누구와 나눌 수 있는 것이라 생각되지 않았다. 이해받을 수 있을 것이라 여겨지지 않았다. 아무런 의욕이 없이 무망감(無望感)에 빠져 그림자처럼 살았다.

'이렇게 사는 게 옳은 건가' 하는 자각을 한 것은 시간이 한참 더 지난 후였다. 오빠 일을 겪고 힘들었던 건지, 내 삶의 힘겨움을 오빠의 죽음에 숨기고 싶었던 것인지 나조차 헷갈렸다. 그동안 너무나 애를 쓰며 사느라 지쳤던 것을, 내 삶에서 상처 받은 것들을 인정할 수밖에 없었다. 오랫동안 내가 어떤 감정을 느끼고 사는지 잘 모르고 살았다는 것을 알게 되었다. 머리로는 안다고 생각하고 살았는데 가슴이 텅 비어 있었던 것이다.

'평생 이렇게 살 거야?'

결론은 그럴 수는 없다는 것이었다. 아프면 아픈 대로 세상에 부딪치면서 내 삶을 살아보자는 생각이 들었다. 일을 다시 시작했고, 대학원에 진학해 공부도 시작했다. 생사학 공부를 하면서 삶을 직면하지 못하면 죽음과 직면하기가 더 어렵다는 것을 배웠다. 죽음의 관점에서 삶을 바라보면 전혀 다른 모습이 나타난다는 것도 깨달았다. 내 삶이 어떤 모습이든 타인의 삶이 아닌, 나의 삶을 사는 것이 중요하다는 것도 알았다. 성공을 향해 전차처럼 달리며 이름을 드높이고 부를 쌓는 것이 목표가 아니라, 나에게 주어진 삶을 회피하고 변명하고 도망가지 않고 온전히 살아내는 것이 목표가 되었다. 다른 삶을 살 수 있다는 희망이 생겼다.

일하고 공부하는 동안 다시 바쁜 날들이 이어졌다. 2018년 3월 논문 작성으로 고군분투의 나날들을 보내면서 온전히 혼자 있는 시간을 많이 가졌다. 책상 앞에 앉아 논문을 읽고 있는데 낯설면서도 익숙한 마음이 훅 올라왔다.

'내가 지금 뭘 느끼고 있지?'

스스로에게 물어봐도 대답할 수가 없었다. 내가 느끼는 감정이 뭔지 설명할 수가 없었다. 하루하루 해야 할 일은 늘 해내고 있지만, 버거움 속에서 솟구치는 감정을 온전히 돌보지 못하고 생각으로만 처리하고 있었던 것이다. '나'를 느끼고 찾았다고 생각했는데 어느새 멀어진 것처럼 느껴졌다. 다시 예전으로 돌아간 느낌이었다. 몸은 여기에 있는데 마음은 먼 곳을 떠돌고 있었다.

그때부터 지인의 권유로 감정일기를 쓰기 시작했다. 어떤 형식이 있었던 것도 아니다. 그저 내가 느끼는 것을 느낄 수 있도록 '허락'하는 것이 전부였다. 생각나는 대로, 꾸미는 것 없이 막 쓰다 보니 그 안에 묻어나는 나의 감정들이 보였다.

감정에 접촉이 안 된다고 느껴지면 가만히 마음의 움직임을 살펴보았다. 지나치게 역할에만 매여 있을 때, 타인의 시선에 압도되었을 땐 내 감정이 자유롭지 못하고 굳어 있거나 숨어버리는 경우가 많았다. 마음 바닥에 있던 감정과 조금씩 만나기 시작하면서 자기 내면과 접촉하지 못하면 원하는 것을 결정하기도 어렵다는 것을 깨달았다.

감정일기를 쓰는 과정은 자신을 신뢰하는 과정이기도 했다. 내가 진짜 무엇을 원하는지 솔직하게 물어보면서 내 안에 숨겨두었던 많은 불안과 두려움을 만났고, 후회와 집착도 줄어들었다. 어쩌면 삶에는 거창한 이유가 없는 것인지도 모른다. 할 일은 좀 더 정성스럽게 하고 책임질 일이 있으면 책임지면서 사는 것, 그것이 삶의 전부인 것이 아닐까 하는 생각도 들었다.

지금도 감정일기를 꾸준히 쓰고 있다. 내 손에 익숙해진 노트를 펴고 그 순간 내가 느낀 기분과 감정을 적어 나간다. 감사함, 행복감, 기쁨, 뿌듯함, 다행스러움, 편안함, 만족감, 느긋함, 상쾌함, 슬픔, 두려움, 불쾌함, 불안감, 화남, 짜증남, 창피함, 괴로움, 힘듦, 명랑함 등 감정일기를 쓰면서 내 안에 이렇게나 많은 감정이 있다는 것을 발견하는 일은 놀랍고도 경이로운 일이 되고 있다.

감정일기를 쓰는 동안 그동안 왜 내가 감정을 외면할 수밖에 없었는지, 약하고 두려움 많았던 나를 만나기도 한다. 관계가 어긋날까봐 무서워서 솔직하게 표현하지 못한 나, 자신의 욕구보다 타인의 기대를 우선시했던 나, 솔직하게 화를 내지 못할 만큼 자존감이 낮았던 나, 그래서 무감각해졌던 나. 내가 나를 느끼지 않고 챙기지 않은 만큼 공허감은 깊어졌고, 온전한 나로서의 삶을 살 수 없었던 것이다.

마음이 고요했던 어느 날 밤, 나는 조용히 자신을 안아주면서 속삭였다. 내가 화해하지 못했던 나와 스스로 용서하지 못했던 나를 위로했다.

'그래, 사느라고 참 애썼다, 살아내느라고 애썼다. 느끼면 아프니까, 살기 위해서 그렇게 살았구나.'

감정일기를 써내려가다 보니 나에 대해 잘 안다고 생각했던 부분도 사실은 잘 모르고 있다는 것을 알게 되었다. 지나치게 이기적이거나 방어적인 부분도 있었다. 감정과 접촉하는 일은 어떤 감정을 느껴도 괜찮다는 것을 수용하는 일이었다. 나는 지금도 여전히 두려움을 느끼고 불안에 사로잡히기도 한다. 하지만 감정에 압도되기보다 감정이 주는 메시지에 귀를 기울인다. '지금 넌 어때?'라고 스스로에게 물어보면서 나를 살피는 것이다.

나이가 들수록 자신의 삶에서 주체로 살아가는 일이 중요하면서도 어렵다는 것을 느낀다. 살면서 흔들리면 흔들리는 대로, 힘들면 쉬기도 하면서 내 발로 나의 속도로 가고 싶다. 때로는 짙은 안개 속에 있는 것처럼 앞이 보이지 않을 때도 있다. 그러나 천천히 기다리면 뿌옇더라도 조금씩 식별이 가능해진다. 조심스럽게 그 길을 따라가다 보면 안개가 걷히며 시야가 확 트이는 순간이 다가온다.

어쩔 땐 이 길이 맞나 틀리나, 가도 되나 안 되나 갈등하기도 한다. 시류에 휩쓸려서 했던 선택을 후회하기도 한다. 그러나 언제나 완벽한 선택을 할 수는 없는 노릇이다. 부족하고 아쉬운 선택도 변명하지 않고 책임을 다하면 그만일 것이다.

감정을 느끼고 잘 소통할수록 더 여유로워지는 것을 느낀다. 복잡했던 생각이 단순해지고, 공허함 대신 생생한 현실을 살아가게 된다. 그러고 보면 평소 스스로의 감정을 잘 이해하고 있는 사람이 주변 사람과 깊이 있는 대화를 나누는 것 같다. 그렇기에 자신의 감정과 접촉하며 사는 일은 나이가 들수록 더욱 중요한 주제인 듯싶다. 진실한 감정을 공유하고 교류하는 일은 우리를 피상적인 관계에서 진정한 관계로, 표면적인 삶에서 심층적인 삶으로 이동시키기 때문이다.

내 안의 분노 바라보기

: 양준석 :

유난히 더웠던 2018년 여름, 40대 중년 남성이 작은 일에도 화가
나고 아내와의 싸움도 잦아지는 등 일상에서 분노 조절이 어렵다며
상담실에 찾아왔다. 상담실을 찾아오는 중년 남성들의 경우 대개 분
노와 관련된 문제가 많고 그로 인해 별거, 이혼, 불명예 퇴직 등 삶
의 위기를 겪는 일도 있다. 이분은 자신은 남들이 흔히 말하는 '분노
조절장애'가 절대 아니라고 주장했지만, 아내가 상담을 받지 않으면
이혼도 불사하겠다기에 마지못해 찾아온 것이었다.

"언제부터 그렇게 화가 났어요?"

"작년인가 아니, 재작년부터인 것 같아요."

"어떨 때 화가 제일 많이 나요?"

"나를 무시할 때요. 회사에선 부하직원이 나를 우습게 보는 것 같고, 집에선 애들이 눈도 마주치지 않으려고 해요."

그는 화가 나도 주로 참는 편이었지만 최근엔 자신도 모르게 언성을 높이거나 감정을 절제하기가 어렵다고 했다. 얼마 전엔 아내와 사소한 말다툼 끝에 싸움이 커지자 점점 커지는 화를 주체할 수 없어 아내에게 손찌검을 하는 일까지 생겼다. 아내도 그도 놀라긴 마찬가지였다. 예전엔 한 번도 없던 일이었기 때문이다.

"뭔가 격분할 수밖에 없는 일이 있었나요?"

"애초에 아내가 잘못한 거예요. 차가 막히니까 버스를 타고 가자고 했는데 굳이 운전을 하라는 겁니다. 결혼식에 30분이나 늦었다고요!"

"결혼식에 30분 늦은 게 폭력의 이유가 될 순 없지요."

한창 목청을 높이던 그가 말을 멈추었다. 그때까지 비스듬히 앉아 있던 자세를 바꾸면서 "어쩌면 제가 분노조절장애인 걸까요?"라며 나를 바라보았다.

그는 이후 상담에서도 3~4회기가 넘을 때까지 마음 속 분노를 꺼내고 표현하는 데 상당한 시간을 보냈다. 이야기를 듣다 보니 어린 시절부터 지금까지 켜켜이 쌓인 분노가 많아 보였다. 부모와 가족에 대한 원망부터 사회적인 문제까지, 화를 내야 할 이유는 얼마든지 있었다. 한낮의 폭염보다 뜨거운 분노로 가득 찬 것만 같은 그의 마음엔 다른 어떤 것도 비집고 들어갈 만한 여유가 보이지 않았다.

그의 분노를 목도하면서 착잡한 마음이 들었다. 다루기 어려운 분노 때문에 심신이 지쳐 보이는 모습이 안타깝기도 했지만, 그가 처해 있던 심리적, 개인적, 사회적 환경에서 유발된 분노와 그로 인한 속앓이에 나 또한 충분히 공감하는 면이 있었기 때문이다. 그렇기에 그가 자신의 분노를 직면해서 힘든 시기를 무사히 잘 넘길 수 있도록 도와주고 싶었다.

마흔 이후는 삶에서 많은 변화를 만나게 되는 시기다. 주변의 지인들을 봐도 마흔 즈음이 되면 숨차게 달리기만 하던 것을 잠시 멈추고, 앞으로 갈 길을 생각하며 숨을 고르는 순간을 맞는 일이 많은 것 같다. 성공을 향해 질주하느라 온통 외부로 향했던 시선을 내면으로 돌리는 변화를 맞이하기도 한다. 여기에는 죽음을 고찰하며 나이 듦의 지혜를 배우는 것도 자연스레 포함된다.

그러나 지금 이 땅의 중년들이 처해 있는 현실은 어떠한가? 그들은 1990년대 중반부터 일었던 경제성장 둔화와 그에 따른 사회구조의 변화로 인해 어느 때보다 힘든 시기를 보내고 있다. 청소년 시기부터 시작된 사회구조적 문제가 지금까지도 이어지고 있기에 그들의 심층적 저변에 사회와 가족, 주변 이웃에 대한 분노가 자리 잡고 있다 한들 이상한 일은 아닐 것이다. 세상에서 희망과 신뢰를 발견하기보다 깊은 상처와 두려움, 좌절감을 받아왔다면 누군들 분노를 품게 되지 않겠는가. 자신이 원하는 기대가 좌절되었을 때 분노가 생기는 것은 자연스러운 일이다.

그동안 40대라고 하면 사회적으로 어느 정도 위치에 올라 있고, 경제적으로도 안정적이며, 노년의 삶을 준비하기만 하면 되는 시기라고 여겨졌다. 그러나 지금의 40대는 그렇지 못하다. 고도성장이 끝난 후 어두운 그림자가 짙어지는 시기에 20대를 보냈으며, IMF 경제위기를 겪으며 숱한 좌절을 경험했다. 비정규직과 아르바이트를 전전하며 이를 악물고 더 많은 스펙과 경력을 쌓아 드디어 취직에 성공했건만 미래의 안전이 보장된 것도 아니었다.

상담실을 찾아온 남성도 이런 과정을 고스란히 겪은 사람이었다. 열심히 살아왔지만 물질적으로도 심리적으로도 만족할 만한 보상을 받지 못했고, 가족에게 소외당한다고 느꼈다. 그는 상담 내내 "바보같이 살았다"는 말을 자주 했는데, 과거에 대한 후회와 미래의 희망을 가질 수 없다는 불안과 두려움이 분노로 촉발된 것 같았다.

자신이 왜 분노 덩어리가 될 수밖에 없었는지 이해하게 되자 그는 상담을 시작한 지 몇 주 만에 처음으로 눈물을 흘렸다. 닭똥 같은 눈물을 뚝뚝 흘리면서 숨겨놓았던 본심을 털어놓았다. 겉으로는 줄곧 화를 내고 있었지만 속으로는 자살 충동에 시달렸노라고 했다.

"줄곧 내가 실패자라고 느꼈어요. 가치도 없고, 못난 놈이라고……."

"그렇지 않아요. 선생님은 충분히 괜찮은 사람입니다."

"괜찮다고요, 내가요……. 정말 괜찮은가요?"

몇 번이나 물어보는 그의 말에 나 또한 확신을 갖고 대답을 했다. 그는 이상한 사람이 아니었다. 분노조절장애를 가진 사람은 더더욱 아니었다. 오히려 깊이 상처받은 사람이었고, 남들보다 예민하고 민감한 사람이었다. 분노는 자신의 약한 마음을 지키기 위한 방패였던 것이다.

그가 자신의 분노에 대해 이해하게 되었기 때문에 심리상담의 시작은 순조로웠지만, 또 다른 문제가 남아 있었다. 화를 내는 버릇이 습관으로 고착되어 쉽게 고쳐지지 않았던 것이다. 그러나 인내를 갖고 무작정 화를 내기보다 다른 방식으로 표현하는 연습을 하면서 그는 차츰 가족과의 관계를 회복해 가기 시작했다. 자신감이 생기자 회사에서도 새로운 업무를 맡게 되어 새로운 삶을 계획할 수 있게 되었다. 상담을 종결하던 날 그는 환하게 웃으며 말했다.

"분노 때문에 중년의 위기를 맞았다고 생각했는데, 생각해 보니 고마운 스승이었네요. 앞으로 좀 더 관대한 마음으로 살아갈 수 있을 것 같습니다."

"분노가 꼭 나쁜 건 아닙니다. 우리에게 필요한 감정이지요. 하지만 아기를 돌보듯 잘 보듬어주십시오."

그는 힘차게 고개를 끄덕이며 돌아갔다. 그를 만나는 동안 나 또한 내 안의 분노를 들여다보았다. 나이가 들수록 잘 들여다봐야 하는 감정 중 하나가 분노다. 심리학자 폴 에크먼(Paul Ekman)은 "분노는 자신의 영역을 침범당하거나 자기 뜻대로 되지 않거나, 모욕을 당했을 때 표현되는 감정"이라고 했다. 홉킨스(Hopkins)는 "분노는 파괴적일 수도 있고 건설적일 수도 있다"고 했다.

분노는 자신을 보호하고 꺾인 삶도 새롭게 일으켜세울 수 있는 원동력이 되기도 하지만, 제대로 다루지 못할 경우 삶을 송두리째 파괴시키는 힘을 갖는다. 특히, 적절하게 조절하지 못하면 관계에 어려움을 겪어 스스로 소외되는 결과를 맞게 될 위험이 있다. 자신이 분노의 주인이 되지 못하고 분노가 그 사람을 움직이면 결국 분노의 노예가 되는 것이다.

우리가 자신과 타인의 분노를 이해하고 다루는 법을 잘 배워야 하는 이유가 또 한 가지 있다. 건강하게 해소되지 못한 분노는 신경증의 원인이 되기도 하며, 문제를 둘러싼 감정을 풀지 못하면 슬픔과 상실감까지 더해져 우울증을 유발시킬 수 있기 때문이다. 우울증은 분노가 밖으로 나가지 못하고 자신에게 향한 결과이다. 우울증이 깊을 경우 자살에 이르기도 한다. 우리나라 자살자 비율은 40대가 가장 높다. 건강하고 행복한 중년과 노년의 삶을 위해서라도 분노를 잘 다루는 법을 배우는 것이 필요하다.

우선 분노가 나쁜 감정이 아니라 자연스러운 감정이며, 누구에게나 일어나는 보편적인 감정임을 인정해야 한다. 분노의 감정을 해소하면 할수록 자기 삶의 선택권은 넓어지고 자신감이 생긴다. 분노에 빠진 사람들이 되풀이하기 쉬운 함정은 건전한 이성 대신 충동적인 감정으로 분노에 대처하는 것이다.

그렇다면 분노를 어떻게 다루는 것이 좋을까? 사회심리학자 캐롤 타브리스(Carol Tavris)는 효과적인 분노 다스리기로 5가지 조건이 있다고 했다. 화가 나는 상대방에게 직접 표현해야 한다는 것, 통제력을 되찾고 정당한 권리를 찾는 데 도움이 되어야 한다는 것, 상대방이 왜 그런 행동을 했는지 의도를 알아야 한다는 것, 상대방에게 통하는 방식으로 전해야 한다는 것, 목적은 복수가 아니라 소통과 연결임을 아는 것이다. 내면의 분노를 바라보는 일에 도움이 될 만한 몇 가지 팁을 알려주고자 한다.

첫째, 치유하겠다는 마음을 가져야 한다. 분노는 무조건 부정적인 감정이라는 편견과 오해를 버리고 그 의미와 가치를 긍정적으로 인식한다. 둘째, 심호흡을 통해 긴장을 푼다. 호흡 하나 하나를 자각하면서 집중한다. 호흡과 함께 몸을 자각하면서 어느 부분이 가장 의식되는지 느낀다. 셋째, 화가 난 마음을 시각화한다. 상대와 어떤 말을 주고받았는지 내가 어떤 행동을 했는지 떠올려본다. 이때 자신이 얼마나 상처받았는지 느껴본다. 넷째, 내가 그린 이미지나 감정을 솔직히 표현한다. 말로 하기 어려우면 글을 쓰거나 그림을 그려본다. 만약 표현하는 것 자체가 힘들다면 사건이나 대상을 떠올린 후 마음속에서 지우개로 지워나가는 것도 한 방법이다. 실제 우리가 분노로 괴로운 것은 그것과 관련된 기억 때문이다. 마지막으로 다섯째, 자신이 경험한 일들을 신뢰할 수 있는 사람과 나눈다. 애써 설명하기보다 공감받는 것을 바란다고 미리 이야기하는 것도 좋다.

분노는 타인을 공격하기도 하지만 결국 가장 상처받는 사람은 자기 자신이다. 분노에 휘말리기보다 수용해야 하는 법을 배우고, 자신과 타인에게 너그럽게 대하면서 마음의 경계를 넓혀가자. 이럴 때 분노는 큰 스승이 되어 우리에게 많은 것을 가르쳐준다. 분노를 사건에 대한 단순한 반응(reaction)으로 끝내기보다 내 삶의 주인이 되도록 용기를 북돋우는, 책임감 있는 응답(response)으로 삼으면 어떨까. 지난 시간 어떤 삶을 살아왔든, 앞으로 주어진 삶을 변화시키는 거대한 힘이 될 것이다.

내면의 고요함을 짓는 명상

: 김영란 :

내 인생을 통틀어 가장 의미 있는 일을 꼽으라면 명상을 하게 된 것이라고 말하겠다. 명상을 하고 나서부터 내 삶을 축복하고 감사하며 춤추게 되었다. 더구나 삶의 우여곡절을 다 겪은 중년에서야 명상을 시작해서인지 고통의 깊이만큼, 경험의 다양성만큼 내 삶과 존재를 통찰할 수 있었던 것 같다. 고요히 홀로 앉아 있다 보면 장점이나 성품, 역할을 떠나 내 존재 자체의 장엄함을 느낀다. 더 이상 다른 사람과 비교하며 좌절하지도 않고 남들보다 뛰어난 성과를 내려고 잔뜩 힘을 주는 일도 거의 없어졌다.

명상을 가르치는 지도자는 수없이 많다. 또 그만큼 명상의 목적이나 방법 역시 다양하다. 짧은 기간 동안 배운 명상을 갖고 이렇다 저렇다 단호하게 말할 수는 없지만, 명상은 신비한 체험을 하는 것처럼 대단하고 특별한 경험이 아니라 일상에서의 아주 평범한 일이라는 생각이 든다. 수많은 생각들과 감정들을 억지로 일어나지 않도록 억제하는 것이 아니라 그저 받아들이고 환영하며 친하게 지내는 것, 그것이 명상이라고 생각한다.

명상에 관심을 갖게 된 것은 여성폭력 관련 NGO 활동가로 일한 지 십여 년이 지나고부터였다. 많은 피해자들이 상처로부터 회복되고 일상으로 돌아갔지만 여전히 뭔가 고통의 찌꺼기가 남아 있는 듯한 미진한 마음이 들 때가 많았다. 게다가 어떤 피해자들은 폭력의 피해를 입은 후 거의 평생을 고통스럽게 살기도 하고 어떤 피해자들은 심지어 스스로 목숨을 끊기도 하는 것을 목격하면서 어떻게 하면 그들의 치유를 더 깊이 있게 도울 수 있을까 고민하게 되었다. 더구나 피해자를 돕는 동료들도 분노와 좌절, 무기력감이 쌓여가면서 행복하지 않았다. 나 역시 폭력 가해자들과 그것을 방조하는 사회에 대한 분노로 항상 화가 나 있는 상태였다. 좋은 일을 한다면서 늘 지쳐 있고 날카로웠다. 어떻게 하면 힘나게 살 수 있을까, 어떻게 하면 평화롭게 오래 일할 수 있을까 그런 고민들이 생겼다.

그러다 우연히 접했던 명상은 항상 긴장 상태로 있는 나에게 마음을 느긋하게 내려놓을 수 있는 기회를 주었다. 자신과 타인에 대해 평가하고 판단하던 일을 멈추게 했다. 물론 명상을 한다고 그 기준과 판단을 즉각 내려놓을 수 있는 것은 아니었다. 오랜 습관은 자기도 모르는 사이에 어떤 상황에 놓이거나 누군가를 만나면 어느새 튀어나왔다. '이런 일은 있을 수 없는 일이야'라며 분노하고 '저런 인간하고는 가까이 하지 말아야지'라며 순간적으로 판단했다. 명상 역시 오랜 시간 연습하고 습관화하는 과정이 필요하다.

화가 나거나 슬프거나 두려울 때 그동안 내가 사용해 온 방법은 싸우거나 그 마음을 따라가는 것이었다. 그러다 보니 그 상황과 감정에 짓눌려 더 힘들어지고 때로는 나동그라졌다. 그런데 명상의 도움을 받은 이후부터는 감정이 일어날 때 그 마음과 싸우지 않을 수 있었다. 그 감정을 따라가기보다 일정한 거리를 두고 바라보게 되었다.

감정이 오고가도록 허용하면 그 감정 때문에 괴롭거나 불편한 마음도 지나간다는 사실을 알게 됐다. 가만히 바라보는 것을 계속하다 보면 자신을 괴롭히던 분노와 증오, 두려움이 더 이상 자신을 괴롭히지 않게 된다. 격렬한 감정에 지배당하지 않으면서도 내면의 평화와 힘이 길러지는 것을 느낄 수 있었다. 흔히 '명상'이라고 하면 종교적인 수행이라고 생각하거나 고요한 장소나 수행센터에서 눈을 감고 앉아 있는 이미지를 떠올리기도 한다. 그런데 명상은 아주 단순하게 말하면 '마음을 쉬는 것', '아무것도 하지 않는 것', '그저 이 순간에 현존하는 것'이라고 말하고 싶다.

명상을 시작하고 싶다면 처음에는 지도를 받는 것이 좋다. 잘못하면 극기 훈련을 하듯이 가만히 앉아서 시간만 때울 수도 있다. 가끔 초보자들에게 명상 지도를 할 때가 있다.

자리에 앉아 척추를 바로 하고
어깨와 목의 힘을 빼고 몸의 긴장을 푸세요.
지금 이 순간 이 공간에서 존재하고 있는 자신을 느껴보세요.
무엇을 하려는 마음도 없고 산란하지 않는 마음.
그런 마음을 알아차리는 것이 명상입니다.
마음을 고요하게 하겠다거나 편안해지겠다는
어떤 기대나 노력을 하지 않습니다.
명상하는 동안 중요한 생각이 일어나도
그 생각을 따라가지 않습니다.
집중하거나 뭔가를 할 필요가 없습니다.
지금 이 순간 어떤 생각이 오고가든
몸에 어떤 반응이 일어나든 그것을 있는 그대로 둡니다.
편안한 마음이 있어도 괜찮고,
불편한 마음이 있어도 괜찮습니다.
둘 다 똑같이 허용합니다.
좋은 마음이건 좋지 않은 마음이건,
모두 다 자연스러운 경험들입니다.
모든 생각과 감정은 지나갑니다.

생각과 감정은 영원하지 않습니다.

생각에 빠지지 않고 오고가도록 허용하고

감정에 빠지지 않고 오고가도록 허용하고

마음을 있는 그대로 편안하게 쉬세요.

명상은 마음이 편안하면서 명료하게 깨어 있는 것입니다.

어떤 일을 오래 하다 보면 습관이 생겨서 의식하지 않아도 능숙하게 잘하게 된다. 나는 오랫동안 내 자신이 쓸모없고 저주받은 존재라는 관념에 사로잡혀 비하하고 저주하느라 자신을 사랑하지도 존중하지도 않는 습관이 있었다. 자신에 대해 비관적이다 보니 타인에 대해서도 우호적이거나 따뜻한 신뢰를 보내는 데 인색했다. 늘 우울하고 틈만 나면 스스로를 괴롭혔다. 뒤통수를 치며 '넌 그것밖에 못하는구나'라며 자신을 종종 질타했다.

명상은 기존 내 삶의 기반을 다 흔들어놓았다. 내가 옳다고 생각했던 것, 이렇게 살아야 한다고 믿었던 것, 나를 무겁게 지배했던 모든 것에 의문을 갖게 했다. 이런 외모가 좋아, 공부를 잘해야 해, 지위와 명성을 얻는 건 중요해, 가족이라면 이렇게 해야 돼, 똑똑해야 해, 싫다고 단박에 거절하면 성질 나쁘다는 평판을 얻을 수 있어, 힘들어도 정의로운 일이라면 참아야 해……. 옳다고 생각했던 가치와 개념들은 때로는 삶을 지탱하고 타인과 잘 어울릴 수 있는 기반이 되기도 하지만, 한편으로는 내가 쌓은 마음이라는 감옥의 높은 벽이었다. 어떤 감옥은 평수가 넓어서 자유롭게 느낄 수도 있겠지만, 어떤 감옥은 자신을 한없이 열등하고 쓸모없게 만든다. 아무리 멋지고 근사해 보이는 것이라도 자신의 삶을 규정짓고 그 틀 안에서 살게 한다는 점에서 보면 감옥인 것이다. 삶을 억압하고 있다면 금으로 만든 족쇄도 족쇄이고 쇠로 만든 족쇄도 족쇄인 것과 같다.

명상을 시작했어도 수십 년간 자신을 괴롭혀온 습관이 당장 바뀌지 않았다. 지금도 여전히 화가 날 때 화를 내고 누군가를 질투하고 때로 우울해한다. 그러나 지속적으로 듣고 사유하고 알아차림을 경험할수록 가벼워지는 것을 느낄 수 있다. 하루하루를 보면 별 변화 없이 그대로인 것 같은데, 몇 년이 지나고 나니 집착의 깊이와 강도가 약해져 있는 것이다.

명상으로 공황장애를 극복한 세계적인 명상 지도자인 밍규르 린포체는 고통을 두 가지로 설명했다. 생로병사와 같이 누구에게나 필연적이고 자연적인 고통이 있고, 우리가 '스스로 창조한 고통'이 있다는 것이다. 스스로 창조한 고통은 주관적인 기준과 태도에 의해 어떤 상황들을 불필요하게 부풀리고 왜곡하기 때문에 생기는 고통이다.

누군가 나를 험담하고 비난하는 이야기를 들으면 순간적으로 욱하는 감정이 올라온다. '네가 뭔데 나를 비난해, 나쁜 사람 같으니라고.' 그리고는 다음 순간 '이 얘기를 누가 또 알고 있을까? 혹시 다른 많은 사람들도 나를 그렇게 비난하고 있는 것은 아닐까?' 이런저런 생각을 굴리면서 괴로워한다. 반성폭력운동을 하고 있다 보니 가끔 비난과 험담을 듣곤 하는데 명상을 하며 달라진 점은 비난을 받았을 때 일어난 감정을 그저 지켜본다는 것이다. 화를 내지 않으려고 애쓰지도 않고(가끔 화를 내긴 한다) 이런저런 생각을 덧붙이지 않는다.

명상은 자신이 만든 삶의 기준을 내려놓는 것이다. 처음에는 내려놓는다는 것이 뭔가를 포기하거나 무관심해지는 것으로 오해했다. 그러나 내려놓는 것은 집착하는 마음을 내려놓는 것이다. 맛있는 것을 안 먹겠다는 것이 아니라 맛에 집착하는 마음을 내려놓는 것이다. 감정을 안 갖는 것이 아니라, 그 감정에 빠져 집착하는 것을 내려놓는 것이다. 밖으로 가 있는 마음을 안으로 돌려 자신의 마음이 어디에 집착해 있는지 바라보는 것이다.

명상을 하면 좋은 일이 생기냐고 묻는 사람도 있는데, 그게 아니라 명상은 그저 상황을 다르게 보는 것이다. 우울, 분노, 미움이 이끄는 대로 끌려가지 않고 멈춰서서 그것들을 바라보는 것이다. 좋은 것만을 좇으려고 하지도 않고 나쁜 것이라고 피하지도 않는다. 지금 이 순간에 아무 조건 없는 자유로움을 가지고 지금 이 순간의 삶이 이미 온전하다는 것을 아는 습관을 갖는 것이다. 지금 이 순간 나는 존재하고 있고 알아차림을 놓치지 않겠다는 마음, 명상은 내 자신이 이미 완전하다는 것을 체험하는 일이다.

글쓰기를 통한 내 목소리 회복하기

: 인현진 :

20년 넘게 작가로 살아오는 동안 글을 쓰지 않은 날이 손에 꼽을 만큼 적다. 크고 작은 치료와 수술을 위해 병원에 몇 번 입원했을 때를 빼고는 단 하루도 글을 쓰지 않은 적이 없었던 듯싶다. 매일 하루도 빠짐없이 글을 쓴다고 하면 대개는 "어떻게 그럴 수가 있냐"며 놀란다. 의사가 진료를 하듯, 상담가가 상담을 하듯, 작가가 글을 쓰는 일은 당연한 일인데도 말이다.

글 쓰는 일을 천직으로 여겼지만 마흔을 넘기면서 심리적 위기가 찾아왔다. 이대로 변변치 못한 글을 쓰다가 인생이 끝나는 게 아닌가 하는 불안이 밀려왔다(지금도 딱히 탁월한 글을 쓰는 건 아니지만). 글을 쓰는 게 두려웠고, 누군가 내가 쓴 글을 읽는다는 사실이 부끄러웠다. '작가님'이라고 불릴 때마다 내가 작가라고 불릴 만한 사람인가, 그럴 자격이 있는가 하는 자괴감마저 들었다.

2013년, 좀 더 자신을 들여다보는 시간을 갖고 싶어 대학원에 진학해 심리상담을 공부했다. 당시에 집은 경기도 파주에, 작업실은 서울시 합정동에, 학교는 고속터미널 근처에 있었는데 멀다면 멀고 가깝다면 가깝다고 할 수 있는 세 군데 장소를 부지런히 옮겨다니며 열심히 글을 쓰고 공부를 했다. 졸업 후엔 상담을 하면서 글쓰기 워크숍을 시작했다.

지금도 마음애터에서 기획한 강연회와 웰바이 집단상담에서 치유를 주제로 글쓰기 워크숍을 하고 있는데 나이 듦, 감정 다루기 등 매번 주제는 다르지만 오신 분들이 공통적으로 하는 말이 있다.

"쓰는 동안 스스로 치유 받는 기분이 들어요."

"누구 눈치도 보지 않고 하고 싶은 말을 실컷 쓰고 나니 속이 후련해요."

반면 말 한 마디 못하고 그동안 꾹꾹 눌러둔 감정이 흘러넘쳐 글 쓰는 동안 내내 우는 이들도 있다. 이들이 흘리는 눈물은 투명한 언어다. 눈물의 언어가 한바탕 지나고 나야 비로소 글이 써질 때가 있다. 이렇듯 글을 쓰는 동안 자신의 감정을 격렬하게 표현하는 일이 일어나는 것은 놀라운 일이 아니다.

글쓰기를 통한 치유란 무엇일까? 각기 다른 답변을 내놓겠지만 나는 '자신의 목소리를 회복하는 일'이라고 생각한다. 상실감을 비롯해 다양한 아픔을 겪으며 살아가는 우리는 내면의 죄책감이나 주변의 시선 때문에 표현하고 싶은 감정이나 생각을 드러내지 못하고 참고 사는 경우가 많다.

어떤 일을 겪었는지, 그로 인해 내 마음이 어떤 상태인지, 하고 싶었으나 하지 못했던 말은 무엇인지, 그것을 글로 쓰는 일은 묶어두었던 '속내', 이야기를 풀어주는 일이기도 하다. 또한 자신의 고유한 목소리가 세상으로 나갈 수 있도록 허용하는 일이기도 하다. 애도란 유일무이한 존재였던 그 사람을 기억하는 일인 것처럼, 치유하는 글쓰기 또한 이 세상에 딱 하나밖에 없는 나 자신을 수용하고 인정하는 일이다.

글쓰기에 특별한 기술이 필요한 것은 아니다. 지금 나를 가득 채우고 있는 생각과 감정을 써내려가는 것으로 충분하다. 나도 복잡한 상황에 놓이거나, 억울한 일을 겪거나, 누군가에게 화를 내고 싶을 땐 일단 '그것'에 대해 써본다. 스스럼없이 표현하고 싶은 대로 쓰다 보면 머릿속을 꽉 메우고 있던 생각도 조금 덜어지고, 목까지 차올랐던 감정도 슬며시 가라앉는 것을 느낀다. 그 순간, 사로잡혀 있던 생각과 감정으로부터 자유로워져서 내가 정말 무엇을 원하는지 '내 목소리'가 명료하게 드러나는 것이다.

2017년 봄, 글쓰기 워크숍에 참가했던 최민지 씨(가명)도 그런 경우였다. 다음은 그가 쓴 글의 일부이다.

나는 내가 싫다. 세상에서 가장 미운 사람이 있다면 바로 나다. 엄마는 너만 아니었다면 내 인생 망가지지 않았어, 너 때문에 인생을 망쳤어, 입버릇처럼 말했다. 귀를 틀어막아도 엄마의 목소리가 따라온다. 너만 아니었다면…… 그럴 거면 왜 나를 낳았어!!! 이런 내가 너무 싫다. 나에게 화가 난다.

민지 씨는 글을 읽으며 눈물과 함께 분노를 쏟아냈다. 그러나 그가 정말 하고 싶은 이야기는 자신에 대한 분노가 아니었다. 자신이 괜찮은 사람이라는 것을, 충분히 누군가를 사랑할 수 있고 사랑받을 만한 존재라는 것을 인정받고 싶은 마음이었다.

"처음 글을 쓸 때는 엄마에 대한 원망만 가득했어요. 그런데 정신없이 쓰다 보니 어느 순간 깨달았어요. 내가 갈망하는 건 미움이 아니라는 걸요. 분노의 덩어리가 내 안에 가득 있지만…… 그건 내가 사랑받지 못해 좌절한 마음 때문에 생긴 거였어요. 나는 누군가를 미워하면서 살고 싶지 않아요……. 정말 그렇게 살고 싶지 않아요……."

글을 다 읽고 난 후에도 그는 한참을 울었다. 그러나 눈물을 그친 후의 그는 처음 글을 쓸 때와는 달라진 표정을 하고 있었다. 감정을 쏟아낸 후라서 그런지 눈빛이 투명한 강물에 말갛게 씻긴 조약돌 같았다.

"신기하네요. 그저 쓰고 쓰고 또 썼을 뿐인데, 내 안에서 뭔가 쑥 빠져나간 것 같아요."

"뭐가 빠져나간 것 같아요?"

"슬픔이요. 분노로 가득 차 있다고만 생각했는데 사실은 그 아래 슬픔이 있었나 봐요."

"슬픔 아래엔 무엇이 있었나요?"

"나도 사랑받고 싶다는…… 그런 마음이요."

작지만 간절한 목소리였다. 처음엔 부정적 감정으로 가득했지만 분노와 슬픔을 표현하자 민지 씨 마음 가장 아래 있던 진짜 속내가 나타난 것이다.

워크숍에서 어떤 감정을 느껴도 괜찮으니 솔직하게 쓰라고 하는 데에는 크게 두 가지 이유가 있어서다. 하나는 눌러둔 채 돌보지 않았던 감정과 접촉하기 위해서고, 또 하나는 그 감정 덩어리를 풀어내기 위해서다. 자신을 꽉 채웠던 감정이 무엇인지 알고 나면 그 속에 담긴 욕구, 즉 진짜 무엇을 원하는지 깨닫게 된다.

민지 씨는 지금까지 어둠 속에서 길을 잃은 것처럼 살아왔는데 앞으론 어디로 가야 할지 빛을 발견한 것 같다고 했다. 그는 증오와 분노로 가득 찬 채로 인생을 망치고 싶지 않다며, 자신을 사랑하고 싶다며 웃었다. 함께했던 사람들도 뜨거운 박수로 응원해 주었다. 글쓰기 워크숍을 할 때마다 매번 느끼는 것은, 치유는 우리 밖에 있는 것이 아니라 우리 안에 있는 실제적인 힘이라는 것이다.

감정이나 생각을 정리하기 위한 글쓰기를 처음 시작하려는 분들을 위해 지면을 빌어 몇 가지 간단한 팁을 남긴다.

우선 글을 쓰기 전에 눈을 지그시 감고 자신의 몸 상태를 느껴본다. 어디에 긴장이 느껴지는지 가볍게 신체를 스캔해 본다. 어깨가 올라가 있진 않은지, 눈꺼풀이 무겁진 않은지, 등을 지나치게 펴고 있진 않은지, 주먹을 꽉 쥐고 있진 않은지, 천천히 신체감각에 집중하면서 호흡을 하다 보면 유난히 신경 쓰이는 곳이 있기 마련이다. 의식이 되는 곳에 주의를 모은 채 어떤 감정이 떠오르는지 느껴본다. 중요한 것은 슬픔, 분노, 두려움, 걱정, 불안, 근심 등 무엇이 떠오르든지 스스로 허용하라는 것이다. 그중에서 가장 강하게 느껴지는 감정이 있다면 천천히 숨을 들이쉬고 내쉬면서 그 또한 충분히 느껴본다.

준비가 되었다면 눈을 뜨고 10분 동안 쉬지 않고 쓴다. 컴퓨터 자판으로 글을 쓰는 것보다는 종이에 쓰는 것을 추천한다. 같은 단어를 반복해서 써도 좋고 한 문장만 계속 써도 좋다. 형식과 내용에 얽매이지 않고 그저 떠오르는 대로 손 가는 대로 맡기는 것이 전부다. 생각으로 논리를 가다듬거나, 앞뒤를 이으려고 하거나, 문장을 검토하는 것도 하지 않는다. 그저 쓴다. 손에 바퀴가 달린 것처럼 무조건 적어나가는 것이다. 아무 말 대잔치를 해도 상관없다. 속에 쌓아두었던 욕을 실컷 해도 괜찮다. 쏟아 붓는 감각으로 손에만 집중하면서 쓰다 보면 10분이 제법 길다는 것을 알게 된다. 어느 순간 팔이 아파오기도 한다. 그래도 계속 쓴다. 핵심은 '쉬지 않고 쓰는 것'이기 때문이다.

쉬지 않고 쓰는 이유는 판단을 멈추기 위해서다. 글에 대해 어떤 검열도 하지 않아야 한다. 글을 잘 쓰는 게 목적이 아니라 떠오르는 대로 생각나는 대로 느끼는 대로 쓰는 것이 중요하기 때문이다. 특별한 수사법이나 문장 기교도 필요 없다. 글씨를 잘 쓰려고 노력하지 않아도 된다. 자신에게 해주고 싶었던 말을 편지 형식으로 써도 좋고, 자신과 대화를 나누는 방식도 좋다. 그저 펜을 들고 종이에 써 내려가기만 하면 되는 것이다. 글쓰기가 어렵다던 분들도 자신에게 할 말이 없다는 분들도 10분 글쓰기를 하면 의외로 술술술 글문이 터지곤 한다.

내가 느끼고 있는 감정이 무엇인지 잘 모를 때, 어려운 결정을 내려야 할 때, 스스로에게 화가 나서 어쩔 줄 모를 때도 일단 글을 써보라고 권하고 싶다. 언제 어디에서나 종이와 펜만 있다면 부담 없이 할 수 있고 생각을 비워 마음을 가볍게 하는 효과도 있다. 이른 아침이든 늦은 밤이든 언제든 가능하고 시간도 오래 걸리지 않는다. 잠깐 시간을 내어 종이에 쓰는 것만으로도 내 안의 힘, 본래부터 있던 치유의 힘을 되찾을 수 있을 것이다.

글쓰기를 통해 어떻게 하면 자신을 회복하는 치유에 도달할 수 있는지, 누군가 묻는다면 이렇게 대답하고 싶다.

"펜을 들고 마음 가는 대로 종이에 쓰세요. 그것이 전부랍니다."

삶에서 가장 소중한 것은 무엇인가

나이 마흔이 넘어서고 우연히 발견한 종양 때문에 수술을 했습니다. 그런데 처음 진단을 받았을 때 진료실 밖에서 기다리라는 의사에게서도, 진료실 밖에서 만난 간호사에게서도 내 몸 상태에 대해서, 수술에 대해서 이렇다 할 설명을 듣지 못했습니다. 장기 하나를 모조리 도려내겠다는 사람들이 아무 설명 없이 이틀 후에 수술 날짜를 잡아주는데, 화가 났습니다. 그런데도 내가 의식이 없는 상태에서 내 몸에 손을 댈 수도 있는 사람들이라는 이유 때문에 화를 내지 못했습니다. 속 시원히 따지지도 못했지요. 그저 "갑상선을 떼어내면 무슨 변화가 있나요? 아무 일도 일어나지 않는 건가요?"라고 소심하게 물어볼 뿐이었지요.

지금 제가 알고 있는 것을 그때에도 알았더라면 아마 수술을 받지 않았을 가능성이 훨씬 큽니다. 그렇지만 수술 날짜를 조금 늦췄을 뿐 저는 스스로 수술을 원하는지 아닌지도 모르는 상태로 결국 수술을 받았습니다. 그저 당연히 그렇게 해야 하는 줄 알았으니까요.

문제는 그 다음이었습니다. 무요오드식을 하고 방사선 치료를 받을 때까지는 치료에 집중하느라 잘 알지 못했는데, 치료가 모두 끝난 후부터 병원에서는 단 한 마디도 들을 수 없었던 후폭풍에 시달리기 시작했습니다. 무요오드식을 하면서 약을 먹지 못해 쪘던 살은 빠질 줄 몰랐고, 8월 첫째 주를 전후로 3~4주 정도의 한여름을 빼면 핫팩이 없으면 잠을 자지 못했습니다. 활력이라곤 없었고 온몸이 무기력했습니다. 의사 말대로 죽는 병은 아니었지만, 이대로 살아서 뭐 하나 싶을 만큼 의욕이 없었습니다. 남들 보기에는 멀쩡해 보였을지 모르겠지만, 그 점이 더욱 저를 힘들게 했습니다. 멍하니 벽을 쳐다보며 아무런 감정 없이 '이대로 머리 처박고 죽을까' 하는 생각도 자주 했습니다. 이 모든 것들이 유사죽음 체험이라는 것은 나중에 알게 되었습니다.

마음애터에서 생사인문학 강의를 처음 들었을 때, 제 자신이 경험했던 죽음에 대한 생각이 떠올랐습니다. 수술 전후로 달라진 몸 상태와 이후의 삶에 대해서도요. 강의를 듣는 내내 죽음을 바라보는 다채로운 시각들이 흥미롭게 다가왔습니다. 그중에서도 가장 강렬했던 것은 인생에서 가장 중요한 것 한 가지를 남기라는 질문지를 받았을 때였습니다. 독자 여러분들이 프롤로그에서 접했던 바로 그것입니다. 혹시 이걸 하지 않고 지나친 독자가 있다면 다시 프롤로그로 되돌아가서 잠시 생각하는 시간을 가져보시기를 권합니다.

'나의 생이 1년밖에 안 남았다면? 또는 하루밖에 안 남았다면?'이라는 전제로 15가지 소중한 것들을 심사숙고해서 선택했습니다. 조건부가 주어지니까 사소한 것들은 생각에 담기지 않았고 15가지를 채우는 것은 생각보다 어려운 일이었습니다. 좀 많다 싶기도 했지요. 그리고 옆에 앉아 있던 짝꿍과 서로 왜 그것들을 선택했는지 이야기를 나누는 시간을 가졌습니다.

그런데 다음 순간 15가지 중에서 5개를 지우라더군요. 처음엔 별 망설임이 없었습니다. 먼저 지우게 되는 것은 주로 사물들이었습니다. 책들, 살고 있는 집을 지우고 조금 망설인 끝에 통장 잔고도 지웠습니다. 사는 동안에는 '아이들 크는 것'보다 '내 이름으로 된 통장에 돈 꽂히는 것'이 더 재미있다고 말하곤 했는데, 죽음을 앞두고 있다고 생각하니 통장 잔고보다는 아이들이 더 소중했습니다.

그 다음 순간은 좀 고민이 됐습니다. 10가지 중에서 5개를 더 지우라니요. 신체의 팔다리를 떼어주고 눈도 떼어주더라도 아이들을 남겼습니다. 그런데 5가지를 남기고도 그중에서 또 지우라고 하니 난감했습니다.

'아무리 그래도 그렇죠. 도대체 저한테 왜 이러세요.'

저는 소리 없는 외침으로 혼자 절규하고 있었을 뿐이었습니다. 그리고 나서 제가 고민했던 것은 '내가 죽은 후 일어나게 될 결핍을 최소화하는 것'이었습니다. 결국 마지막 남은 5명의 사람 중에서 남편을 지우고, 엄마를 지웠습니다. 이해해 줄 거라 생각했으니까요. 그런데 진짜 문제는 그 다음이었습니다. '아이들 3명 중에서 어떻게 1명만 남길 수 있는 거죠? 잔인하잖아요. 진짜 저한테 왜 그러시냐고요.'

어렸을 때는 "열 손가락 깨물어서 안 아픈 손가락 없다"는 어른들의 말을 많이 들었지만, 제가 어른이 되고 엄마가 되고 보니 '열 손가락을 깨물면 모두 아픈 건 맞지만 어떤 손가락은 더 아프고 어떤 손가락은 덜 아프다'는 사실을 알게 되었습니다.

고민 끝에 아이 한 명을 마지막으로 남겼습니다. '소중하다'를 어떻게 해석할지에 따라 다르겠지만, 가장 아픈 손가락 하나를 남겨두었습니다. 한 아이는 그 아이가 가진 에너지만으로도 충분히 많은 사람들에게 예쁨 받으면서 세상을 살아갈 수 있을 것이라는 믿음으로, 또 한 아이는 어떤 계기로 인해 있지도 않은 탄생 신화를 만들어서 퍼뜨린 덕분에 자존감 높은 아이로 컸으니 이리저리 부딪히더라도 잘 살아갈 수 있을 것이라는 믿음으로 지웠습니다. 마지막 남긴 한 아이를 선택한 이유는 늘상 신경 쓰였지만 딱히 뭘 해주지 못했다는 가슴 한편의 아림 때문입니다.

독자 여러분들도 이 책을 읽으면서 죽음의 무게를 통해 삶을 통찰해 보는 시간을 가지셨으면 좋겠다는 생각을 해봅니다.

참고문헌

1장

· 『하얀 길』, 신지식 저, 성바오로 출판사, 1994
· 『슬픔이 내게 말을 거네』, 존 제임스, 러셀 프리드만 저, 장석훈 역, 북하우스, 2004
· 『사랑의 모든 것』, 벨 훅스 저, 윤길순 역, 동녘, 2004
· 『또 하나의 냉전』, 권헌익 저, 민음사, 2013
· 『이별한다는 것에 대하여』, 채정호 저, 생각속의집, 2014
· 「엄마를 상실한 중년 여성의 애도 경험」, 최승이, 한국지역사회생활과학회지, 2011

2장

· 『존재의 시간』, 마르틴 하이데거 저, 이기상 역, 까지, 1998
· 『신약성서』, 대한성서공회, 1978

· 『종말신앙』, G. 그라사케 저, 심상태, 역, 성바오로출판사, 1980

· 『그리스도교 이전의 예수』, 앨버트 놀런 저, 정한교 역, 분도출판사, 1980

· 『티벳 사자의 서』, 파드마 삼바바 저, 류시화 역, 정신세계사, 1995

· 『장자』, 장자 저, 오강남 역, 현암사, 1999

· 『죽음의 신학』, 김균진 저, 대한기독교서회, 2002

· 『타인의 고통』, 수전 손택 저, 이재원 역, 이후, 2004

· 『철학 죽음을 말하다』, 정동호 외 저, 산해, 2004

· 『고통의 문제』, C. S. 루이스 저, 이종태 역, 홍성사, 2004

· 『죽음에 대한 문화적 이해』, 배영기 저, 한국학술정보(주), 2006

· 『전생애 인간발달의 이론』, 정옥분 저, 학지사, 2007

· 『자살론』, 에밀 뒤르켐 저, 황보종우 역, 청아출판사, 2008

· 『죽음과 죽어감』, 엘리자베스 퀴블러 로스 저, 이진 역, 이레, 2008

· 『메멘토 모리의 세계』, 울리 분덜리히 저, 김종수 역, 길, 2008

· 『죽음을 어떻게 맞이할 것인가』, 알폰스 데켄 저, 오진탁 역, 궁리, 2009

· 『애도하는 사람』, 텐도 아라타 저, 권남희 역, 문학동네, 2010

· 『쉐우민의 스승들』, 우 꼬살라 사야도, 우 떼자니아 사야도 저, 묘원 편, 행복한 숲, 2010

· 『죽음학 총론』, 이이정 저, 학지사, 2011

· 『애도일기』, 롤랑 바르트 저, 김진영 역, 이순, 2012

· 『죽음. 심판, 지옥, 천국』, 주교회의 신앙교리위원회 저, 한국천주교중앙협의회, 2013

· 『죽음(성경은 왜 이렇게 말할까? 4)』, 전봉순 저, 바오로딸, 2013

· 『사랑해, 이리온』, 박소연 저, 은행나무, 2013

· 『중세의 죽음』, 서울대학교중세르네상스연구소 저, 산처럼, 2015

· 『죽음의 정치학-유교의 죽음이해』, 이용주 저, 모시는사람들, 2015

· 『애도』, 베레나 카스트 저, 채기화 역, 궁리, 2015

· 『존엄한 죽음의 문화사』, 구미래 저, 모시는사람들, 2015

· 『생과 사의 인문학』, 한림대학교 생사학연구소 편, 모시는사람들, 2015

· 『죽음의 역사』, 필리프 아리에스 저, 이종민 역, 동문선, 2016

· 『자살의 해부학』, 포브스 윈슬로 저, 유지훈 역, 유아이북스, 2016

- 『그리스도인』, 서공석 저, 분도출판사, 2017
- 「반려동물 연관산업 발전방안 연구」, 지인배, 김현중, 김원태, 서강철, 한국농촌경제연구원(KREI), 2018
- 「상장례 소비문화 실태와 의식에 관한 연구」, 김민정, 과학논집, 2006
- 「한국 전통 죽음 의례의 변화」, 이용범, 종교문화비평, 2009
- 「한국 신종교의 생사관과 상장례」, 윤승용, 신종교연구, 2010
- 「북한이탈주민통계」, 통일부, 2018
- 「선정적 보도, 이대로 좋은가?」, 박진우, 관훈저널, 2011

3장
- 『위로의 디자인』, 유인경, 박선주 저, 지콜론북, 2013
- 『기록이 상처를 위로한다』, 안정희 저, 이야기나무, 2015
- 『호스피스와 죽음』, 노유자, 한성숙, 안성희, 김춘길 저, 현문사, 1994
- 『소유냐 존재냐』, 에리히 프롬 저, 차경아 역, 까치, 1996
- 『영재의 드라마』, 앨리스 밀러 저, 권혜경 역, 권혜경음악치료센터, 2002
- 『감정, 내맘대로 다스린다』, 개리 D. 맥케이, 돈 딩크마이어 저, 김유광 역, 21세기북스, 2003
- 『용서』, 달라이 라마, 빅터 챈 저, 류시화 역, 오래된미래, 2004
- 『얼굴의 심리학』, 폴 에크먼 저, 이민아 역, 바다출판사, 2006
- 『마음의 그림자』, 제임스 화이트헤드, 에블린 화이트헤드 저, 문종원 역, 가톨릭출판사, 2008
- 『우리는 언젠가 죽는다』, 데이비드 실즈 저, 김명남 역, 문학동네, 2010
- 『잡동사니의 역습』, 랜디 O. 프로스트, 게일 스테키티 저, 정병선 역, 윌북, 2011
- 『살아야 하는 이유』, 강상중 저, 송태욱 역, 사계절, 2012
- 『인생이 빛나는 정리의 마법』, 곤도 마리에 저, 홍성민 역, 더난출판사, 2012
- 『후회 없이 살고 있나요?』, 이창재 저, 수오서재, 2015
- 『알기 쉬운 임상 호스피스 · 완화의료』, 정극규, 윤수진, 손영순 저, 마리아의작은자매회, 2016
- 『좋은 죽음을 위한 안내』, 한림대학교 생사학연구소 저, 박문사, 2018
- 『호스피스 · 완화의료』, 노유자 외 저, 현문사, 2018

· 「호스피스의 현재와 미래: 의사의 관점에서(Hospice:Present and Future-Medical Perspective)」, 홍영선간호학탐구(연세대학교 간호정책연구소), 1999
· 「유언방식의 개선방향에 관한 연구」, 현소혜, 가족법연구, 2009
· 「한국에서 말기암 환자에게 나쁜 소식 전하기(Breaking Bad News for Terminal Cancer Patients in Korea)」, 김창곤, 한국호스피스 · 완화의료학회지, 2010
· 「40~50대 여성의 나이 들어감(Aging)에 대한 현상학적 연구-Parse 이론을 적용하여」, 홍주은, 도경진. 하미, 전석분, 허성순, 유은광 한양대학교 간호학부, 여성건강간호학회지, 2014
· 「효도계약과 불효자 방지법안에 대한 부모 세대와 자녀 세대의 태도」, 유계숙, 김제희, 보건사회연구, 2017

4장

· 『교양인의 책읽기』, 헤럴드 블룸 저, 최용훈 역, 해바라기, 2004
· 『티베트의 즐거운 지혜』, 욘게이 밍규르 린포체 저, 류시화 · 김소향 역, 문학의 숲, 2009
· 『폐경기 여성의 몸 여성의 지혜』, 크리스티안 노스럽 저, 이상춘 역, 한문화, 2011
· 『읽다』, 김영하 저, 문학동네, 2015
· 『티베트의 죽음 이해, 하늘의 장례』, 심혁주 저, 모시는사람들, 2015
· 『안되겠다, 내 마음 좀 들여다봐야겠다』, 용수 저, 나무를심는사람들, 2016
· 『표현적 글쓰기』, 제임스 W. 페니베이커, 존 F. 에반스 저, 이봉희 역, 엑스북스, 2017
· 『우리 삶의 이야기, 다시 쓰기』, 데이비드 덴보로우 저, 허남순, 양준석, 이정은, 역, 학지사, 2017
· 『치유의 글쓰기』, 루이즈 디살보 저, 이미란, 김성철 역, 경진출판, 2018
· 『나를 위로하는 글쓰기』, 셰퍼드 코미나스 저, 임옥희 역, 홍익출판사, 2018

몸과 마음의 조화 **솔트앤씨드** www.saltnseed.modoo.at

"존재하는 모든 것에는 이유가 있다! 당신도 그렇다!"
15년간 숲 해설을 하며 자연에서 배운 삶의 지혜

추순희 지음

"사진과 함께 보니 그곳에 있는 것 같기도 하고, 녹차 같은 책이네요."
_ 알라딘 독자 maru×××

"도대체 나는 어떤 삶을 살고 싶은 것인가!"
7살 아들, 아내와 함께 떠난 90일간의 배낭여행

추성엽 지음

"엊그제 같던 청춘을 아쉬워하며 내려갈 길을 찾아야 하나 싶어
답답함 때문에 읽은 책!"
_ 예스24 독자 just×××××

"빈부 격차보다 무서운 건 생각의 격차!"
30여년간 고전 · 철학 · 문학 · 역사에서 찾아낸 7가지 생각 도구

아베 마사아키 지음 | 이예숙 옮김

"친절한 말투인데 가슴을 콕콕 찌릅니다."
_ 독자 고옥선(회계사)

"돈에 휘둘리지 않으려면 이 책을 읽어라!"
우리의 일상을 쥐고 흔드는 돈에 관한 심리학

올리비아 멜란 · 셰리 크리스티 지음 | 박수철 옮김

"감탄이 절로 나온다. 모든 커플들이 여기서 소개하는 기법을 배워야 한다!"
_ 존 그레이(『화성에서 온 남자 금성에서 온 여자』 저자)

"당뇨, 고혈압, 비만, 아토피······근원은 '당'에 있다!"
3개월 만에 17kg 뺀 의사의 체험

니시와키 슌지 지음 | 박유미 옮김

"탄수화물 중독에서 벗어나니까 간식 생각이 나지 않아요."
_ 솔트앤씨드 카페 독자 비니빈이 님

"19살 딸과 엄마의 다이어트는 달라야 한다!"
에이징 스페셜리스트가 말하는
여성 호르몬과 다이어트에 관한 거의 모든 것

아사쿠라 쇼코 지음 | 이예숙 옮김

"체온관리, 영양관리, 체간운동, 3가지 원칙 덕분에 40대에 복근이 생겼어요."
_ 옮긴이 이예숙(일본어 강사)

마음애터(www.maume.net)는 생사학과 심리상담을 기반으로 다양한 프로그램을 기획하고 진행하고 있습니다.

◆ 생과 사의 인문학 강좌

생사학을 통해 삶과 죽음의 의미를 사유해 보는 시간입니다. 강의를 들으신 많은 분들이 어떤 죽음을 맞이할 것인가를 생각하는 순간 자신의 삶을 돌아보게 되었다고 합니다. 죽음을 바라보는 시각이 다양해지며 삶의 의미와 가치를 되새겨보게 됩니다.

◆ 상실치유를 위한 애도상담 웰바이(Wellbye)

삶에서 다양한 상실을 겪은 분들과 함께 애도하는 작업입니다. 강의와 집단상담으로 이뤄지며 글쓰기, 그림, 명상춤 등 다양한 워크숍을 병행하고 있습니다. 상실을 있는 그대로 받아들이고 충분히 애도하고 나면 삶의 새로운 의미와 가능성을 모색할 수 있는 힘이 생깁니다. 공감적이고 수용적인 분위기 속에서 상처를 치유받는 시간입니다.

◆ 감정노동자를 위한 힐링메이트

마음속에선 눈물이 나는데 얼굴은 웃으면서 일해야 했던 경험이 있지 않으신가요? 직무 소진, 감정 탈진, 스트레스 등을 겪으면서도 실직에 대한 두려움 때문에 솔직한 감정을 숨기기도 합니다. 힐링메이트는 일터에서 심리적 어려움을 겪는 분들을 위한 치유 프로그램입니다. 서울시감정노동종사자권리보호센터와 함께 진행하며 참가비는 무료입니다.

◆ 중장년의 재발견, 나이 듦 수업

삶의 반환점을 돌아 인생의 후반을 살아가는 분들을 위한 수업입니다. 치유적이면서도 실용적인 강의와 워크숍으로 구성되어 있으며 신체적, 정신적, 사회적, 영적 건강을 아우르는 통합적인 내용을 담고 있습니다. 자기 돌봄의 시간을 가지며 앞으로의 인생을 계획해 보는 나이 듦 수업은 바쁜 일상의 쉼표가 되어줍니다.

◆ 장기노동 투쟁자를 위한 마일스톤 프로젝트

먼 길을 갈 때 이정표 덕분에 방향을 잃지 않고 목적지까지 갈 수 있는 것처럼, 오랜 투쟁을 해온 분들 덕분에 우리 사회가 어느 방향으로 나아가고 있는지, 어디로 계속 가야 하는지 알 수 있습니다. 마일스톤 프로젝트는 먼 길을 걸어온 그분들에 대한 존중과 더불어 마음애터 또한 사회의 이정표가 되는 일에 동참하겠다는 표현입니다.

사람은 살던 대로 죽는다

2018년 11월 30일 초판 1쇄 펴냄
2018년 12월 14일 초판 2쇄 펴냄

지은이	마음애터
펴낸곳	솔트앤씨드
펴낸이	최소영
디자인	이인희
등록일	2014년 4월 7일 등록번호 제2014-000115호
전 화	070-8119-1192
팩 스	02-374-1191
이메일	saltnseed@naver.com
커뮤니티	http://cafe.naver.com/saltnseed
블로그	http://blog.naver.com/saltnseed
홈페이지	http://saltnseed.modoo.at
ISBN	979-11-88947-01-0 03810

• 이 도서의 국립중앙도서관 출판예정도서목록(CIP)은 서지정보유통지원시스템 홈페이지(http://seoji.nl.go.kr)와
  국가자료공동목록시스템(http://www.nl.go.kr/kolisnet)에서 이용하실 수 있습니다.(CIP제어번호: CIP2018037473)

몸과 마음의 조화 솔트앤씨드

솔트는 정제된 정보를, 씨드는 곧 다가올 미래를 상징합니다.
솔트앤씨드는 독자와 함께 항상 깨어서 세상을 바라보겠습니다